Newton Compton Editores

Título original: *Tokioregen*

© 2023, Cbj Verlag, a division of Penguin Random House Verlagsgruppe GmbH, München, Germany.
Rights negotiated through Ute Körner Literary Agent.
© 2026, de la traducción por Alejandro Pantoja Lindemann
© 2026, de esta edición por Antonio Vallardi Editore S.u.r.l., Milán

Todos los derechos reservados

Primera edición: enero de 2026

Newton Compton Editores es un sello de Antonio Vallardi Editore S.u.r.l.
Pl. Urquinaona, 11, 3.º 1.ª izq. Barcelona, 08010 (España)
www.newtoncomptoneditores.com

Gruppo Editoriale Mauri Spagnol S.p.A.
www.maurispagnol.it

ISBN: 978-84-10080-85-0
Código IBIC: FA
DL: B 16.714-2025

Diseño de interiores:
David Pablo

Composición:
Sergi Godia

Impreso en enero de 2026 en Puntoweb s.r.l., Ariccia (Roma), en Italia.

Yasmin Shakarami

Un día de lluvia en Tokio

Traducción de Alejandro Pantoja Lindemann

Newton Compton Editores
Barcelona, 2026

Para Katalin y Mehdi (mis protectores),
Dan (mi corazón),
Michelle (mi aliada),
Antje Babendererde (mi hacedora de milagros)
y Mihály Franka (mi héroe).

Prólogo

Tokio se ha convertido en un animal salvaje que busca deshacerse de sus cadenas. La ciudad está viva, tan viva como las fuerzas que la han despertado. Nunca hubiera imaginado que podría ser testigo de una catástrofe semejante. De pronto, todo es diferente y yo estoy en medio. Cuando la naturaleza contraataca, ni siquiera Tokio, la megápolis más grande del mundo, puede resistir su inmenso poder. Todos salimos perdiendo.

Yo me habría rendido hace tiempo si no supiera que él está ahí fuera, en algún lugar, esperándome. Tengo que dar con él. Debo hacerlo. Él me ha hecho sentir completa. Me ha enseñado quién puedo ser si soy valiente. Tengo que encontrarle porque él me encontró a mí cuando yo estaba perdida.

No puedo parar de pensar en nuestro primer beso. Por debajo de nosotros, a trescientos metros, se hallaban las mágicas luces de neón de Tokio. Por encima de nosotros, a mil años luz, estaban las estrellas. Hicimos una promesa.

Te necesito, Maja; juntas somos fuertes. Solo contigo me atrevo a llevar a cabo esta extraordinaria búsqueda. Sabes lo mucho que él significa para mí. No me queda otra opción, aunque eso implique ponerme en peligro.

Él dijo una vez que los milagros están hechos para momentos como este. Tenía razón. En el extremo opuesto del mundo, en una ciudad de treinta y ocho millones de habitantes, nos encontramos. Estoy segura de que lo haremos por segunda vez.

Tengo que encontrarle.

1

Irasshaimase

Poco a poco me empieza a invadir el pánico. En quince minutos he quedado con mi familia de acogida frente a la tienda Uniqlo. Según Google Maps, estoy a dos minutos a pie y a ciento setenta metros de mi destino. Fácil, o, al menos, no absolutamente imposible, pero me encuentro en medio de la estación de tren más concurrida del mundo, en Tokio, la más grande de las metrópolis. La palabra «estación» es un eufemismo de lo más atrevido, ya que hace creer a víctimas desprevenidas como yo que, con dieciséis años de experiencia vital, tienen posibilidades reales de orientarse de alguna manera. Error. La estación de Shinjuku –un coloso bañado en luces de neón con cincuenta y tres vías y la friolera de doscientas salidas– es como el nivel final de un videojuego. Llevo una hora y media tratando de encontrar un camino a través de este laberinto de túneles y cada vez me he ido adentrando más en su bullicioso interior: restaurantes, tiendas abiertas las veinticuatro horas, *boutiques*, quioscos, peluquerías, salones de juegos, chiringuitos, tiendas de ropa, de *souvenirs*, de electrónica, librerías, floristerías, zonas de fumadores y karaokes, todo ello decorado con cursilerías chillonas y carteles publicitarios sobredimensionados cuyas letras brillantes parpadean salvajes por doquier.

Me siento completamente perdida. Un agotamiento paralizante me atenaza los miembros y podría jurar que la gravedad aquí abajo, en lo profundo de las entrañas metálicas de la tierra, es tres veces mayor que en la superficie. Me han salido ampollas en las manos. Mi maleta se ha hartado de esta tortura y protesta atascando sus ruedas y chirriando. Está repleta de equipaje para doce meses y habría reventado hace horas si mi padre no la hubiera momificado con un rollo entero de film transparente.

Todavía quedan diez minutos.

Se dice que por la estación de Shinjuku pasan cada día más de cuatro millones de viajeros. Al contrario que yo, cada uno de ellos parece saber exactamente a dónde va. La multitud fluye como una corriente de colores, rápida y ágil, que hubiera ensayado todos sus movimientos. Yo soy la única que se detiene cada dos por tres, cambia de dirección y aporta caos a este extraño orden.

«¿Adónde tengo que ir?»

Los engranajes de mi pecho se ponen al rojo vivo; así de fuerte me bombea el corazón. También tengo hambre, un hambre voraz, pero al mismo tiempo la excitación me ha generado tantas náuseas que hace horas que no consigo probar bocado. ¿Y si nunca encuentro a mi familia de acogida? De nuevo me invade ese miedo ardiente e irracional que se siente de niño en un supermercado cuando mamá desaparece de repente tras la estantería de las mermeladas. En mi caso, la estantería de las mermeladas es un océano y el supermercado es una estación de trenes que ha hecho todo lo posible por engullirme.

Mi situación puede resumirse con rapidez: estoy completamente sola en Tokio, una ciudad en la que nunca he estado, en un país que no conozco, en un continente que está a un sinfín de kilómetros de casa (a trece angustiosas horas de vuelo entre dos jubilados que no paraban de hablar, para ser exactos). Y lo peor de todo es que estoy aquí por voluntad propia.

Hace un mes me enteré de que me habían seleccionado para un programa de intercambio de estudiantes en Japón. Tres plazas exclusivas y solo una de ellas en Tokio. Como hasta ahora nuestros programas de intercambio se limitaban a Europa, la flamante y novedosa oferta de ir a un instituto japonés durante un año causó un auténtico revuelo, y las solicitudes fueron abrumadoras. En realidad, soy una estudiante mediocre y sigo sin saber cómo conseguí hacerme con el tan codiciado Billete Dorado. Creo que mis desbordados profesores y mis despistados padres se reunieron una noche de luna llena en un consejo secreto y decidieron que era hora de enviar a la extraterrestre de vuelta a su planeta. Y mientras no se pueda viajar a la periferia del espacio a la velocidad de la luz, el otro lado del mundo es la alternativa viable. No puedo culparlos por ello. Hace un tiempo que no encajo ni en mi clase ni en mi familia. Nunca me ha resultado fácil, pero hace dos años, durante el verano, todo cambió. Desde entonces, he ido cuesta abajo y sin frenos hacia una cueva profunda y oscura con un único rayo de esperanza: irme lo más lejos posible.

A los trece años descubrí mi pasión por el anime, sobre todo por las imaginativas películas de Studio Ghibli. A los catorce, leí mi primera novela de Haruki Murakami y fue amor a primera vista. Japón se convirtió enseguida en una especie de refugio secreto, el lugar de mis anhelos, y me juré viajar en algún momento a la nación insular del Pacífico después de graduarme. Y para prepararme de forma adecuada de cara a mi aventura de ese día, he estado estudiando japonés con diligencia durante muchos meses.

Ahora se podría decir que mi sueño se ha hecho realidad de forma prematura e inesperada, pero he aquí la paradoja: en la vida real, siempre que puedo evito lo desconocido. «Algún día» suena bien, «ahora» significa pánico. Soy, por así decirlo, una trotamundos apasionada, valiente y curiosa que nunca quiere salir de su habitación, monótona, anodina y mortalmente aburrida. «Soñadora», así es como me llaman mamá y papá, pero se trata de un diagnóstico demasiado romántico para mi excesiva inactividad. También mis amigos están hasta el gorro de mí. Mientras todo el mundo está obsesionado con probar cosas nuevas (gente nueva, cafeterías nuevas, música nueva, colores de pelo nuevos, nuevo, nuevo, nuevo…), a mí me cuesta cambiar. Cancelar citas en el último momento es mi especialidad.

El mes que viene cumplo diecisiete años. Estoy convencida de que solo me queda un pequeño intervalo de tiempo para liberarme del estrecho, pegajoso y terriblemente acogedor capullo de mi mundo de fantasía. Por eso no podía cancelar lo de Tokio de ninguna de manera, ya que es posible que este viaje sea mi última oportunidad. Aunque me encantan los beneficios de la soledad, no quiero morir como una persona que se ha pasado la vida en el sofá.

Faltan cinco minutos para la hora acordada.

Una película amarga me cubre la lengua. De algún modo, parece que atraigo de forma magnética el polvo de toda la estación. El aire helado que fluye por las oscuras branquias de las paredes me pone la piel de gallina una y otra vez, y aun así se me han formado grandes manchas de sudor bajo los brazos. Ahora mismo no quiero ni saber cómo me huele el cuerpo. El desodorante me lo quitaron en el control de seguridad, como si una bomba fuera una amenaza mucho más grave que el mal olor de mis axilas…

Ahora me arrepiento amargamente de haber marcado la casilla del formulario de inscripción que decía que mi familia de acogida no tenía por qué recogerme en el aeropuerto. Mi objetivo era evitar al máximo cualquier conversación innecesaria. Típico de mí, e igual de típico es que la decisión que tomé con tanto cuidado vuelva para darme una patada en el culo.

¿A lo mejor debería llamar a casa? ¿Y después qué? ¿Llorar y suplicar a mis padres que me recojan en Tokio? No es realista. Además, en Alemania es de noche. En vista de que en los próximos minutos podría quedarme sin casa y viviendo en la calle, no me queda más remedio que preguntar por la dirección. En efecto: estoy bastante tensa. Suele pasarme, sobre todo si me siento incómoda o insegura (que es casi siempre).

Me detengo delante de una pequeña cafetería. Los escaparates están decorados con tartas de plástico descoloridas, espumillón de un verde ponzoñoso y un ejército de gatos de la suerte que agitan sus brazos. Por lo menos, este extraño decorado hace juego con el superdesastre que se está gestando en mi interior. A mi espalda, los camareros exclaman «Irasshaimase», algo que siempre se hace aquí en Japón en cuanto uno se acerca a un restaurante, cafetería o tienda. *Irasshaimase* significa «bienvenido» en japonés, pero hay que familiarizarse con la intensidad, el volumen y el entusiasmo con el que lanzan la palabra. Para alguien a quien le gusta pasar desapercibida, estos entusiastas detectores de movimiento no son precisamente lo ideal.

Mientras siento a un centenar de personas por segundo pasando a mi lado, busco una víctima potencial. En un documental vi que los leones utilizan el efecto sorpresa para identificar a las presas más débiles. Pues bien: a cerrar los ojos y a por ello.

–*Sumimasen!* –grito, y me adentro a ciegas entre el borroso remolino de cuerpos.

En principio, a estas alturas mi japonés debería ser lo suficientemente bueno, pero solo mientras sea yo quien lo hable. En cuanto lo hace un nativo, lo normal es que no entienda nada. Así que cambio al inglés.

–Disculpe, ¿podría ayudarme?

Para mi sorpresa, al menos seis japoneses se detienen al mismo tiempo y forman un círculo inmaculado en torno a mí y mi maleta: caras sonrientes y amistosas; una expresión perfecta de amable y benévola espera.

Trago saliva con fuerza y balbuceo:

–Estoy buscando la tienda de ropa Uniqlo, pero no sé por qué salida tengo que ir.

Asienten comprensivos. Mantienen una breve conversación y mencionan varias veces la palabra *gaijin*, que no conozco. Finalmente, un hombre con un elegante traje de negocios sale del círculo y los demás continúan su camino de forma tan abrupta que parece como si la conversación nunca hubiera tenido lugar.

—*Kite kudasai* —dice agitando ambas manos.

—G-gracias —tartamudeo, y le sigo.

Escalera mecánica a la izquierda, barrera a la derecha, de nuevo a la izquierda, otra escalera mecánica, escalera mecánica, escalera mecánica, ascensor, escalera mecánica, después un vestíbulo del que parten largos pasillos amarillos que parecen tentáculos. A estas alturas estoy convencida de que he acabado en un bucle infinito e irresoluble, en una simulación que ha salido especialmente mal.

Pero, de repente, se oye con solemnidad: «¡Uniqlo!». El hombre se ha detenido y señala la SALIDA 9 con un movimiento impreciso y una sonrisa aún más brillante (señalar algo con el dedo se considera de mala educación en Japón). Le doy las gracias mientras una sensación de alivio sin límites se extiende por dentro. El hombre se despide con una inclinación y un enérgico «Ganbatte!», que significa «Buena suerte».

«Uf. Próxima parada: la familia de acogida».

Sesenta segundos me separan de nuestro primer encuentro. Mientras la escalera mecánica sube a la superficie, repaso sus nombres: la madre se llama Hana Nakano y el padre, Kiyoshi Nakano. No obstante, en su carta ambos se presentaban solo como Okāsan y Otōsan. *Okāsan* es la forma respetuosa de dirigirse a una madre; *otōsan*, a un padre. Mi hermana de acogida se llama Aya Nakano. Hace poco que ha cumplido diecisiete años y vamos a estar en la misma clase. Mi hermano de acogida, Haruto Nakano, es más pequeño. Creo que solo tiene diez años y todavía está en primaria. Con un poco de suerte, espero poder causarles una buena primera impresión.

Nerviosa, tiro de la sudadera gris que me compré específicamente para el largo vuelo. No me he mirado en un espejo desde que llegué, pero al menos llevo el pelo recogido en una trenza medio decente.

El aire fresco entra en mis pulmones. Por fin alcanzo la luz del día. Una leve brisa de verano, el peso del sofocante calor de agosto, el olor a asfalto húmedo... Siento un cosquilleo en el estómago.

Cuando por fin pongo pie en suelo tokiota –lista para el esprint final–, me quedo clavada en el sitio.

Como no podría ser de otra manera, he hecho los deberes; durante muchas horas y de forma obsesiva, he desmontado casi todo Tokio y he examinado al microscopio cada una de sus piezas. Como si fuera una detective, he repasado todo Google Maps, memorizando horarios y grabando en mi cabeza los nombres jeroglíficos de los distritos. Nivel de friki: experto. Pensaba que estaba preparada. Nunca me había equivocado tanto.

De rascacielos de cristales negros como espejos y de plata holográfica cuelgan coloridos carteles publicitarios, letras tridimensionales y grandes pantallas parpadeantes. Cada uno de los gigantes emana su propio resplandor mágico, una especie de aura de neón que palpita sin cesar e hilos de seda eléctrica. En los espacios sombríos que hay entre los rascacielos se esconden edificios de mediana altura que parecen moverse dentro de los remolinos de nubes de vapor que se elevan en el aire. Sus ventanas brillan como ojos de gato y sus fachadas recuerdan a grandes cobertizos metálicos. La primera fila está ocupada por puestos diminutos, una maraña de colores y formas tan variopintas y plásticas como las de los juguetes. Algunos recuerdan a ovnis y cabinas telefónicas futuristas, otros a enormes pompas de chicle y templos galácticos. Hasta la más pequeña brizna de aire parece brillar, pero, aunque sea pleno día, esta extraordinaria composición de luz encierra también una misteriosa oscuridad.

Tardo en recuperarme de la sobrecogedora visión. Nunca había visto nada igual en mi vida, es más, ni siquiera lo había imaginado, pues Tokio es una ciudad que sobrepasa toda imaginación.

Poco a poco, recompongo mi mente destrozada y sobreestimulada e intento concentrarme en mi misión: respirar, Uniqlo, familia de acogida.

La tienda de ropa está al otro lado de la calle, justo enfrente de mí. Cojo mi maleta y empiezo a caminar. Lo que me llama la atención de inmediato es que aquí casi todo el mundo lleva algún tipo de sombrilla para protegerse del sol, a cuál más alegre y colorido. Además, cada atuendo es único. Definitivamente, soy la única que se pasea en ropa monocroma.

El semáforo trina como un pájaro al cambiar a verde. A mi alrededor se oyen sonidos que no consigo identificar: crujidos y traqueteos, como un sonido mecánico de mascar, un remolino de melodías, imagino que de algún tipo de altavoz, divertidas voces de dibujos animados que caen del cielo y un rugido ubicuo, casi como un latido urbano. En esta ciudad parece que cada átomo está a rebosar de vida.

–¡Malu-san!

Oír mi nombre por primera vez en este laberinto de desconocidos es pura felicidad y me hace recobrar fuerzas.

–¡Malu-san! *Konnichiwa!*

Ahí están: Okāsan con un elegante kimono de color lila. Otōsan con pantalones caqui y una divertida camisa hawaiana. Haruto en un uniforme que parece disfraz de Detective Conan. Y Aya.

Hace falta más de una mirada para describir el atuendo de Aya. Además, no tengo la capacidad mental necesaria para entender lo que estoy viendo. Tampoco sé qué tipo de reacción se espera de mí. ¿Sorpresa? ¿Ilusión? ¿O fingir que es normal ir por ahí como una agente asesina alejada por completo de la realidad?

Unas botas militares de plataforma increíblemente altas, una minifalda de piel de vaca, un top plateado (mitad armadura de caballero, mitad papel de aluminio), combinado con una gabardina beis que le llega hasta el suelo y una boina de *tweed* gris verdoso. Su pelo negro, liso como un espejo, le llega hasta las caderas. En las manos lleva mitones de cuero desgastado y su bolso tiene la forma de un revólver.

–Hola, Malu –dice despreocupada, y se ajusta sus gafas de sol Wayfarer.

Sus labios rojos esbozan una sonrisa. Luego se inclina y el resto de la familia hace lo mismo.

–*Dōzo yoroshiku onegaishimasu* –anuncio yo, una forma de saludo cortés que quiere decir algo así como «es un placer conocerle».

Y como he estado mirando a Aya durante demasiado tiempo y con demasiada intensidad, le hago una reverencia especialmente devota.

Clong.

Me golpeo contra el asa extraíble de la maleta con la fuerza de un martillo. Haruto suelta un sonoro bufido, pero basta una severa mirada de reojo de su padre para silenciarlo.

–¿Te has hecho daño? –pregunta Okāsan con preocupación.

Su inglés es algo torpe, pero la entiendo bien.

—N-no, estoy bien –miento con la cabeza enrojecida, y parpadeo para ahuyentar las lágrimas que intentan colarse en mis ojos.

Al incidente le sigue un silencio embarazoso, acompañado de toses nerviosas y carraspeos. Qué vergüenza. Seguro que Aya, que tiene una sonrisa irónica en la cara, piensa lo mismo.

–¡Lo mejor será que llevemos a Malu-san a casa! Seguro que está cansada después de un viaje tan largo.

Okāsan me palmea en el hombro mientras yo me limito a asentir como una estúpida.

–¡Y hambrienta! –añade Otōsan, con una sonrisa tan cálida que sus gafas se levantan hasta llegar a sus pobladas cejas.

Como no se me ocurre nada ingenioso que decir, me paso la mano por la frente de forma demostrativa y exclamo:

–*Atsui desu!*

De inmediato, me arrepiento de haberles dicho a mis padres de acogida que tengo calor, porque Okāsan y Otōsan parecen conmocionados, como si fueran responsables del clima tropical de todo Asia Oriental.

—*Gomen nasai* —se disculpa Otōsan, y Okāsan no tarda ni un segundo en tirar de él hacia la tienda más cercana.

—¿Q-qué está pasando? —le pregunto a Aya, con una risa nerviosa.

Los cristales negros y gruesos de sus gafas ocultan sus ojos y me inquieta no saber si me está mirando o no. Solo después de que una pompa de chicle estalle en sus labios, responde con voz fría:

—No queremos que la *gaijin* pase demasiado calor.

—¿*Gaijin*? —pregunto; es una palabra que he oído varias veces desde que he llegado.

—No importa. Eres de Alemania, ¿verdad?

—N-naturalmente. —¿Sabe siquiera que soy su estudiante de intercambio alemana?—. De ahí vengo. Aunque ya no estoy del todo segura. Tengo la sensación de llevar viajando una eternidad.

Ella no dice nada. *Tough audience*.

—Aún no se ha inventado un GPS capaz de encontrar la salida de esta maldita estación. Doscientas salidas y cada una de ellas intenta esconderse de ti. Juraría que a mi Google Maps le ha dado un soponcio durante los últimos veinte minutos.

—Y aun así estás aquí.

Se supone que el entusiasmo suena algo diferente.

—¿Tú también hablas alemán? —pregunto en mi lengua materna, con la esperanza de impresionarla de algún modo.

Nada; puro hielo.

—¿Qué? —responde en inglés, y cruza los brazos delante del pecho.

—Solo te preguntaba si también hablas alemán. Eh…, en alemán.

—Sé que eso era alemán. Mi novio habla alemán.

—Aya no tiene novio —interviene Haruto con una alegría diabólica, lo que le vale un sonoro rapapolvo en japonés.

—Estaré encantada de enseñarte algunas palabras. Así podrás sorprender a tu chico con ellas.

Por fin parece que la comisura de sus labios insinúa algo parecido a una sonrisa, pero el triunfo dura poco: Aya no tarda en volver a meterse en el papel de agente misteriosa e inabordable y Tokio se refleja en sus gafas como una inalcanzable ciudad estrellada.

Haruto, por su parte, me mira con la boca abierta. Estoy segura de que su sola mirada es suficiente para provocar caries; es tan dulce como el azúcar. Con esa americana azul marino parece el profesor de My Little Pony y el corte de tazón acentúa su mofletuda donosura.

Al darse cuenta de que le miro con tanta atención como él a mí, me pregunta en un inglés impresionantemente bueno:

—¿Quieres conocer a mis amigos?

—Haru no tiene amigos —murmura su hermana, y escucho diversión en su voz.

El pequeño le da un codazo en el costado. De nuevo discuten en japonés, pero entonces Aya pone una mano en el hombro de Haruto y al instante reina la paz.

—Me gustaría conocer a tus amigos —digo con solemnidad—. Y a tu novio también, Aya.

Aya no me responde, pero siento como si hubiera pisado el filo de un agujero negro. Su rechazo hacia mí es tan palpable que me arrastra hasta el fondo.

Estoy a punto de pedirle disculpas (aunque no tengo ni idea de por qué), cuando Okāsan y Otōsan se apresuran hacia nosotros con bolsas de plástico llenas. No ha pasado ni un segundo y ya tengo un abanico rosa en una mano y una sombrilla rosa en la otra. Pero eso no es todo: Okāsan me coloca con cuidado un sombrero rosa para el sol en la cabeza y unas gafas de sol rosas en la nariz (hasta los cristales son rosas). Luego le toca el turno a Otōsan: orgulloso, me entrega una botella de agua, té helado, crema solar (con factor de protección 50), un miniventilador rosa (quién lo iba a decir) y pilas de repuesto para el miniventilador rosa.

Dentro de mí, la gratitud se mezcla con un sentimiento de completa sorpresa.

–Mu-muchas gracias. No era necesario.

Otōsan abre la botella de agua y yo bebo, obediente.

–Muchas muchas gracias.

Okāsan enciende el miniventilador y abre la sombrilla.

–De verdad, muchas gracias.

Entonces Haruto me rocía un montón de crema solar en la cara y todos ríen divertidos. Y en algún momento yo también comienzo a reírme a carcajadas, ya que, a pesar de mi nuevo kit de supervivencia para el Sáhara, me empieza a arder el cerebro.

2

Gaijin

Hasta ahora nunca había dormido tan profundamente y tan bien. Sin preocupaciones, sin sueños, solo una ingrávida oscuridad. He estado fuera de juego durante diez horas; no medio viva, sino más bien medio muerta. Aunque lleve un rato despierta, estoy tumbada inmóvil en el futón y con la mirada fija en el techo. «Estoy en Tokio –retumba en el bosque crepuscular de mi conciencia–. No, aún no estoy preparada». Suspirando, entrecierro los ojos y me imagino tumbada en mi acogedora cama doble de Alemania. Es imposible. Nada que sea de gran tamaño cabe en mi nueva habitación, ni siquiera los muebles imaginarios. Habito en un mundo en miniatura: un escritorio minúsculo, un taburete minúsculo, un armario minúsculo, una estantería minúscula, un colchón minúsculo (¡a mí la pretenciosa palabra «futón» no me engaña!), una almohada minúscula, una manta minúscula, todo es minúsculo y, al mismo tiempo y de una forma absurda, también plegable, reducible, minimizable…

La casa de la familia Nakano está en Sendagaya, un barrio tranquilo e idílico que resplandece como la espuma del mar contra la poderosa muralla de rascacielos de Shinjuku. El barrio de Shibuya, con su famoso megacruce y su interminable jungla de experiencias, también está a solo dos paradas de tren. Además, sé que cerca está Harajuku, el centro por excelencia de la moda inusual y el *cosplay*.

Aunque el mundo que hay más allá de la puerta principal parece gigantesco, aquí dentro todo es igual de pequeño.

Los hermanos comparten habitación y, a juzgar por los constantes ojos en blanco de Aya, a mí me ha tocado el dormitorio que suele ocupar Haruto. La cocina y el salón son contiguos, pero aunque hay que usar un microscopio para encontrar los fogones y el fregadero, son electrodomésticos de última generación. El dormitorio de los padres quedó fuera de la (brevísima) visita a la casa. Solo quedaba el cuarto de baño y el mero hecho de pensar en ello me llena de horror.

Todo el mundo ha oído hablar de los legendarios inodoros japoneses de alta tecnología, pero yo no sabía que hiciera falta un doctorado para tirar de la cadena. Si hay algún mal puro en la tierra, una encarnación del mismísimo diablo, ese es el retrete japonés. Dos veces me aventuré a acercarme a él ayer por la noche y las dos veces fui brutalmente atacada. Nada de cantos de pájaros, asientos de retrete precalentados y secadores de culos: lo mío fue una experiencia cercana a la muerte.

Se oye un arañazo en la puerta de mi habitación.

Abro los ojos. Ha llegado el momento: el presente me alcanza. A una ciudad como Tokio no se la puede hacer esperar. Miro el móvil. Vaya, ya son las once y media. Es curioso, pero todavía no he oído ni un ruido.

¿Seguirán durmiendo los Nakano? Es poco probable. Por otra parte, hoy es domingo, así que quién sabe.

Se vuelve a oír un arañazo seco en la puerta y un suave maullido.

Un cálido cosquilleo se extiende por todo mi cuerpo. Por eso ayer surgió tan a menudo la palabra *neko*: ¡los Nakano tienen un gato! En un abrir y cerrar de ojos me arrastro por el colchón y abro la puerta. Solo basta una pequeñísima rendija para que el gato, que se ha licuado en una sustancia desconocida, entre en la habitación tan rápido que solo soy capaz de reconocer una sombra fugaz.

Como en Japón todo suele tener un aspecto tierno y adorable, me esperaba una bola de peluche con los ojos muy grandes, pero ahora que el señor Neko se despereza sobre mi futón como un rey, no puedo evitar un gemido de horror: es un gato rechoncho, arrugado, feo como un demonio, sin pelo, con unos ojos amarillos de lagarto y unos colmillos puntiagudos como los de un vampiro. ¡Y qué son esos… pendientes reales! Ninguna persona normal podría soportar semejante visión sin sufrir daños permanentes (sobre todo, no antes de su primera taza de café).

El monstruo maúlla y suena como un pato extraterrestre.

–Olvídalo.

Maúlla de nuevo, alto y lastimero.

–¡Fuera de mi habitación!

Ahora emite un quejido histérico y melodramático.

–¡Vale, vale, lo haré! Pero no despiertes a toda la casa.

Me siento junto al gato y acaricio sus pequeños rollitos de carne sin pelo. Empieza a ronronear y un grueso hilo de saliva amenaza con caer en mi almohada.

–Se llama Bratto Pitto –susurra una voz.

Haruto está frente a la puerta y mira tímido al suelo.

–Buenos días, Haruto –digo con una sonrisa–. Pasa.

–*Ohayō gozaimasu*, Malu-san. –Entra en la habitación con cuidado, con un aspecto mucho más elegante y digno que el de su mascota sin pelo–. Si quieres, puedes llamarme Haru. –Se sienta a mi lado y acaricia la papada del gato–. ¿Has dormido bien?

«¿Desde cuándo los niños de diez años son así de educados?»

Me sobrepongo a mi repentino enmudecimiento y respondo:

–Sí, he dormido muy bien. Gracias.

–*Okāsan* te ha preparado el desayuno. Si quieres, te acompaño a la cocina.

Me voy a derretir.

–¡Oh, sería estupendo! Tengo un hambre descomunal.

–*Pekopeko*. –Haruto ríe y se da palmaditas en la barriga–. Cuando tenemos hambre decimos *pekopeko*.

–Ojalá mi japonés fuera tan bueno como tu inglés. ¿Lo has aprendido en el colegio?

—No, me lo ha enseñado mi niñera –explica Haru, cohibido–. No te preocupes, Malu-san, yo te ayudaré a aprender japonés. *Ganbatte!*

Siempre he pensado que los niños pequeños son una molestia, pero ahora mismo nada me gustaría más que ser la mejor amiga de Haruto. ¡Es tan mono!

Es evidente que Bratto Pitto tiene un gran problema con no ser la estrella indiscutible del momento, porque bufa ofendido y sale de la habitación pavoneándose con la cola en alto y haciendo sonar sus... pendientes reales.

—Lo siento –murmura Haruto–. Es muy sensible, sobre todo cuando no está vestido.

—No pasa nada. Si yo fuera él, tampoco me gustaría andar desnudo –respondo riendo, y siento cómo el nerviosismo se va alejando poco a poco de mí–. Voy a darme una ducha rápida y luego voy a la cocina.

—*Hai, daijōbu desu!* –exclama Haruto con el pulgar en alto, y su sonrisa llena la pequeña habitación de un enorme resplandor.

Cuando entro en el salón, me sorprende comprobar que la familia Nakano ya ha empezado el día. Los cuatro están sentados sin abrir la boca en el estrecho sofá y leyendo: Okāsan un libro, Otōsan un periódico, Aya una revista de moda y Haruto un manga. Están muy bien arreglados y recuerdan un poco a unas muñecas de porcelana. Con mi pantalón de chándal holgado y mi camiseta de un solo color enseguida me siento como una vagabunda. Si tan solo me hubiera secado el pelo con secador o al menos me hubiera maquillado un poco...

Aya es la primera en fijarse en mí. Murmura algo en japonés y vuelve a aparecer la palabra *gaijin*.

—*Ohayō gozaimasu!* Buenos días, Malu-san –corean los padres, y Okāsan señala la mesa redonda del comedor–. Por favor, siéntate. Debes de tener hambre.

—*Pekopeko* –respondo, a lo que todos (excepto Aya) aplauden entusiasmados.

Menos de un minuto después, Okāsan sale flotando de la cocina con una bandeja llena de tortitas humeantes y de olor celestial y me doy cuenta de que los ojos se me llenan de lágrimas. En mi fuero interno, ya me había preparado para el típico desayuno japonés (arroz y sopa de miso, uf), pero Okāsan es, sin duda, una gran conocedora de las delicias europeas. Café con leche, fresas frescas, beicon crujiente y un huevo pasado por agua; como un hada, revolotea y me sirve una delicia tras otra. Bratto Pitto da vueltas perplejo alrededor de su cuenco de comida vacío y grita como si fuera un monstruo de las profundidades marinas. Ahora lleva puesto un pelele amarillo yema y se parece a Pikachu; siempre y cuando Pikachu fuera el protagonista de una película de terror.

Solo después de haber engullido dos tortitas y vaciado una taza entera de café, hago una pausa y pregunto, un poco avergonzada:

–¿Vosotros habéis desayunado ya?

–*Hai*, pero Malu-san necesitaba dormir. Un viaje muy muy largo. Alemania está muy lejos –responde Okāsan, e irradia una comprensión tan grande que enseguida me siento mejor–. Malu-san quiere ver Tokio, ¿sí? Seguro que estás muy emocionada.

–Después de comer le enseñaré el parque Yoyogi –interviene Aya, como de pasada, igual que un ordenador que escupiera información inútil.

El asombro inunda la habitación.

–Eso sería estupendo –me esfuerzo por decir, e intento sonreír.

Ella me devuelve una sonrisa breve y forzada.

«Pero ¿qué le he hecho yo a esta tía?»

Al darme cuenta otra vez de que vamos a estar todo un año en la misma clase, las tortitas de mi estómago se convierten en piedra.

El calor cubre las calles como un manto de cemento y desdibuja los contornos de las casas. El asfalto desprende ese aroma tan especial del verano, una mezcla de nostalgia y anhelo, y los rascacielos parpadean como llamas verdes en el horizonte. No hay casi nadie en la calle. Hay tanto silencio que solo oigo el canto de los grillos y un extraño zumbido que parece provenir de los vientres de hormigón de los edificios. Frente a mí hay un montón de máquinas expendedoras de bebidas, cafeterías, tiendas de conveniencia y casas unifamiliares algo inclinadas y conectadas entre sí por una enmarañada red de cables eléctricos. Y vuelvo a sentir lo mismo: aunque ya es pleno día, la ciudad desprende su propio y misterioso resplandor.

Por debajo de la camiseta, el sudor me cae a chorros por la espalda. Solo llevamos veinte minutos caminando, pero noto un extraño agotamiento que se extiende por todo mi cuerpo, probablemente debido al *jet lag*. Me fijo en Aya porque no puedo creer la ligereza con la que se mueve a través de esta abrasadora tormenta de sol. Parece una princesa en su vestido blanco de lentejuelas. Lleva el pelo recogido en una elaborada trenza decorada con flores de verdad. Esta vez lleva los labios pintados de rosa nacarado, a juego con sus pendientes de oro mate en forma de corazón. Y mientras yo parezco una completa idiota con mi sombrero rosa para el sol (Okāsan no me dejaba salir de casa sin él), ella sujeta una sombrilla tan magnífica que bien podría haber pertenecido a la reina de Inglaterra.

Hablamos poco. Aya me habla un rato del barrio (centros comerciales, restaurantes, medios de transporte), pero estoy demasiado emocionada para memorizar los detalles. Después, yo me pongo a filosofar sobre el tiempo y Aya parpadea mirando al cielo, aburrida. Pero, de vez en cuando, la sorprendo pasándose los dedos por el vestido, tirándose del pelo o comprobando su maquillaje en el espejo de bolsillo. ¿Y si está tan nerviosa como yo?

La respuesta es sí, pero la causa no soy yo. De repente, cuando nos acercamos a la entrada del parque Yoyogi, oigo una música sonando a todo volumen. Hay unas treinta personas reunidas en una plaza circular celebrando una fiesta desenfrenada. Chaquetas de cuero negro, vestidos *rockabilly* ajustados, vaqueros pitillo con rotos y crestas mohicanas de colores; cada atuendo es más salvaje que el anterior. El sonido tormentoso del *rock 'n' roll* inunda el aire de electricidad y enseguida se escucha *Heartbreak Hotel*, de Elvis Presley. Se oyen vítores y algunos tocan guitarras imaginarias, al tiempo que una pareja sale de entre la multitud y ejecuta un impresionante número de baile.

La palabra «asombro» no hace justicia a lo que siento. ¡Cuánta energía y alegría por vivir! Probablemente me quedaría aquí para siempre, en un estado de éxtasis, si no fuera porque Aya me coge de la mano.

«Un momento, ¿estoy soñando?».

Me arrastra más allá de los cuerpos arremolinados y me guía hasta una hilera de altos ginkgos.

—¿Adónde vamos? —pregunto asombrada, mientras su mano se enfría y se humedece en la mía.

Y entonces me doy cuenta: hay un chico sentado en un muro bajo cubierto de hiedra, absorto en su cuaderno de dibujo y tan ajeno al mundo como si acabara de caer de otra dimensión. Lleva un *yukata* masculino verde esmeralda, combinado con unas sandalias japonesas de madera y un pañuelo blanco estilo *vintage*. Los brotes del sol brillan como estrellas en sus rizos negros y entre los túneles de sombra de su ropa descubro finas líneas de misteriosos tatuajes.

—*Konnichiwa*, Kentaro-san —grita Aya, y de repente no queda ni rastro de su bombástica confianza en sí misma—. *Genki desu ka?*

El chico levanta la vista y su mirada me atraviesa como un rayo al rojo vivo. Bajo un abanico de espesas pestañas, sus ojos brillan como el oro y el ámbar.

Mientras le miro fijamente —o, mejor dicho, lo disecciono, lo estudio, lo analizo y lo vuelvo a ensamblar—, él salta del muro y se para frente a Aya. A continuación, ambos se saludan varias veces y mis ojos se transforman en una mirada oblicua. Se están intercambiando frases de cortesía en japonés, tan reservadas y reverentes como si se tratara de una reunión gubernamental en extremo oficial. Entonces, en un momento dado, se pone delante de mí y, antes de que me dé cuenta de lo que ocurre, hace una reverencia.

Yo sé que este gesto caballeroso es completamente normal en Japón. Aquí no se da la mano, aquí se hace una reverencia. Sin embargo, estoy tan desconcertada que no puedo controlarme: empiezo a reírme entre dientes, produzco un gruñido parecido al de un cerdo y luego estallo en una carcajada histérica.

—¿A ti qué te pasa? —El horror se apodera de la voz de Aya.

«No tengo ni idea, Aya. Puede ser que mi rareza general sea responsable de este paso en falso, o puede ser el hecho de que una especie de caballero Jedi esté delante de mí como si fuera lo más normal del mundo…».

Él mantiene su reverencia y espera a que yo le devuelva el saludo.

Con un brusco golpe en el costado, Aya pone fin a mi ataque de risa. Hago una reverencia (un sapo habría sido más elegante), abofeteada por una vergüenza incandescente. Mi hermana de acogida refunfuña algo en voz baja y de nuevo aparece la palabra *gaijin*.

—De nada sirve resistirse a lo desconocido. Solo cuando abraces Tokio podrás entender por qué estás aquí en realidad.

El hecho de que el Jedi tatuado hable alemán hace que me asuste, y necesito un momento para recomponerme.

—¿C-cómo?

—Un buen primer paso sería no burlarse del ritual de bienvenida del país anfitrión.

—¡Yo nunca haría eso! —protesto y, más que mariposas, siento pterodáctilos en el estómago.

—Entonces, ¿te estás riendo de mí? —Arruga el entrecejo.

Por norma general, a estas alturas ya me habría disculpado si no fuera por ese brillo pícaro y divertido en sus ojos.

Como no sale sonido alguno de mi boca entreabierta, se acaricia el *yukata* y comenta con tono seco:

–No, esto no es un albornoz.

–Yo..., eso ya lo sé.

Él reacciona con una amplia sonrisa.

–Por cierto, me parece bastante cuestionable el sombrero que has elegido.

El suelo bajo mis pies me lanza descargas eléctricas. No se me da bien conocer a gente nueva, pero mucho menos si se trata de alguien presuntuoso, engreído, arrogante, egocéntrico y sabelotodo que se las da de caballero galáctico.

–Al menos yo no hablo mal de alguien que está a mi lado.

Él ladea la cabeza.

–No te sigo.

–*Gaijin*; así me llaman todo el tiempo. Me imagino que no es exactamente un cumplido.

–Tienes razón. *Gaijin* significa «forastero». –Se me hace un nudo en la garganta–. No te lo tomes a pecho. Yo también fui un *gaijin*. Mi madre es alemana. Estuvimos viviendo en Berlín hasta que cumplí diez años, después nos mudamos a Japón.

Eso explica su complexión. Es bastante más alto que Aya e incluso a mí me saca una cabeza (en este país entro en la categoría de «gigante de circo»).

Su mirada se aparta por un momento de mí y se pierde en el bullicioso caos de los bailarines de *rockabilly*.

–Al principio fue duro. Pero si demuestras tu valía y Tokio te abre sus puertas, el paraíso es tuyo. No existe otra ciudad igual en el mundo.

Hace ya rato que el pánico y la esperanza se baten en duelo en el rostro de Aya. Pero ahora parece que se impone el miedo a lo que podríamos estar diciendo en alemán, ya que interrumpe nuestra conversación con una estridencia que cala los huesos.

–Malu, este es Kentaro-san. Va a nuestra clase.

«Genial, lo que me faltaba». Y entonces caigo en la cuenta: ¿es este el chico germanoparlante de Aya? ¿Su novio?

–Encantado de conocerte –dice Kentaro también en inglés, y me guiña un ojo.

–Malu-san y Kentaro-san son de Alemania. ¡A partir de ahora podemos hacer muchas cosas juntos!

Ver a Aya tan temblorosa y emocionada me irrita muchísimo. Me obligo a sonreír y murmuro:

–Claro que sí.

Kentaro me hace una última inspección antes de encogerse de hombros sin sentido aparente y murmura:

–Eso parece.

«Qué asco».

Entre Aya y él comienza un intenso baile de reverencias. Finalmente, Kentaro vuelve a su muro y Aya sonríe tan feliz como si le acabara de tocar la lotería. Aturdida, camino junto a mi hermana de acogida, que ahora se dirige al parque.

Pero entonces hago de tripas corazón y me vuelvo hacia Kentaro.

–Por cierto, el sombrero no lo he elegido yo. Me lo pongo por… educación.

–Qué maleducado por mi parte… Ahora ya no tengo nada para burlarme de ti.

Se ríe y, de repente, en Tokio se hace el silencio.

3

Shōganai

Querida Maja:

Ya no recuerdo cómo se siente caminar en la dirección correcta. A estas alturas, estoy segura de que Tokio es una ciudad que cambia de forma. Cada vez que giro a la izquierda, acabo en una derecha especular, y cuando bajo un tramo de escaleras, entro en una paralela hacia arriba. Como el número 712 sigue a la casa número 3, Google Maps es tan inútil como un pepino de mar con una antena de paja. Lamentablemente, mi CI no es tan alto como para seguir las indicaciones japonesas. Sería mejor si me envolviera la cabeza con papel de aluminio y le preguntara a una máquina expendedora. En cualquier caso, he aprendido que perderse puede convertirse en un estado permanente. Al menos, ahora te vuelvo a sentir más cerca. De alguna manera, sabía que me estarías esperando.

Mañana empiezan las clases y se me revuelve el estómago de solo pensarlo. ¿Cómo voy a sobrevivir todo un año escolar con la almirante Aya y sus no menos extraños compañeros de clase? Tú sabrías la respuesta. Tú ya le habrías enseñado a Aya quién manda. En realidad, siento un poco de lástima por ella. Se pasa la mitad del día confeccionando conjuntos de lo más locos para lucirlos en Harajuku (has acertado: en el estiloso Harajuku yo parezco un marabú en una reserva de pavos reales). Cuando a Aya la fotografía una bloguera de moda, para ella su día ha sido un éxito. Entonces, su Instagram bulle a cada segundo y su barómetro anímico

31

no está, al menos durante unas horas, en el negativo más absoluto. Por lo demás, es la personificación de una reina de hielo: guapa pero desagradable. Estoy segura de que, además de su vestuario, pasa cada minuto de su tiempo libre juzgando todo y a todos. Y yo soy presa fácil. No es que sea abiertamente mala conmigo; no, Aya actúa en la clandestinidad. Son esas miradas, lo subliminal, los comentarios mordaces...

Ojalá pudiera dejarme llevar. No preocuparme a cada rato por lo que los demás piensan de mí. Encontrar la alegría en perderme. Ojalá fuera más como tú: fuerte y valiente.

«De nada sirve resistirse a lo desconocido. Solo cuando abraces Tokio podrás entender por qué estás aquí en realidad».

Por norma general, no le doy mucha importancia a lo que dice un imbécil, pero de algún modo soy incapaz de olvidarme de sus palabras. Tengo que admitir que pienso en él de vez en cuando. Pienso en él y siento la imperiosa necesidad de vomitar. Este tipo es problemático, ¡te lo digo yo!

Shōganai es mi nuevo lema en la vida. Porque con esta palabra, los japoneses lo resumen todo a la perfección: solo aceptando lo inalterable se puede alcanzar un estado de despreocupación. O dicho de otro modo: *shit happens. Move on.* Supongo que ahora te estarás riendo.

—Malu, ¿te falta mucho? —chilla Aya.

La puerta es más fina que el papel de pergamino, pero chilla de todos modos.

Hago clic en enviar y cierro el portátil... *Next round.* Aya ha quedado con dos amigas para comer y tengo que acompañarla. Bratto Pitto, que intuye que no me cae bien y por eso (como corresponde a un gato profesional) hace días que no se separa de mí, me mira con expectación.

—¡Cinco minutos! ¡Me doy prisa! —grito en respuesta.

La puerta es más fina que el papel de pergamino, pero grito de todos modos.

Bratto Pitto maúlla indignado.

—¿Qué? —gruño—. Si hablo demasiado alto para ti, piérdete. Seguro que tu sexto desayuno te está esperando.

El gato sin pelo me lanza una mirada asesina con sus ojos de dragón amarillo neón.

—Lo mismo digo, Brad Pitt. Y mete algo de barriga, por favor.

Ruedo fuera de la cama (corrección: futón) con un gemido y rebusco en mi armario un conjunto adecuado. Me doy cuenta de que Aya volverá a ir vestida de una forma absolutamente fabulosa, mientras que yo apenas consigo hacerme pasar por su sombra gris... y solo si me esfuerzo al máximo. Pesco una camiseta azul y un pantalón beis de entre el hacinado país del caos que son mis pertenencias. Luego me detengo y miro mi «vestido de fiesta» rojo, el único toque de color de mi triste colección.

—Vaya, Malu-chan. *Kirei!* ¡Qué guapa! —Okāsan no es capaz de salir de su asombro—. ¡Malu a color! —Aplaude de júbilo.

Para mí es un misterio por qué toda la atención se centra en mí y en mi aburrido vestido de lunares cuando Aya se presenta con una especie de atuendo sexi de criada francesa; incluye una falda supercorta y una chaqueta de cuero a lo Matrix que le llega hasta el suelo. Lleva el pelo recogido en dos trenzas Odango, al estilo de Sailor Moon, con medias lunas plateadas prendidas en ellas. Por supuesto, su calzado también es espectacular: unas pesadas botas militares, tan peligrosas y duras como su expresión facial. Sin embargo, es a mí a quien escrutan como a un ejemplar exótico de la jungla.

—No te olvides de llevar a Malu a la tienda de uniformes después de comer.

—*Hai* —gruñe molesta mi hermana de acogida.

No hay nada que desee más que subirme a un tren bala japonés y viajar en la dirección opuesta, pero Aya me ha preguntado si quería salir a comer con ella y sus amigas, Rio y Momo, y yo, idiota, le he respondido con un «sí» rotundo.

Antes de salir de casa, le doy una última caricia a Bratto Pitto (este gato sabe utilizar el comodín del público) y me despido de Okāsan con una inclinación semielegante. Por supuesto, el sombrero rosa vuelve a caer certero en mi cabeza; al fin y al cabo, la Godzilla alemana no debe pasar desapercibida para ninguno de los treinta y ocho millones de habitantes de Tokio.

Al adentrarnos en la luz plateada del mediodía, el suelo se mueve bajo mis pies. Tan de repente que no me doy cuenta de lo que ocurre. Un rugido profundo que parece caer del cielo. El asfalto se vuelve blando y cobra vida. Me quedo clavada en el sitio y, aunque al segundo todo vuelve a la normalidad, grito presa del pánico.

Aya se vuelve hacia mí, confusa.

—¿Qué te pasa?

—¿Eso ha sido un terremoto? —jadeo con horror.

—Claro, aquí hay temblores todo el tiempo —responde Aya sin pestañear.

—¿A qué te refieres con «todo el tiempo»?

—En Tokio la tierra tiembla cada día. A menudo incluso varias veces. Por debajo de nosotros se cruzan cuatro placas tectónicas. —Arruga la cara—. ¿No lo sabías?

—Sí, lo sabía —siseo al borde de las lágrimas—. ¡Pero aun así me he llevado un susto de muerte!

—Vale. ¿Vienes ya? Se nos hace tarde.

—¡Eso ha sido un terremoto! ¡Un terremoto de verdad!

—Y no va a ser el último.

Noto la rabia hirviendo en mi interior.

—¡Lo siento si no estoy tan tranquila como tú! De donde yo vengo, el suelo no se convierte en un algodón tambaleante así por las buenas.

Aya se acerca a mí y estoy segura de que está a punto de sacar una pistola láser bien gorda del bolsillo de su chaqueta y acribillarme con ella. Pero, en lugar de eso, me coge de los brazos y me susurra:

—No tienes por qué tener miedo a los terremotos. La mayoría ni se sienten. No hay nada que pueda dañar Tokio así de rápido.

Y entonces ocurre un segundo milagro consecutivo: Aya sonríe. Estoy tan perpleja que mis constantes vitales tardan un buen rato en volver a la normalidad. Mi mirada se pasea lenta por las majestuosas torres de espejos que toman apacibles el sol. Ahora que no hay luz que ilumine por dentro sus miles y miles de ventanas, casi parece como si estuvieran dormitando. No me puedo creer lo que acaba de ocurrir. De repente, Tokio me parece una criatura invulnerable y sobrenatural capaz incluso de dormir discretamente durante un terremoto.

El barrio de Harajaku, donde hemos quedado, es como una bolsa llena de caramelos de colores. La iluminación es alegre, los aromas están recubiertos de azúcar e incluso los ruidos suenan como si salieran de una caja de juguetes gigante. En las calles abarrotadas de gente no hay límites, solo una suavidad y una dulzura pomposas y esponjosas. Cada restaurante, cada tienda y cada cafetería está decorada: un país de las maravillas para niños mayores con un gusto alocado por la moda. Disfraces, pelucas y *overknees* sobrecargados de purpurina, neón y encaje, combinados con accesorios llamativos y estrafalarios como peluches, orejas de gato, perros robot o serpientes de verdad; la lista de curiosidades es interminable y estoy segura de que en Harajuku no hay nada que no exista.

Tampoco me sorprende que estemos sentadas en un *snack bar* donde los camareros se pasean como marineros mágicos con poca ropa. Canciones pop hiperactivas revolotean por el aire y la caja registradora chirría ruidosamente. Pura sobrecarga sensorial. Toda mi atención, sin embargo, se centra en el bol que tengo delante, en el que los resbaladizos fideos del *ramen* nadan entre setas *shiitake* aún más resbaladizas. Se masca la tragedia. Y todos los ojos están puestos en mí.

Vuelvo a decir algo para retrasar el desastroso desenlace de esta degustación de fideos:

—He oído que clavar los palillos en vertical dentro de la comida da mala suerte.

—¿Es que no tienes hambre? —pregunta Momo, impaciente.

—S-sí, claro.

—¿No te gusta? —insiste Rio, y eructa en silencio en la servilleta de papel.

Ella ya ha terminado de comer; sin duda, un nuevo caso para el *Libro Guinness de los Récords*. Me encanta el *ramen*, pero este plato tradicional japonés lo suelo comer con tenedor y cuchara (y sin espectadores) porque es mucho más fácil hacer que los leones de un circo atraviesen un aro de fuego que llevarse los fideos a la boca.

—¿Quieres que te enseñemos cómo se hace?

No sé qué hice mal en mi última vida, pero debió de ser algo terrible, porque está claro que las amigas de Aya son mal karma. Para empeorar las cosas, las dos chicas también van a mi nueva clase. Fue ingenuo suponer que Aya y su chico serían mi único problema. ¿Cómo dice el refrán? Las cosas siempre pueden ir a peor.

—*Daijōbu*, todo va bien —respondo en voz baja.

Momo suelta una risita y al hacerlo agita las orejas caídas de su pijama-disfraz de conejo. Se ríe cada vez que digo algo en japonés. También se ríe cuando me pongo o me quito el sombrero rosa. Pero lo que más le divierte es cuando soy víctima de los chorros de alta presión del lavabo, y eso me afecta.

—Dejad a Malu en paz, hay cosas importantes que discutir —empieza Aya, y por fin presiento mi oportunidad…

Un fideo.

Dos fideos.

Tres fideos.

«¡Joder, qué rico está!»

–Malu, ¿me estás escuchando? –La voz cortante de Rio pone fin a mi breve pero extasiado fideorgasmo.

–¿Q-qué? –mascullo con la boca llena.

Aya coge aire con fuerza antes de explicarme con voz experta:

–Hoy te van a dar el uniforme del instituto.

–Sí. –La nariz me gotea por culpa del caldo caliente y no puedo evitar sorber con fuerza–. Pero no os preocupéis, si tenéis cosas mejores que hacer, estaré encantada de ir por mi cuenta. De todos modos, creo que la tienda está cerca.

–¿Y qué pasa si Ōnamazu aparece del suelo y te devora?

–¿Ōna-qué?

Momo vuelve a taparse la boca con la mano para soltar una risita y decido que no la soporto, con o sin las orejas caídas.

Aya murmura algo en japonés y de inmediato el ambiente pasa de ser una fiesta del té a una reunión de negocios. Tras una breve pero muy significativa pausa, anuncia:

–Ikemen trabaja en la tienda de uniformes.

–¿Debería decirme algo ese nombre? –pregunto, confusa.

–Estoy hablando de Kentaro.

–El chico de Aya –explica Momo, y debo controlarme para no poner los ojos en blanco.

–Claro. Ya me acuerdo.

Las tres se inclinan hacia mí con expresión conspiradora.

–Podrías investigar un poco.

–Espiar –aclara Rio, que va vestida de negro como una ninja… si las ninjas cambiaran su ropa funcional por vaqueros ajustados y tacones altos.

–Podrías investigar un poco, comprobar la situación. Ya sabes, fisgonear. –Las leales subordinadas se están poniendo las pilas–. Los dos habláis alemán, eso es una ventaja. Puedes sondearle de verdad, descubrir sus secretos más oscuros. Ya sabes, de *gaijin* a *gaijin*.

Como esta conversación me parece aún más desagradable que un *amateur* sorbiendo fideos, continúo con mi comida.

–Solo pregúntale qué piensa…, bueno…, de mí.

Aya suena sorprendentemente descorazonada. Su postura rígida y las manchas rojas de su escote revelan lo avergonzada que está. Pobrecita. Así que el caballero Jedi es el punto débil de la reina de hielo, el único que puede hacer que se derrita.

Yo también estuve enamorada, pero eso fue hace mucho tiempo. De Luka, el mejor amigo del novio de Maja. Nos besamos unas cuantas veces antes de que algo más interesante se cruzara en su camino. Eso me dolió. Desde entonces, no he vuelto a sentir nada parecido, lo que en parte se debe a que ya no me atrevo a entrar en ese juego. Si, de todos modos, las cosas son tan complicadas, no merece la pena correr riesgos innecesarios. Y los tíos no suelen lanzarse a por las introvertidas y las melancólicas, así que, en mi caso, estar soltera no es nada digno de elogio.

–Vale, veré lo que puedo hacer. –Y como los ojos de Aya se llenan de lágrimas de forma inesperada, me apresuro a añadir–: ¡Estoy segura de que está loco por ti! ¿Quién no lo estaría? Eres tan guapa…

Hay fuerzas de la naturaleza incluso más destructivas que los terremotos. Imparables. Invencibles. Una de ellas aparece ocasionalmente en forma de una torpe alemana con palillos. Ella es el más peligroso de todos los poderes. Su nombre es Malu. Y Malu ataca de nuevo.

Porque en ese momento, un grueso trozo de fideo se me escapa de entre los palillos y vuelve a caer en el caldo caliente y grasiento. Las consecuencias son devastadoras: no solo salpica mi supuesto vestido de domingo entero, sino también el pijama-disfraz de conejito de Momo y la chaqueta ninja de Rio. Pero esos son solo daños colaterales. De la auténtica tragedia me doy cuenta al final: tres grandes cráteres marrones se han extendido por la inmaculada blusa de volantes de Aya.

–¡Dios mío! ¡Lo siento muchísimo! –grazno mientras Momo finge medio desmayarse. Me levanto de un salto de la silla y me inclino sobre la mesa con una servilleta–. ¡Seguro que podremos quitar las manchas!

Pero Aya retrocede presa del pánico, seguro que con la intención de sacar su crucifijo lo antes posible. No podría culparla por ello.

–*Gomen nasai* –me disculpo en japonés, e inclino la cabeza, culpable.

Mi hermana de acogida se recompone, pone la sonrisa de tortura más desfigurada de todos los tiempos y responde con voz gutural:

–*Shōganai*.

La tienda de uniformes resulta ser una diminuta estructura de madera apretada entre dos colosos de hormigón como una incongruencia de cuento de hadas. Un espeso manto de sombra cubre el vetusto tejado a cuatro aguas, ya que a tan poca distancia del suelo los rayos del sol llegan tenues. Una hiedra espesa y oscura cubre la fachada exterior y parece como si sus tentáculos mantuvieran unido todo el edificio. De una ventana redonda emana un tenue resplandor que recorre las paredes como una acuarela. Delante de la entrada hay un arco de madera negra. Su superficie está cubierta con unas letras rojo oscuro que brillan como si fueran heridas. Seguro que describen la espeluznante muerte que estoy a punto de sufrir.

Estoy nerviosa. Este lugar resulta tan ajeno al tiempo que no me sorprendería que, de un momento a otro, se desvaneciera en el aire y conmigo en su interior encantado. El hecho de que esté en territorio Jedi no hace que las cosas sean más agradables. Aya y Rio están sentadas en una cafetería a la vuelta de la esquina esperando a mi informe. Momo se ha ido a casa tras mi ataque con los fideos. El trauma parece profundo.

Camino con vacilación hacia la estrecha puerta de la entrada, obviamente haciendo un esfuerzo para que no me vea nadie. Al asir el desgastado pomo de latón, me doy cuenta de que sigo llevando el signo de exclamación rosa en la cabeza. No estoy orgullosa de ello, pero dejo que el sombrero de sol desaparezca entre la hiedra en un abrir y cerrar de ojos.

No tiene sentido: la tienda es minúscula y, sin embargo, cada centímetro parece estar ocupado por algún objeto superfluo, por grande que sea. Entre los percheros descubro un antiguo juego de muebles Chesterfield, espejos barrocos de cuerpo entero, cofres decorados, librerías que ocupan toda la pared e incluso una antigua bañera de latón llena de macetas. Del techo cuelgan farolillos de papeles de colores. Su luz es tan inquieta que las sombras bailan por todas partes.

—Me preguntaba cuándo aparecerías por aquí.

Tardo un momento en distinguir a Kentaro entre el caos de objetos imposibles. Está sentado en una mesa de madera cubierta de cera de vela. Hoy lleva unos vaqueros Levi's azul oscuro con una camiseta blanca sin mangas, y enseguida me doy cuenta de la cantidad de tatuajes que tiene: los brazos, los hombros y el pecho están todos cubiertos de ellos. Están hechos con tanta finura que parecen dibujos a lápiz.

—Necesitas un uniforme, supongo. —Su mirada se posa en las manchas de *ramen* en mi ropa—. O deja que te lo pregunte de otra manera: ¿cuántos uniformes de repuesto necesitas?

Aunque sabía que Kentaro estaría aquí, su presencia me desconcierta por completo. Y de nuevo me convierto en ese pez dorado que no sirve para nada: abre la boca, cierra la boca, abre la boca, cierra la boca…

—¿Hola? ¿Te ha comido la lengua el gato?

Me doy una bofetada mental.

—No. Es solo que he tenido un día muy duro.

—Y son solo las dos —comenta divertido.

«¡Contrólate, Malu!»

—¿Podemos saltarnos la cháchara e ir directos al grano?

Él sonríe.

—Pero a mí me gustan los preliminares.

«Di algo guay, di algo guay, di algo guay».

—Los preliminares están sobrevalorados.

«Guau».

Después de disfrutar de mi vergüenza durante unos instantes, anuncia con una gran sonrisa:

–Muy bien, pues ven por aquí.

Me quedo quieta durante un buen rato, rezando para que ante mí se abra un abismo negro en el que poder zambullirme. Como no ocurre nada, le sigo con la cara roja y las puntas de las orejas encendidas.

Deambulamos por un laberinto de retorcidos árboles bonsái, espeluznantes máscaras *nō* y descoloridos abanicos de pared, pero es la espalda de Kentaro la que me hechiza. Extrañas criaturas con caras distorsionadas y ojos salvajes surgen de entre sus omóplatos. Si no me equivoco, son motivos populares entre la famosa mafia japonesa. Todo el mundo conoce a los escalofriantes jefes de la *yakuza* y sus cuerpos llenos de tatuajes. La única diferencia es que los de Kentaro son exclusivamente negros. Aun así, no deja de ser de lo más extraño.

–Hoy vas a recibir tu uniforme de verano. Lo llamamos *sailorfuku*.

–¿De quién es este sitio?

–De Akamura. Se suele esconder cuando tenemos clientes.

–¿Tu jefe está por aquí escondido? –susurro, irritada.

–Es un poco peculiar, le gusta mezclarse con el decorado. No pienses en él. Mientras no se deje ver, estamos solos.

La manera de hablar de Kentaro me resulta un poco extraña, pero quizá sea porque está acostumbrado a hablar en japonés y no en alemán. Por otra parte, la idea de que haya un jefe camaleón merodeando por alguna parte me inquieta un poco. Qué lugar tan extraño.

Kentaro se detiene y, como estoy demasiado ocupada organizando los rompecabezas de mi cerebro, tropiezo de lleno con él.

Me sostiene. Entre los remolinos de sus iris descubro pequeños puntos del color de la tinta azul, volutas de cielo envueltas en un ámbar dorado. De repente, está muy cerca.

–Lo-lo siento –murmuro alejándome.

Mi corazón ha empezado un tormentoso solo de batería.

—El probador —dice Kentaro con sencillez, y señala una extravagante construcción parecida a un dosel.

—V-vale.

—Ya te he preparado el uniforme.

Se me eriza todo el brazo.

—¿Cómo sabías que iba a venir hoy?

—Akamura lo ha consultado con su bola mágica. —Yo parpadeo, sin comprender—. Ha llamado la madre de Aya. —Arruga la frente—. Ya sé que las conversaciones triviales no son lo tuyo, pero ¿estás segura de que no te pasa nada? Pareces bastante distraída.

Algo se agita en mi interior. No sé por qué, pero me gustaría hablar. Y a ser posible, de todo.

—Para ser sincera, el temblor de antes me ha afectado mucho. Nunca había experimentado nada igual.

—Entiendo. Yo también me asusté cuando sentí a Ōnamazu por primera vez.

—Espera, esa palabra ya la he oído hoy. ¿Qué significa?

—Ōnamazu es la razón por la que la tierra tiembla.

—¿Te refieres a las placas tectónicas?

—Me refiero al siluro gigante que vive bajo tierra. Cuando se acerca demasiado a la superficie terrestre, somos capaces de sentir sus movimientos. —Para mi sorpresa, se levanta la camiseta y señala un lugar por encima de su cadera, a la derecha—. Este es Ōnamazu.

Perpleja, me fijo en el pez barbudo con escamas iridiscentes y una aleta caudal parecida a la de un dragón. ¡Vaya músculos tiene Kentaro! No me extraña que Aya quiera…

—Ōnamazu pertenece a los *yōkai*, los demonios del mundo mítico japonés —continúa, pero se baja la camiseta y el tatuaje desaparece.

—¿Tú crees en esas cosas?

—¿Que si creo en un pez encantado que vive en la corteza terrestre? No. Pero los siluros son, en la práctica, el mejor sistema de detección de terremotos. Dan la alarma mucho más rápido que los sismómetros. Es como si tuvieran un sexto sentido para ello.

Su voz es hipnótica, aunque no termino de creerle.

—Pues mañana iré a la tienda de animales y me compraré un acuario entero de esos detectives del suelo. Tal vez pueda entrenarlos para que me den un margen de cuarenta y ocho horas y escapar en caso de que su hermano mayor decida montar la próxima fiesta de las placas tectónicas.

Kentaro sacude la cabeza, riendo.

—No te preocupes, Tokio es la ciudad más a prueba de terremotos del mundo. Todos los edificios están diseñados para resistir incluso los temblores más fuertes. Lo que importa ahora es que encontremos un uniforme que te quede bien, porque en este país nosotros también somos criaturas demoníacas; somos gigantes.

—Qué encantador —murmuro con una sonrisa.

Dentro del probador, tengo que apartar una campana de viento hecha de grullas de origami de mi cara... y entonces lo veo: mi nuevo uniforme escolar talla XXXL.

Bueno.

A duras penas consigo meterme a mí misma (y a mi talla M original) en la falda corta. También las medias parecen sentirse personalmente ofendidas por el ancho de mis pantorrillas europeas. La blusa y el cuello de marinero que lleva cosido hace que me acabe rindiendo. Los tres botones de arriba no se terminan abrochar y en la parte de abajo la tela se me enrolla por encima de la barriga. ¡Es imposible que aprenda matemáticas con esta ropa!

—Yo... La blusa me queda demasiado pequeña.

—¿Dónde? —me dice Kentaro desde fuera.

Empiezo a sudar enseguida. Como no digo nada, Kentaro se aclara la garganta, avergonzado:

—Ah, vale. Entiendo. Por aquí tenemos una talla más. Así que una talla XXXX...

Le gruño:

–Sí, he pillado el mensaje.

Me alcanza la blusa a través de la cortina.

–¿Mejor?

Me miro en el espejo y no me gusto en lo más mínimo. O, al menos, no me reconozco, lo que me hace sentir muy insegura. De alguna manera, parezco una figura de acción de lo más absurdo, algo entre Sailor Moon y Harry Potter.

–Mejor –farfullo con voz ronca y en un tono de tristeza mortal.

–¿Cómo te queda la falda?

–Demasiado corta.

–Eso es lo normal aquí.

–Pero yo no quiero enseñar tanta piel.

–¿Podrías salir para que te pueda echar un vistazo?

Trago saliva. Tomo aire y lo suelto despacio. Intento olvidar que vamos a estar en la misma clase…

La cara de Kentaro cambia cuando emerjo del probador como si fuera un polluelo saliendo del huevo. Y como no tengo ni idea de lo que le pasa por la cabeza, a punto estoy de desmayarme de la vergüenza.

–*Sekschi! Sugoi sekschi!*

Pego un salto del susto cuando un hombre viejo y enjuto sale por detrás de Kentaro. Aparece de la nada como un alienígena, de repente y de forma inexplicable. Sonríe y deja al descubierto toda su gloriosa desdentadura. Con su calva escamosa y su *yukata* blanco, parece un cruce entre un mago y un reptil.

–*Sekschi!* –vuelve a vociferar (¡¿se supone que eso significa «sexi»?!).

Sus palabras suenan como el hipo y su barba larga se retuerce como maleza extraterrestre.

–Aka… –La voz de Kentaro se interrumpe por un momento–. Akamura dice que estás muy guapa.

–*Uuuaapa* –confirma el viejo, y chasquea la lengua con descaro.

–G-gracias –gimo.

44

Estoy segura de que en mis mejillas se podrían freír unos huevos.

Apenas expreso mi agradecimiento, la extraña reliquia prehistórica se aparta de mí y se dirige a grandes zancadas a la caja. En un abrir y cerrar de ojos, Akamura ha desaparecido.

—Qué extraño. El viejo nunca se deja ver ante desconocidos —dice riendo Kentaro—. ¡Creo que le has causado una buena impresión!

—¿Estás seguro de que no es una criatura mitológica? —Bajo la voz—. O déjame preguntártelo de otra forma: ¿también tienes un tatuaje de él?

—A lo mejor.

Una sonrisa peligrosa; peligrosamente bella.

—Pues enséñamelo —digo desafiante, pero justo en ese momento me falla el valor, porque Kentaro se acerca un poco más.

—Pues vamos a tener un problema.

Sus ojos brillan con descaro.

—¿Q-qué tipo de problema?

—No quiero enseñar tanta piel.

Idiota. Debería haber sabido que se estaba burlando de mí.

—Por cierto, se supone que debo mandarte saludos de parte de Aya —le digo con voz gélida.

No voy a dejar que este caballero Jedi (ahora disfrazado de modelo mafioso con tirantes) haga conmigo lo que quiera.

—Devuélvele el saludo.

Aparta la mirada y, de hecho, parece un poco ofendido. Pero eso significaría que estaba a punto de ponerse a ligar conmigo, lo cual es matemáticamente imposible. Los chicos no tontean con chicas como yo. Y menos chicos tan atractivos como Kentaro.

Así que decido continuar con mi involuntaria actividad de casamentera.

—He ido a comer *ramen* con ella.

—Eso explica algunas cosas —comenta secamente—. ¿Ha habido alguna víctima?

–Sí, tres. Y mi foto ya debe de estar por todo Tokio. –«¡Concéntrate, Malu, concéntrate!»–. En cualquier caso, Aya te
manda saludos.

–Eso ya lo has dicho.

–¿Desde cuándo os conocéis?

Parpadea, confuso.

–Desde hace un tiempo.

–¿Y desde cuándo salís juntos?

Se cruza de brazos y me mira con escepticismo.

–No estamos juntos, si es eso lo que entiendes por salir.

Siento un cosquilleo en el estómago.

–¿D-de verdad? Pero si Aya es tan... simpática. ¿N-no crees?
Bueno, que es simpática y muy..., esto...

De repente, Kentaro se echa a reír.

–¿Que Aya es simpática? Bueno, eso es discutible. Pero una
cosa es segura: no eres ninguna espía y eso me tranquiliza. Por
un momento he pensado que te había enviado mi padre. No
sería la primera vez.

Antes de que pueda descifrar lo que quiere decir con eso,
levanta la mano y anuncia:

–Tráeme el uniforme cuando te hayas cambiado. Te espero
en la caja.

–V-vale.

Me doy cuenta de que mi comportamiento ha sido infantil y
me resulta doloroso. Dolorosamente embarazoso.

Después de volver a ponerme el vestido de lunares, me acerco con la cabeza gacha hacia la mesa donde Kentaro me ha
recibido antes.

–Tus padres ya han pagado el uniforme.

Al pronunciar la palabra «padres», me mira con fijeza a los
ojos por un instante.

–De acuerdo. Gracias.

Con cuidado, envuelve la blusa en un brillante papel de
seda.

–¿Echas de menos tu casa?

Yo respondo demasiado rápido.

–No.

Tan rápido que él hace una pausa, sorprendido.

–Es que… es complicado –añado.

–Ya veo.

Entonces nos quedamos en silencio. Es fascinante ver con cuánto cuidado envuelve Kentaro mi nuevo uniforme. Solo su técnica de doblar merece un premio. Se toma su tiempo y, de alguna manera, disfruto quedándome quieta viéndole trabajar. Finalmente, me entrega la bolsa con una sonrisa.

–*Dōzo*, aquí tienes.

–¡Vaya, es increíble!

–Un simple gracias es suficiente –responde, perplejo.

–Me refiero a tu dibujo.

Bajo el papel de regalo asoma su cuaderno de dibujo y lo que veo es impresionante: ojos, nariz, labios… y el comienzo de una cara tan impecable que parece una fotografía.

Kentaro se lanza sobre la mesa asustado y hace desaparecer el boceto en un momento.

–¡Todavía no está terminado!

Me quedo mirándole, desconcertada.

–Es que… es complicado –dice en voz baja.

–Ya veo. –Me aclaro la garganta y adopto un tono más formal–. Gracias de nuevo por tu ayuda.

–No hay de qué. Y la próxima vez que decidas hacer travesuras en un restaurante de *ramen*, puedes traernos el uniforme para que lo limpiemos después.

–Guay, es bueno saberlo.

Sigue un silencio que, sin duda, podría utilizarse como instrumento de tortura.

Al final, Kentaro reacciona.

–Te acompaño a la puerta.

–No hace falta.

–Es mi trabajo.

Ah. El Jedi ha encontrado el camino al lado oscuro de la Fuerza.

El asfalto refleja la luz deslumbrante del sol de la tarde y, al salir de la acogedora penumbra de la tienda, me veo obligada a entrecerrar los ojos.

–Malu.

Siento el aliento de Kentaro en mi piel y todo mi cuerpo responde con un escalofrío. Seguro que está justo detrás de mí. Y ojalá me diera igual.

–Malu.

Despacio, muy despacio, me giro hacia él.

–¿Eso no es tuyo?

Se oye el chirrido de las ruedas de un coche... ¡Tiene que ser una broma! Con la sonrisa más amplia jamás registrada en un ser humano, Kentaro señala mi sombrero rosa que, en una pose de victoria absoluta, yace entre los arbustos.

–Yo..., no..., sí –replico con una voz que podría atravesar el cristal.

Él libera el sombrero de la hiedra (o mejor dicho: la pobre hiedra se libera del sombrero) y me lo coloca en la cabeza.

–Hasta mañana, Malu.

Yo solo consigo asentir con debilidad.

Retrocede, sonríe y, en un momento, se lo traga una penumbra gris y plateada. La puerta de la tienda se cierra de golpe.

–Mañana es demasiado pronto –susurro.

«Shōganai», responde mi sombrero rosa, con una risa diabólica.

4

Hatonomori Hachiman
35°40'40.4"N, 139°42'33.6"E

−No, papá, no me voy a perder. Aya y yo hacemos el mismo camino para ir al instituto.

Estoy tumbada en mi futón y miro al techo. Bratto Pitto se ha enrollado alrededor de mi cabeza como un gorro (o, en su caso, como un gorro de baño de plástico arrugado) y duerme como un idiota. Es triste que el primer admirador de mi vida sea un gato narcisista y pelado llamado Brad Pitt, pero hay cosas que no se pueden cambiar. Y, de alguna manera, poco a poco me voy acostumbrando a mi regordete acosador.

−Malu, ¿sigues ahí? −vocifera papá al teléfono.

Desde que estoy en Japón, compensa la distancia física con el volumen de su voz.

−Sí, papá −digo suspirando al móvil.

−Aléjate de los chicos que fuman.

−Sí, papá.

−Y de los chicos que beben.

−Sí, papá.

Mi padre cambia al piloto automático.

−Y de los chicos que van en moto.

−Espera, déjame que coja papel y boli. Es imposible que me acuerde de tantas cosas a la vez.

Se queda callado y espera, y yo pongo los ojos en blanco con una sonrisa. Aunque también siento una punzada en el estómago, porque me doy cuenta de lo mucho que echo de menos a mis padres. Y como sé que ahora mismo papá está en su elemento, le pregunto:

–¿Tienes más consejos sabios para mí?

–¡Tatuajes! ¡Aléjate de los chicos con tatuajes!

–No te preocupes. No tengo pensado juntarme con ellos.

–Muy bien. ¿Qué más?

–Eso tendrás que decírmelo tú –murmuro.

–¡Nada de salir de fiesta entre semana!

–Creo que me confundes con otra persona.

Silencio.

–Malu, me entristece que digas algo así.

Se me llenan los ojos de lágrimas y desearía poder retirar mi estúpido comentario.

–Tú sabes lo mucho que te queremos.

–Lo sé –susurro. Ahora mismo daría cualquier cosa por un abrazo–. ¿Cómo está mamá?

–Muy bien. Te manda todo el cariño del mundo. –Papá se obliga a adoptar un tono más alegre–. Ayer llegaron los cuadros nuevos al museo y mamá está hasta arriba de trabajo.

–Quiero decir, ¿cómo está ella en general?

–A veces bien, a veces no tanto –responde tras vacilar un momento–. Malu, tienes que dejar de preocuparte por nosotros todo el rato. Estás en el otro extremo del mundo, ¡es la excusa perfecta para olvidar el pasado! Mamá y yo estamos muy bien. Solo te echamos mucho de menos.

–L-lo siento mucho. –Trago saliva.

–Pues no deberías sentirlo. ¡Nos alegramos mucho de que por fin estés adquiriendo algo de experiencia! –Luego añade apresuradamente–: ¡Pero nada de drogas!

–Os quiero –le digo.

–Nosotros a ti más. Y ahora ve a dormir. Mañana es tu primer día de instituto, ¡qué emoción!

Por un momento quiero recordarle que dentro de quince días voy a cumplir diecisiete años y que llevo muchos años yendo al instituto, pero, en lugar de eso, me limito a desearle buenas noches en japonés.

–*Oyasumi nasai.*

–*Oyasuwaki kasai...* o como se diga –responde papá entre risas, y cuelga.

Son las diez y media y no siento el más mínimo deseo de dormir. Bratto Pitto, cuya siesta ha sido perturbada por mi llamada, se agacha a mi lado y maúlla en tono condenatorio. Escucho con atención. Parece ser que los Nakano ya duermen. Envidiable. Me doy cuenta de que estoy más disgustada por la conversación de lo que me gustaría admitir. Espero que mis padres estén bien. Desde que me fui, nuestro piso en Múnich está aún más vacío. Y sé lo mucho que el silencio afecta a mamá.

En mi pequeña habitación hace un calor abrasador. Aunque me he dado una ducha fría por la noche, ya estoy empapada de sudor otra vez. Todo está pegajoso y tengo la garganta seca como el polvo.

Doy vueltas en la cama. Por un momento, pienso en ver algo en Netflix, pero tengo la cabeza tan llena de sensaciones que incluso la idea de ver un anime tonto me resulta agotadora. Suspirando, saco el espejo de bolsillo de debajo de la almohada. Es precioso: azul real con espirales de color rojo cobrizo. Lo abro y coloco con cuidado los pedazos rotos sobre el futón. Mis ojos aparecen de inmediato en el fragmento rectangular que todavía sigue sujeto al marco.

Me miro y ella me devuelve la mirada.

–Hola, Maja. Ese era papá. Molesto, como siempre. Si te soy sincera, hoy ha sido todo un poco raro. Primero el teatro con Kentaro y después he tenido que recorrer Harajuku con Aya y Rio. Curiosamente, Aya no me ha preguntado por lo que el Jedi tatuado ha dicho de ella, pero estoy segura de que me espera un interrogatorio de los grandes. La verdad es que no entiendo a esa chica. En general, la gente de aquí es muy diferente a la de casa. Pero eso no importa. Te echo de menos. Te echo muchísimo de menos. ¿Cuándo dejará por fin de doler?

El par de ojos marrones me miran, solitarios y tristes.

Recojo los fragmentos del espejo y los sostengo en la mano. Mi voz empieza a temblar.

—Ojalá pudiera arreglarte.

Bratto Pitto levanta las orejas. Llaman a la puerta.

—Malu, ¿va todo bien?

Aya.

—S-sí —respondo, con un nudo en la garganta.

—¿Con quién hablas?

—Con… Bratto Pitto.

La oigo carraspear.

—¿Puedo pasar?

—Claro.

Rápidamente, escondo el espejo de bolsillo.

Al momento siguiente, Aya está de pie en la habitación, mirándome con expresión preocupada.

—No puedes dormir, ¿verdad?

Incluso con su camisón infantil de Sailor Moon, se la ve genial.

—La verdad es que no —respondo sin fuerzas—. Creo que estoy demasiado emocionada.

—Es comprensible. —Se queda pensando un momento—. ¿Te apetece una pequeña aventura?

Frunzo el ceño. ¿Está Aya intentando ser amable conmigo?

—Ponte algo de ropa, vamos a salir.

—Yo…, ¿eh?

—Mejor ven primero a mi habitación. Quiero que te pruebes mi *yukata*.

De noche, Tokio se puede resumir en una sola palabra: mágico. La calle desierta se extiende ante nosotras como un cuadro difuminado. La luz de las farolas cubre el asfalto con velos resplandecientes. Las polillas danzan en el aire caliente y parece como si de sus cuerpos peludos salieran pequeñas estelas de un cometa. En el cielo no hay estrellas, sino las sombras amarillo neón de los rascacielos que despiertan de su letargo diurno en la vecina Shinjuku.

–¿Estás segura de que tus padres no nos han oído? –pregunto.

Una columna de máquinas expendedoras de bebidas nos deslumbra con coloridas luces de discoteca.

–¡No soy una novata! –responde Aya, un poco indignada–. ¿Es que nunca te habías escapado de casa?

–Claro que sí –miento, con una sensación de mareo en el estómago–. ¿Y tu hermano?

–Haru es mi cómplice.

Pasamos por delante de una tienda abierta las veinticuatro horas.

–Espera aquí un momento.

Al abrirse la puerta de cristal, me golpea una onda expansiva de aire frío y anuncios a todo volumen. Después, el silencio inunda la calle y me quedo sola. El colorido *yukata* que me ha prestado Aya ondea en la suave brisa de verano. Es, con diferencia, la prenda más bonita de su colección. Aunque mi hermana de acogida haya actuado como si fuera la cosa más insignificante del mundo, creo que ha intentado animarme con este gesto tan generoso. Y lo cierto es que una se siente especial al ir vestida con una prenda tan tradicional.

Aya sale de la tienda con dos latas de bebida. Sigue llevando su camisón, pero lo ha combinado con una chaqueta de cuero con flecos y unas botas estilo punk; un conjunto de miedo. Hay que reconocer que Aya tiene un sentido de la moda de lo más increíble.

–¿Adónde vamos?

–Enseguida lo verás.

Después de unos cinco minutos, llegamos a una entrada cuyo único propósito parece ser el de bloquear cualquier luz existente. Más allá de sus pilares erosionados, la oscuridad se eleva hacia el cielo como una cúpula negra, ominosa e impenetrable. Si hay un lugar en el que definitivamente no me gustaría estar como mujer joven en un país extranjero a altas horas de la noche, es aquí.

–¡Ya hemos llegado!

«Mierda».

–Bienvenida al Hatonomori Hachiman –dice Aya con alegría.

Un escalofrío me recorre la espalda.

–Es imposible que me vaya a acordar de eso.

–No tienes por qué.

–¿Y qué voy a escribir en mi informe de persona desaparecida?

–Qué graciosa eres, Malu. –Aya se ríe–. Nos vemos al otro lado.

Atraviesa a grandes zancadas la inquietante entrada y, un segundo después, su cuerpo desaparece por completo.

Suspiro con pesadez. Después, cierro los ojos y me adentro en el reino de Aya.

Destellos de papel y placas de madera con oraciones se agitan entre las ramas. Aya me coge de la mano y me guía por un laberinto de estrechos senderos cubiertos de plantas. Ya me he acostumbrado a la oscuridad y veo cosas que preferiría no ver: movimientos rápidos entre la maleza, ráfagas de niebla que recorren el suelo como fantasmas, luces fluorescentes que parecen seguirnos… No me creo que todavía estemos en pleno Tokio.

–Ya casi estamos.

–Ya casi estamos, ¿dónde? ¿En Narnia? –susurro para mis adentros.

Dragones de piedra bordean nuestro camino y extienden sus garras cubiertas de musgo hacia nosotras. Los pájaros salen volando. Cruzamos un puente arqueado, hacemos equilibrios sobre gruesas raíces de árboles y nos adentramos cada vez más en esta jungla tan extraña.

Entonces, de repente, la noche da paso a un suave resplandor. Subimos por una antigua escalera que discurre como un hilo de plata entre la maleza. Una vez arriba, Aya anuncia con voz significativa:

–Te presento el Hatonomori Hachiman.

Ante nosotras se alza un templo sintoísta misterioso e impresionante. Su fachada exterior parece estar envuelta en un resplandeciente manto de nieve y el tejado curvo recuerda a las alas de un grifo majestuoso. El temblor de la luz de las velas brilla en los pequeños nichos de las paredes y las ventanas están adornadas con fantasía.

Llego a la siguiente conclusión: es imposible que aquí no exista la magia. Esta construcción japonesa es tan mística y encantadora, tan misteriosa y elegante, que me deja sin palabras. Si ahora apareciera un elfo, yo simplemente me encogería de hombros. En un lugar como este, todo es posible.

–Venga, vamos a sentarnos. –Aya señala un escalón bajo la campana con forma de loto del templo.

Yo necesito un momento. El santuario, con su romanticismo sombrío, tiene un extraño efecto en mí. De repente, siento un profundo anhelo por algo que no consigo definir.

–Esto es precioso –susurro.

El diámetro de la llamada campana *bonshō* debe medir dos metros, y mientras tomamos asiento bajo ella, zumba silenciosa a modo de saludo.

–Este lugar me da paz cuando no puedo dormir. Y consuelo cuando estoy triste. Ya sabes, lo normal.

Me tiende una de las latas, decorada con flores de cerezo blancas y rosas y una pegatina que promete «0%» de algo.

–Gracias.

Brindamos.

Hum. Demasiado dulce para ser té helado, demasiado amargo para ser limonada; es una bebida misteriosa de Tokio.

–Por cierto, el *yukata* te queda genial. Si quieres, te lo regalo.

–No podría aceptarlo –barbullo sorprendida–. ¡Debe de haberte costado una fortuna!

–En absoluto. Yo me hago mi propia ropa –revela mi hermana de acogida con una sonrisa.

–¿De verdad?

–Sí, si no me quedaría siempre sin dinero. Además, ¡la costura es mi pasión! Me encanta recrear la ropa elegante de los diseñadores de Harajuku usando materiales sencillos. Las telas que utilizo las compro exclusivamente en tiendas de segunda mano. A veces también diseño mis propias piezas y las vendo en mi tienda *online*. Mi sueño es estudiar Diseño de Moda después del instituto, pero los exámenes de acceso son de lo más exigentes.

Yo rebobino todo lo que acaba de decir.

—¿De verdad has hecho tú este *yukata*?

—Sí, desde el diseño hasta la costura.

—¡No me lo puedo creer! ¡Tienes un talento increíble, Aya!

—Pronto te darás cuenta de que en Japón las cosas pueden resultar un poco monótonas. Sobre todo para la gente que trabaja en las grandes empresas. Pero también para los que todavía vamos al instituto. En todas partes se destaca la uniformidad, la conformidad. Estamos obligados a llevar la misma ropa todos los días. Para la mayoría de los japoneses, la moda significa mucho más que lucir bien. Es una expresión de creatividad, individualidad y, a menudo, rebeldía.

—Vaya. —Estallo de admiración—. ¡Estoy segura de que las universidades de todo el país se van a lanzar a por ti!

Ella se ruboriza un poco.

—Gracias. ¿Y qué hay de ti? ¿Ya sabes lo que quieres hacer después de graduarte?

—No —respondo en voz baja—. Últimamente no he tenido la oportunidad de pensar en ello.

—¿Por qué no?

—Uf, es que han pasado muchas cosas —digo, evasiva—. Además, a la vida no le importan ni los planes ni las ilusiones. Le basta con cogerle a uno y darle una patada en el culo.

Aya me mira sorprendida.

—Claro que eso no se aplica a ti —me apresuro a decir—. Estoy segura de que tú vas a alcanzar tus objetivos.

—¿Y por qué para ti es diferente?

—No lo sé. —Sonrío con tristeza—. Tú eres fuerte y segura de ti misma, mientras que para mí ya es una gran cosa si mi mañana está libre de desastres.

–Y esto lo dice alguien que ha aprendido una lengua extranjera y se ha mudado al otro lado del mundo –comenta Aya guiñándome el ojo.

–Esa no ha sido más que una elaborada maniobra de escape. «Mierda, he hablado demasiado».

–¿Y qué? Aun así, hace falta mucho valor. Nunca es fácil empezar de cero, no importa cuáles sean tus motivos. –Se apoya en mí–. No seas tan dura contigo misma, Malu-chan. Seguro que pronto encontrarás algo que te apasione. Y mientras tanto, yo te puedo enseñar a coser.

–¿A coser?

–Sí. En realidad, es bastante fácil.

De repente, siento una profunda simpatía por Aya.

–Eso estaría muy guay.

–Hablando de eso. –Intenta mantener un tono desenfadado–, ¿qué te parece tu nuevo uniforme?

–Aparte de que me veo como una *stripper*, bastante bien.

–¿Kentaro… te ayudó?

«Oh, cielos, allá vamos».

–Escúchame, Aya –empiezo con suavidad, porque no quiero hacerle daño–, intenté preguntarle a Kentaro qué pensaba de ti, pero enseguida se cerró en banda. Creyó que yo era una especie de espía.

–Ah, eso suena plausible –responde, y en realidad parece decirlo en serio–. Su padre infiltró una vez en nuestra clase a un alumno encubierto para espiarle.

–¿Cómo dices? –pregunto, sorprendida.

–Kaito Kawakami es uno de los hombres más poderosos de todo Japón –comienza Aya, y sus ojos se estrechan–. Es el director general de una gran empresa tecnológica y tan rico que no te lo puedes ni imaginar. Kentaro odia a su padre. Y Kaito Kawakami no se fía de su hijo. Los dos tienen una relación bastante complicada.

Trago saliva.

–Parece que conoces muy bien a Kentaro.

–¿Puedo contarte un secreto?

–P-pues claro.

–Kentaro y yo ni siquiera estamos juntos. En una fiesta estuvimos a punto de besarnos, pero nada más. Aun así, siento que hay algo entre nosotros.

Me doy cuenta de que la conversación me está poniendo cada vez más nerviosa. De alguna manera, me alegro de que Aya y Kentaro no sean pareja... y mi conciencia me golpea justo en la boca del estómago.

–¿Por qué no le confiesas tus sentimientos? –sugiero con voz queda.

–No me atrevo. Además, es imposible salir con un chico como Kentaro. –Sonríe con amargura–. Por eso todo el mundo le llama Ikemen, el inalcanzable príncipe azul.

–No lo entiendo.

–Su familia solo aceptaría a una chica asquerosamente rica. Una chica asquerosamente rica de una familia con muchas influencias. Por desgracia, en ese sentido Japón sigue siendo de lo más tradicional.

–Pero está... lleno de tatuajes.

–Las cosas son más complicadas de lo que parecen. Y que Kentaro sea un solitario empedernido no lo pone más fácil.

Como me avergüenzo de mis sentimientos encontrados, exclamo con un entusiasmo exagerado:

–¡Creo que deberías intentarlo! ¡El amor de verdad siempre encuentra su camino!

–Por suerte, ahora estás aquí. Le convenceremos de que no eres una espía y entonces podrás interrogarle por las buenas.

–O puedes demostrarle que te gusta de alguna otra manera –balbuceo entre sudores.

–No te preocupes, ahora mismo le estoy preparando un regalo de lo más especial.

Antes de que pueda encontrarle un sentido a la afirmación de Aya, ella pregunta:

–¿Tú tienes novio?

–Lamentablemente, no –respondo, y doy un gran trago a la lata–. ¡Me siento un poco achispada! –Hago una mueca y empiezo a toser–. Pero ¿qué demonios lleva este zumo?

–Vodka –anuncia con una sonrisa.

–¿Vodka? –balbuceo con asombro–. ¡Si esto sabe superdulce!

–¡Eso es! Cien por cien alta graduación, cero por ciento sabor a alcohol.

Aya me pone la lata delante de mis narices y le da un golpecito a la pegatina del «0%».

–¡Dios mío! –jadeo, con la cabeza dándome vueltas–. ¡No sabía que existiera algo así!

–¡No me digas que nunca has bebido alcohol!

–¡Claro que sí! ¡Pero no la noche antes de mi primer día de clase!

«Oh, no. Estoy casi segura de que sueno igual de estirada que papá por teléfono antes…».

–No sabía que en Alemania fueran tan correctos –comenta Aya con un guiño–. De todos modos, no tienes por qué preocuparte por mañana. Me aseguraré de que no te coma nadie.

–Pues entonces, salud –suspiro.

–Kanpai! –exclama Aya, levantando la lata con alegría.

Y nos acabamos las bebidas.

Estamos a punto de irnos (ya debe de ser más de medianoche) cuando Aya me tira de la manga.

–¡No tan rápido! ¡Todavía estamos a tiempo de pedir un deseo!

El alcohol también parece haber hecho efecto en Aya, que se planta delante de la campana del templo con la inexistente elegancia de un cangrejo ermitaño.

Para ser justos, hay que decir que mi hermana de acogida es más pequeña y delicada que yo, y yo ya voy bastante mal. Así que hago lo mismo que ella, pero con la gracia de un cachorro de San Bernardo.

—Lo primero que hay que hacer es dar una palmada para ahuyentar a los malos espíritus.

—¿Malos espíritus? —Parpadeo preocupada en la oscuridad.

—Después, pides un deseo. Pero nadie puede escucharlo; si no, no se hará realidad.

Así que damos una palmada y yo lo hago especialmente fuerte porque no consigo olvidar los espeluznantes demonios *yōkai* de los que me ha hablado Kentaro (y prefiero no correr riesgos).

—¿Cuál ha sido tu deseo? —pregunta Aya.

—Creía que no tenía permitido decirlo.

—¡Sí, claro que sí! ¡Ahora somos hermanas! Seguro que podemos hacer una excepción.

Me da un vuelco el corazón. ¿He oído bien? ¿Acaba de llamarme hermana? Tal vez sea por el alcohol, pero podría echarme a llorar de alegría.

—¿Por qué sonríes así? —Aya ladea la cabeza.

—Lo que acabas de decir… significa mucho para mí.

—Sí, sí. —Ella agita las manos—. ¿Me vas a decir cuál ha sido tu deseo?

—Mi deseo es no hacer el ridículo mañana —admito.

—¿Por qué habrías de hacerlo? —pregunta Aya.

—Como te habrás dado cuenta, no soy exactamente una persona de lo más extrovertida. Cuando me emociono, me vuelvo muy torpe. Y es probable que también me vuelva bastante…, bueno, rara.

—Yo creo que eres graciosa. Graciosa de una manera diferente. Pero graciosa.

Cuando Aya repite la palabra *funny* tantas veces seguidas, cada vez suena más como *bunny*. No importa. Me gusta ser una *funny bunny* para Aya.

—¿Cuál ha sido tu deseo? —le pregunto con una sonrisa.

Ella levanta los brazos de forma dramática.

—Salvaje, supercaliente y apasionado…

Lo único que oigo es la letra «s» y el nombre «Kentaro» mientras Aya hace sonar con fuerza la campana del templo.

5

Dojikko

Mi cabeza está llena de duendes; duendes con taladros y martillos neumáticos. Lo que fuera que hubiera en esa bebida misteriosa tokiota debería estar prohibido. El sonido de la alarma de mi móvil esta mañana ha sido una auténtica tortura. Seguro que me habría dolido menos si me hubiera atropellado un camión. El corto paseo hasta el instituto ha acabado conmigo; demasiada luz, demasiado ruido y, definitivamente, demasiada actividad cerebral.

Aya está espléndida. Se mueve dando saltitos y debe de estar saludando a la enésima persona con una reverencia perfecta. Incluso hoy está deslumbrante, en la flor de la vida pero todavía más radiante.

Estamos en la entrada del instituto y yo me esfuerzo al máximo en no parecer un zombi. Aya no para de presentarme a gente, pero las conversaciones triviales en japonés me están matando. Apuesto a que una rata topo desnuda tendría más carisma que yo.

Abatida, dejo que mi mirada se pierda en el edificio cuadrado del instituto. Está pintado de blanco y las líneas son muy nítidas. Las hileras de ventanas ultramodernas están escandalosamente limpias. Cada detalle del diseño es geométrico y elegante en exceso. La idea de que voy a ver esta caja de zapatos futurista todos los días durante un año entero me hace gracia. Desde luego, no tiene nada que ver con mi instituto de Alemania. Era viejo y polvoriento, pero acogedor. Se me revuelve el estómago. «Maldita sea, ¿en qué demonios me he metido?»

Me zumba la cabeza. Y, como Aya señala entusiasmada en mi dirección, empiezo a contar las plantas del edificio con una expresión de concentración absoluta.

«Uno, dos, tres, cuatro, cinco… ¡Kentaro está en la azotea!»

Está ahí de pie y mira a la multitud con atención. Con su uniforme escolar –pantalones negros, camisa blanca y chaqueta burdeos– parece extrañamente domesticado.

Rápida, desvío la mirada y me aliso la falda con nerviosismo.

«¿Me habrá visto?»

–¡Malu, estas son Sakura y Natsuki! –canturrea Aya.

Respiro hondo y vuelvo a mirar hacia arriba.

El pelo le cae sobre la frente formando rizos salvajes. Su pose recuerda un poco a la de un superhéroe: intrépido, decidido, pero también algo melancólico. Me pregunto por qué no está aquí abajo con sus compañeros.

–Y estos son Hiroki y Motoki.

La voz de mi hermana de acogida resuena en algún lugar en los márgenes de mi conciencia.

«¿Me está mirando?».

«No sabría decirlo. No».

«Definitivamente, no. ¿O sí?»

De nuevo, me obligo a apartar los ojos de él.

–¿Hola? ¿Hay alguien en casa?

Me hormiguea todo el cuerpo.

–¡¡¡Malu!!!

Vuelvo a fijarme en él, me armo de valor… y le saludo con la mano.

Él me devuelve el saludo.

Mil voltios me recorren por dentro y el mundo que nos rodea se disuelve. De repente, solo estamos los dos conectados por un túnel de relámpagos que parpadean, donde el tiempo se ha detenido.

Entonces, un disco oscuro se desliza entre nosotros.

–Dime, ¿acaso has entrado en coma?

La punta de la nariz de Aya toca la mía.

–Yo… Eh…

Frunce el ceño y se da la vuelta.

–¿Hay algo ahí arriba?

«¡Mierda!».

–Qué raro –murmura mi hermana de acogida, y se vuelve hacia mí–. Se diría que has visto un fantasma.

Doy medio paso atrás y miro por encima del hombro de Aya. La azotea está desierta.

–Tienes razón –susurro asombrada–. He visto un fantasma.

Aya, que está dos escalones por encima de mí y, por tanto, me supera por unos centímetros, pone los brazos en las caderas con gesto demostrativo.

–Conociendo a Momo, ya le ha dicho a todo el mundo que eres un peligro para la vida y la integridad física después de tu ataque de *ramen* de ayer. ¿Quieres que todo el mundo piense que eres gigante, peligrosa y mala?

–¿Gigante, peligrosa y mala? –repito afligida.

–¡Acabas de ignorar a todos los que han intentado saludarte!

–L-lo siento –balbuceo–. No volverá a ocurrir.

–¿Estás segura?

Aya suena como una hermana mayor y de repente se me calienta el corazón.

–Te lo prometo.

Y juro que, a partir de ahora, también voy a ignorar al caballero Jedi.

–Bien. –Rebusca en su bandolera–. Y como ayer estabas tan nerviosa… Toma.

Al abrir la mano, Aya muestra un broche con forma de cabeza de gato hecho de fieltro de lana blanco y rosa. Los ojos de cristal son amarillos con pupilas falciformes y los bigotes están hechos con alambre trenzado. En cada una de las orejas de murciélago de gran tamaño hay cosida una letra, la M y la A.

–Esto es un amuleto de la suerte. M de Malu y A de Aya. –Mi hermana de acogida se aclara la garganta, avergonzada–. Estaba un poco borracha. El alcohol me pone sentimental.

–¿Te has pasado la noche haciéndome este broche? –pregunto con voz ronca.

–Creo que tienes un secreto. –Una descarga me sacude por dentro–. No tienes por qué contarme nada. Todos tenemos nuestros secretos. Pero a veces es bueno desahogarse para ahuyentar a los demonios. Y, como todavía no quieres hablar de ello, quería animarte de esta manera. –Me sujeta el broche al uniforme y asiente satisfecha–. Además, no se me ha pasado por alto lo enamorada que estás.

–¿Q-qué? –balbuceo, perpleja.

–Y parece que es mutuo –añade Aya con un guiño–. ¡Bratto Pitto no se separa ni un minuto de ti!

Por fin me doy cuenta de a qué se refiere Aya. Aunque el broche es una verdadera obra de arte, es imposible pasar por alto la fealdad del modelo: Bratto Pitto, mi admirador pelado, quejica y molesto.

–No sé qué decir.

–¿Qué tal esto?: «Hola, me llamo Malu. Encantada de conocerte» –sugiere riendo.

–Muchas gracias, Aya. Nunca me habían hecho un regalo tan maravilloso.

–Bueno, no hace falta ni mencionarlo. Las clases están a punto de empezar y antes quería enseñarte el edificio. ¿Te sientes capaz?

Yo asiento con una sonrisa.

–*Ikimashō!* ¡Vamos! –exclama entusiasmada mi hermana de acogida, y tira de mí hacia el instituto.

Nada más entrar en el instituto Kōtō, sufro una especie de estrés postraumático porque los luminosos pasillos me recuerdan de inmediato a la estación de Shinjuku. Es curioso cómo aquí todo lo que se supone que debería ser simple siempre resulta intrincado de alguna manera. Tokio es insuperable en lo que se refiere a superlativos enrevesados y este edificio es un excelente ejemplo de ello.

Nos apresuramos y pasamos por delante de varias cajas de alta tecnología cuya función es un completo misterio para mí. Es probable que sean dispensadores de agua y máquinas expendedoras de bocadillos, pero quizá también máquinas del tiempo y portales de agujeros de gusano.

Incluso la luz no es solo luz, sino un truco muy complicado: el camino que tenemos delante se ilumina con más fuerza y detrás de nosotras se va oscureciendo; lo único que falta es la ominosa música de una nave espacial.

En lo más profundo de este laberinto vanguardista, Aya se detiene y señala un punto en la pared blanca como la nieve.

—Esta es tu taquilla. Somos compañeras de taquilla.

Solo al fijarme con más detenimiento reconozco las finas líneas que separan los dos óvalos. Enseguida aparece un teclado numérico rojo. Una pantalla táctil, por supuesto.

—Ahora puedes introducir tu código de seis dígitos. Se guardará automáticamente.

1-2-3-4-5-6.

Una vez más, una solución brillante.

La taquilla cobra vida y una voz de anime parlotea jovial.

—Quiere saber tu nombre —explica mi hermana de acogida.

—Ma-Malu —digo de sopetón.

—Hola, Mamaru —dice la taquilla, y las dos nos echamos a reír. Pero entonces Aya mira su móvil y exclama:

—¡La clase empieza en un minuto!

—Tengo que ir un momento al baño.

—¿Qué? —Parece verdaderamente aterrorizada—. ¡Pero entonces llegaremos tarde!

—¿Y? ¿Tan malo es?

—¡Pues claro!

Me mira con ojos de pánico. Y como tengo miedo de que Aya esté a punto de hiperventilar, me apresuro a decir:

—Vale, me esperaré al descanso.

Mientras me apresuro por los pasillos vacíos con mi hermana de acogida, me doy cuenta de lo emocionada que estoy. En unos momentos me voy a enfrentar a mi nueva clase. ¿Me irá bien?

«Hola, soy Mamaru, la *gaijin* gigante de Alemania que, con la fuerza de sus palillos, puede crear tsunamis de lo más peligrosos…; ¿quieres que seamos amigas?».

Lo admito, hay mucho margen de mejora.

Tomamos una escalera mecánica (¡escalera mecánica!) hasta la tercera planta y nos detenemos ante una puerta de cristal tintado.

—Es aquí: aula 36 —anuncia Aya, y al instante se oye un siseo.

La puerta de cristal se abre, automáticamente, de abajo arriba.

«Tokio no puede ser normal».

Estoy sentada en la segunda fila entre Aya y Rio y miro sorprendida a mi alrededor. En Alemania, el nivel de ruido ya sería insoportable, habría mecheros volando por los aires y nadie tendría ganas de empezar la clase, pero aquí todo es diferente. Reina un silencio tenso y veintisiete alumnos miran hipnotizados a la puerta.

Cuando, a las ocho y media en punto, una pequeña señora mayor entra en el aula, la escena se vuelve aún más extraña: los alumnos se levantan a la vez y hacen una reverencia (todos menos yo, porque no hago más que revolverme en la silla, perpleja).

—*Konnichiwa* —saluda con amabilidad—. Bienvenidos de nuevo, queridos. Espero que hayáis pasado unas buenas vacaciones de verano.

El japonés de la anciana es difícil de entender, seguramente porque ya le faltan algunos dientes. Pero es su aspecto lo que me confunde todavía más: rizos en tirabuzón blancos y morados, un kimono azul marino con el estampado de unas tortugas y calcetines de rayas de colores en sandalias de madera. Sobre la nariz lleva unas antiguas gafas *steampunk* cuya lente derecha está provista de una lupa adicional. Por si fuera poco, sujeta un bastón de empuñadura dorada que bien podría pertenecer a un jefe de la mafia.

Mi mirada debe de decirlo todo, porque se ríe por lo bajo y se dirige a mí.

–Y para los que aún no me conozcáis, yo soy Noda-sensei, vuestra profesora. Imparto las asignaturas de Historia y Biología.

No se puede negar que Noda-sensei es algo especial. Exuda una especie de calma sobrenatural, como las ruinas de un templo antiguo, y al mismo tiempo sus ojos brillan con una vitalidad chispeante. Y aunque no me recuerda mucho a una profesora, sino más bien a un búho al que le gusta deambular por los mercadillos, enseguida siento respeto por ella.

–Estoy segura de que no se os ha pasado por alto que tenemos una nueva incorporación. –Toda la cara de Noda-sensei está radiante y cada arruga y surco también–. Malu-san viene de Alemania, ¡y os adelanto que vamos a disfrutar de su compañía durante todo el año!

En su voz no hay ni un ápice de sarcasmo, solo sinceridad y amabilidad. También mis nuevos compañeros me sonríen… compadeciéndose de mí.

–Si tienes problemas, estoy aquí para ti, querida. –La señora mayor se acerca, anadeando con tranquilidad–. Y si necesitas cualquier cosa, no dudes en preguntarme.

–Gracias –le digo.

–¿A lo mejor te gustaría hablarle un poco sobre ti a la clase?

–V-vale. –Saludo escueta a todos–. Hola.

Aya tose ruidosamente.

Como no quiero decepcionar a mi hermana de acogida, levanto mi sudoroso culo de la silla y lo vuelvo a intentar.

–Hola, soy Malu. Vengo de Múnich, que está en Baviera. Baviera está en Alemania. –¡Vaya, qué ocurrente!–. Me gusta… –todo mi vocabulario japonés se esfuma de repente–, eh…, el pan.

De las cabezas de mis compañeros salen grandes signos de interrogación.

–¡Ah, qué bien! Puedes sentarte otra vez. –Noda-sensei parece tan agotada como yo por mi conferencia de tres segundos, pero sonríe con valentía–. Aya-san, estoy segura de que estás cuidando de maravilla a nuestra invitada de honor, pero creo que sería mejor que, durante la primera semana, Malu se sentara al lado de Kentaro. Él habla alemán y puede ayudarla si le cuesta seguir el ritmo en clase.

No sé quién pone más cara de horror, mi hermana de acogida, yo o las otras doce chicas de la clase.

–*Hai* –suelta Aya.

No puedo ni imaginar el esfuerzo que ha debido suponer para ella.

–¡Excelente! –La señora Noda golpea el suelo con su bastón–. Daimon-san, por favor, cambia de sitio con Malu.

Soy incapaz de moverme. Solo cuando Aya me pellizca el muslo, mis neuronas vuelven a activarse. Con el ceño fruncido, miro la silla vacía de la última fila. Hace rato que me he dado cuenta de que Kentaro no está, pero en secreto esperaba que, después de todo, estuviera en una de las clases paralelas.

–¡Vamos, levántate! Noda-sensei está esperando –susurra Aya.

Daimon, un chico pálido con un bigote fino como un lápiz, ya está de pie detrás de mí. Tampoco él parece especialmente contento.

Han pasado diez segundos y sigue sin haber nadie que se haya opuesto, así que troto hacia la mesa que ha quedado libre, resignada a mi suerte. Tomo asiento y, en el mismo instante se oye un siseo, la puerta de cristal se abre de golpe y aparece él: Kentaro.

–*Konnichiwa*, Kentaro-san, ¡qué amable por tu parte honrarnos con tu presencia!

Por primera vez, el sonsonete de Noda-sensei suena como un suave reproche.

–*Gomen nasai* –se disculpa Kentaro con una profunda reverencia.

–Tu nueva compañera te está esperando.

Levanta la vista y mi corazón retumba.

A medida que avanza por las filas de asientos, se puede oír, literalmente, el crujido del aire. Las chicas lo miran boquiabiertas, incluso Noda-sensei parece embelesada. Y, por si la situación no fuera lo bastante cursi, se oye a alguien suspirar de forma anhelante.

Es una locura lo que adoran a Kentaro. Estoy segura de que suele provocar desmayos inducidos por las hormonas. Pero no es que sea tan atractivo...

Se pasa los dedos por su ondulado pelo negro.

Vale, lo confieso, es realmente atractivo. De hecho, es atractivo a rabiar. Aunque quizá «hermoso» sea la palabra más adecuada, porque los rasgos de Kentaro son sencillamente impecables. Y luego está esa elegancia fría que le rodea, esa apacible naturaleza salvaje y escandalosa que resulta tan atractiva. En resumen: el mundo es injusto y mi nuevo compañero de mesa es la prueba viviente de ello.

—Sí que eres pegajosa —susurra Kentaro después de sentarse.

Pongo los ojos en blanco.

—No ha sido idea mía. Además, es algo temporal. Una semana, con suerte menos, si consigo convencer a la abuela Yoda...

—Noda —me interrumpe.

—A la abuela Noda...

—Noda-sensei —corrige con una sonrisa.

Me muerdo el labio inferior.

—Si consigo convencer a Noda-sensei de que no estoy tan perdida y hecha un lío.

—¿Estás perdida y hecha un lío?

—No —gruño—. Así que no te preocupes, muy pronto te librarás de mí.

—¿Quién dice que quiera librarme de ti? —Sonríe con picardía—. Te estás poniendo roja.

—Tonterías. Quizás me dio alergia el pelo del gato.

—Si me lo preguntas, más bien parece un cerdo —dice, señalando mi broche nuevo.

—Es Brad Pitt —suelto.

—¿Perdona?

—Bratto Pitto.

—Lo he entendido la primera vez. Lo que no entiendo es todo lo demás. Además, cuando estabas delante del instituto no llevabas ese broche.

—¿Lo has podido ver desde la azotea?

—Es que soy muy observador. Pero no tanto como tú. —Sonríe divertido—. No podías dejar de mirarme.

No sé qué hacer con mis sentimientos: todo me da vueltas y me zumba la cabeza.

—Aun así, ¿qué hacías ahí arriba?

—Espera, aún no hemos averiguado por qué estás estropeando tu flamante uniforme escolar, elegido a mano, con ese horrible cerdo, un cerdo llamado Bratto Pitto. Me lo tomo como algo personal, ¿sabes?

—¡Oh, qué maravilla! Los dos susurrando en su idioma secreto.

Pego un salto.

Noda-sensei, con su bastón y sus movimientos a cámara lenta, ha conseguido, de alguna manera, teletransportarse hasta nuestra mesa a la velocidad de la luz.

—Solo le estaba explicando de qué siglo estamos hablando —responde Kentaro con voz tranquila.

—Ya veo. —Coloca la lupa delante de sus gafas—. Bueno, querida, ahora mismo estamos en el Imperio Romano del siglo VI. Si no me equivoco, Brad Pitt no nació hasta el siglo XX.

Las mejillas me arden como rocas de lava. Kentaro también parece avergonzado, porque baja la mirada y carraspea suavemente.

—Me encanta que tengáis tantas cosas que contaros. Pero el descanso es mucho más adecuado para conversaciones privadas tan apasionadas. Kentaro-san, podrías aprovechar esa oportunidad para enseñarle a tu nueva amiga los preciosos jardines de nuestro instituto.

De pronto siento que se materializan todos los demonios del infierno en clase, listos para incinerarme, y que solo me queda una minúscula posibilidad de escape. De lo contrario, Aya y todas las chicas de Japón me odiarán por siempre.

—Para ser sincera, solo le he preguntado dónde estaba el baño. Me he quedado sin tiempo antes de clase y es superurgente. —Finjo que me arrugo por dentro—. Kentaro solo quería saber si voy a echar un *bratto* o un *pitto*. Es algo que decimos en Alemania. Es decir, si va a ser pequeña o...

Veintinueve pares de ojos me miran atónitos.

—¡Venga, venga! —grazna Noda-sensei en medio del conmocionado silencio—. ¡¡Anda, niña, ve!!

El inodoro hoy parece apiadarse de mí, porque cuando pulso el botón de la cisterna, por primera vez no ocurre nada inesperado. Me lavo las manos y me miro en el espejo (reluciente, sin ninguna mancha).

—Ya lo he hecho, Maja, y no he tardado ni cinco minutos. Aquí tienes al nuevo hazmerreír del instituto.

Ella me mira con ojos muy abiertos y perplejos.

—¡Si supieras cómo me siento ahora mismo! Creo que en mi vida había hecho tanto el ridículo. ¡Y encima lo he hecho a propósito! —Dejo escapar un grito de frustración—. ¡Qué demonios! Lo he hecho por Aya. No quiero que piense que intento robarle a su príncipe azul. Sabes, me recuerda un poco a ti. No es que alguna vez pueda reemplazarte, pero... de verdad parece que tiene buenas intenciones conmigo.

El secador de manos ruge y yo vocifero todavía más fuerte:

—No quiero que Kentaro lo estropee todo. ¡Es tan engreído y tan arrogante! Ese comportamiento de chulito... me aburre. Oh, ¡mira lo genial que creen que soy! Suspiran y babean a mi paso, ¡pero yo no noto nada porque soy demasiado genial! Soy Kentaro, el príncipe de Tokio.

Se hace el silencio en el baño de chicas.

—Maja, creo que tenemos un problema. Creo que me gusta. Pero eso ella ya lo sabe, claro.

Cuando me dispongo a volver al aula me invade un miedo que conozco demasiado bien. El miedo que me atacaba cuando era niña y me perdía en un supermercado gigante. Porque, de repente, no tengo ni idea de dónde está mi clase. Los pasillos blancos como la nieve logran, con su surrealista uniformidad, que no haya ni una sola pista que pueda servirme de punto de orientación. Incluso las direcciones parecen enloquecer, casi como si el edificio hubiera cambiado de forma mientras estaba en el baño. La luz inteligente del techo me sigue de un lado a otro como el foco de una prisión. Presa del pánico, compruebo un cartel de puerta tras otro, pero parece que el aula 36 ha desaparecido de la faz de la tierra.

Llevo ya más de veinte minutos vagando por el Triángulo de las Bermudas. No me quito la sensación de que me encojo mientras el instituto Kōtō se hace más grande. Justo cuando siento el impulso de tumbarme en el suelo en posición fetal, una voz divina suena desde el cielo.

—¿Te has perdido?

Kentaro.

Está de pie al final de la escalera mecánica, un piso por encima de mí.

Me siento tan aliviada que me encantaría gritar y lanzarme a su cuello. Pero me esfuerzo todavía más por sonar lo más indiferente posible.

—¿Qué haces aquí?

Frunce el ceño.

—Pues ir a por ti. Le he asegurado a Noda-sensei que solo estabas lidiando con un *pitto* particularmente complicado, pero ella estaba preocupada y me ha enviado a buscarte.

—Qué amable —gruño.

Los oídos me pitan de vergüenza.

–¡Has sido tú la que le ha dicho a toda la clase que estábamos hablando de nuestras maneras de ir al baño!

–¡No se me ocurría nada mejor! –protesto.

–¿Has oído hablar alguna vez de quedarse callado? No hace falta ser muy listo ni tener mucho talento para hacerlo, pero funciona de maravilla, ¡incluso en pequeñas dosis! Deberías probarlo alguna vez.

–Muy gracioso. Yo creo que he conseguido la maniobra de distracción perfecta.

–Dos preguntas: ¿qué escondes, cómo de grave es y por qué lo cubres tras un velo de heces humanas?

–Eso son tres preguntas.

–Eres un verdadero misterio para mí.

–La gente podría hacerse a la idea de que estábamos…, bueno…, tonteando.

–¿Y?

–Es algo que me gustaría evitar a toda costa.

–Espera, ¿te preocupa tu reputación? ¿Por mi culpa? –Se ríe con frialdad–. La verdad, Malu, es que tengo que reconocer que tienes mucha imaginación.

–¿Ah, sí?

–Sí. Porque no estoy tonteando contigo. –Se aparta un mechón de pelo de la cara–. A nadie se le ocurriría pensar que estoy tonteando contigo. ¿Quién se tomaría la molestia? Lo mejor será que, a partir de ahora, no te diga nada para que no vuelvas a tener ideas tan absurdas.

–¡Me parece una buena idea! –digo.

–Muy bien. –Cruza los brazos delante del pecho.

–¡Y sigues hablando!

–En realidad, estoy esperando a que subas de una vez.

–¿Subir? ¿Para qué?

–Vaya, ¡sí que estás perdida! –exclama, echándose el pelo hacia atrás y soltando un pequeño quejido–. ¡El aula está arriba, *dojikko*!

Tres agonizantes horas después, suena el timbre que anuncia el descanso. Sin dedicarme ni una sola mirada, Kentaro se levanta de un salto y sale a toda prisa de la clase. Me quedo sentada en su bomba de humo y siento que me invade un extraño vacío.

—Creo que tienes superpoderes. —Aya se sienta a mi lado y me da una bola de arroz, un *onigiri*—. Primero pones celosas a todas las chicas de la clase, luego le provocas un medio infarto a Noda-senei y ahora el chico más popular del instituto huye de ti.

Sin pronunciar palabra, muerdo el *onigiri*. Pasta de calabaza, mi sabor favorito. Al menos es un pequeño consuelo.

—Digamos que empiezo a entender por qué evitas la interacción humana en general —murmura Aya, masticando—. No obstante, ya te conozco lo suficiente como para saber que, de algún modo, siempre tienes buenas intenciones. Solo que a tu torpe manera.

Mis mofletes están a rebosar de arroz pegajoso y, al sonreír, no debo mostrar una imagen del todo agradable.

Masticamos en silencio durante un rato. Siento el peso de las miradas en mi espalda y me alegro de que la presencia de Aya actúe como un escudo protector. Nadie se atreve a acercarse a nosotras.

—Dime, ¿qué significa *dojikko*? —pregunto después de haber devorado la bola de arroz número tres.

—¡Oh! ¡Muy bien, Malu-chan! —Aya ríe a carcajadas—. ¡Sabía que tenías un gran sentido del humor! *Dojikko* es una persona extremadamente torpe y caótica. Alguien que mete la pata todo el tiempo y se tropieza con sus propios pies.

—Una completa idiota, entonces —murmuro con tristeza.

—No, en absoluto. *Dojikko* tiene un corazón puro. Quieres protegerla, estar a su lado. Si alguien te llama así, puedes asumir que esa persona se preocupa por ti.

Levanto la mirada, sorprendida.

—El descanso está a punto de terminar. —De repente, Aya suena muy muy seria—. ¿Tienes que ir al baño? Si es así, ahora es el momento.

6

Kintsugi

A primera hora de la tarde del jueves, estoy con Aya, Rio y Momo en el legendario cruce de Shibuya. Hiroki y Motoki, dos compañeros de clase, también se han unido a nosotras. Llevamos nuestros uniformes y, aunque el conjunto de marinero todavía me sigue pareciendo una especie de disfraz de carnaval, ahora me siento bastante cómoda con él.

A nuestras espaldas, miles de personas salen del edificio de la estación de Shibuya; frente a nosotros, el mundialmente famoso barrio parece un sueño de diamantes brillantes y neones centelleantes. El megacruce se divide en seis calles principales diferentes que albergan toda una amalgama de gigantes de cristal, torres de espejos y rascacielos. Por todas partes brillan letras de lo más extravagantes, cada complejo de edificios hechiza con su propio encanto, todo aspira a ser todavía más brillante, más resplandeciente, más llamativo.

Rio, a la que le saco dos cabezas, se pone de puntillas y me indica que tiene algo que decirme. No me queda otra que sonreír. Durante los últimos días, la chica ninja, con su humor y su labia, me ha caído muy bien.

Al inclinar la cabeza, empieza a hablar con voz dramática.

—En este sitio confluye el destino. Todas las posibilidades convergen aquí. Cuando el semáforo se pone en verde, tu vida puede cambiar para siempre. Doscientas cincuenta mil personas atraviesan este cruce cada día. Si buscas a alguien, ven aquí. Si quieres que te encuentren, ven aquí. Todos los caminos se unen en el cruce de Shibuya: es la ley natural de Tokio.

Hiroki y Motoki aplauden con entusiasmo. En general, los

dos chicos no hablan mucho, pero pululan a nuestro alrededor como abejas borrachas.

—¿Cómo puedes hablar tanto? —se queja Momo—. Seguro que el semáforo ha cambiado a verde cien veces y el destino está en alguna parte cantando borracho en un karaoke mientras tú sigues ahí de pie sin dejar de hablar.

Rio no se inmuta y señala hacia la colorida multitud.

—A tu derecha podrás ver la estatua de Hachiko, el emblema de Shibuya. Este *akita* japonés solía recoger a su dueño en la estación todas las tardes. Cuando el hombre murió, Hachiko siguió viniendo todos los días a esperar a su amo durante nueve largos años. Hachiko pronto se hizo famoso y gente de todo el país viajaba a Tokio para ver a este perro tan extraordinario. Hoy en día, se ha convertido en el epítome de la lealtad eterna y su monumento es el lugar de encuentro más popular de toda la ciudad.

—Conozco la historia de Hachiko —digo con una sonrisa—. Es conmovedora.

—Ves, ¡Malu ya conoce la historia! ¿Podemos cruzar de una maldita vez? —aúlla Momo con agonía.

Aya se cuela entre nosotras.

—¡Dejad en paz a mi pobre hermana! —Me coge firmemente del brazo—. Este es un momento especial en la vida de Malu. En cuanto atraviese este cruce, ya no será una *gaijin*, sino una tokiota en formación.

De nuevo, los chicos caen desfallecidos en un estado de éxtasis y no me sorprendería si les salieran corazones rosas de los ojos.

—Malu, ¿estás preparada para hacer de Tokio tu nuevo hogar? —pregunta Aya con solemnidad.

Estoy tan contenta que podría salir confeti de mis orejas. Por primera vez en años, siento que pertenezco a un lugar. Donde normalmente habría un hervidero de ansiedad y dudas, hay ligereza. Me lo estoy pasando bien, algo que parecía imposible hasta hace unos días. Y creo que este cálido cosquilleo en el estómago solo puede significar una cosa: esperanza.

Dejo que mi mirada se deslice por los enormes carteles publicitarios (un cocodrilo con sombrero de copa masca chicle y un hámster salta encantado en su fresca boca, una píldora para la potencia sexual promete milagros de lo más duraderos, hamburguesas con pantalones bailan delante de un logotipo amarillo) y grito con energía:

–¡Estoy lista!

Inmediatamente después, los semáforos se ponen en verde.

Pienso en el agua, en un agua salvaje que viene de todas partes. Mis pasos inundan el suelo, soy parte del movimiento, parte del gran todo que confluye aquí desde cada lugar. El momento en el que se cruzan los caminos de los transeúntes, casi sincronizados y procedentes de al menos diez direcciones diferentes, es pura magia. Tras un instante de unidad, nos dispersamos hasta que solo queda un delgado reguero de rezagados. Entonces, el cruce de Shibuya vuelve a secarse y los semáforos cambian de color.

–Guau –susurro.

–Es lo que he dicho. No existe otro lugar como este.

Rio extiende los brazos como si quisiera darle un abrazo a Tokio.

–Pero nuestra vida no ha cambiado nada –se queja Momo.

–Sí lo ha hecho. Malu ya es una de nosotras –dice Aya con una sonrisa.

Creo que podría llorar de la felicidad.

A Momo no parece importarle mucho mi viaje espiritual.

–Me ruge el estómago.

–Además, está a punto de llover –interrumpe Motoki, que es probable que intuya otra oportunidad de pasar más tiempo con las chicas.

En efecto, unas nubes de color púrpura oscuro se ciernen sobre nosotros.

–¡Vayamos al centro comercial! –sugiere Hiroki.

–¿Estáis pensando lo mismo que yo? –susurra Momo con expresión conspiradora.

Entonces todos gritan a la vez:

—¡Cold Stone! ¡Cold Stone! ¡Cold Stone!

Volvemos a pasar por el cruce de Shibuya, esta vez en dirección a la estación. El olor de la tormenta de verano que se aproxima, la luz del atardecer empapada de neón, el rugido de los carritos de publicidad y las risas de mis nuevos amigos... Nunca olvidaré este momento.

—Os envidio. Lleváis toda la vida viviendo en la ciudad más guay del mundo —murmuro mientras el magnífico *Chocolate Devotion* se derrite en mi lengua.

He encontrado el paraíso: Cold Stone, una heladería de lo más original. Aquí no solo se pueden encontrar las creaciones *gourmet* más pecaminosas (*Berry Berry Berry Good, Cheesecake Fantasy* y mi favorito, *Germanchökolätekäke*), sino que además cada sabor tiene su propia canción. En cuanto se hace el pedido, golpean las cucharas y se oye una cautivadora interpretación vocal de un chirriante soprano.

—Pero Occidente también tiene mucho que ofrecer, por ejemplo, comida deliciosa —comenta Hiroki, lamiéndose el dorso de la mano con fruición.

—Nosotros no tenemos Cold Stone. ¿Hace falta decir más?

Un movimiento unánime de cabeza.

—¡Tenéis París y al príncipe William! —exclama Momo, con la punta de la nariz llena de copos de azúcar.

—Cambiaría con gusto la Torre Eiffel por la Torre de Tokio y la monarquía británica por Pokémon.

—¡Vosotros tenéis mucho más tiempo libre! Aquí nos pasamos el día hincando los codos —interviene Motoki.

—Y trabajamos toda la noche —añade Hiroki.

—Las horas extra se inventaron en Japón.

—Además, ¡vosotros no tenéis terremotos! —estalla Rio.

Una sombra oscura cae sobre el país de las maravillas.

—Mis padres dicen que últimamente hay demasiados temblores en Tokio.

—Pues yo en las noticias no he oído nada —carraspea Motoki de forma ruidosa.

Por primera vez, parece haberse puesto serio.

–De alguna manera, tengo un mal presentimiento. –Rio susurra las siguientes palabras–: ¿Y si se está acercando el *daishinsai*? Ya sabéis, el gran terremoto.

Rio me da un poco de pena porque los demás parecen muy irritados por su arrebato emocional. Sé que en Japón es tabú hablar de temas emocionales o personales en público, pero sigo sin entender hasta qué punto ha cruzado Rio la línea en este caso. La están castigando con un silencio tan claro, duro y humillante que me duele el cuerpo entero.

–¡No asustes a nuestra invitada, Rio-san! –sisea Aya.

El hecho de que utilice la forma formal *san* para dirigirse a ella en lugar de la amistosa *chan* hace que todos ahoguen un grito de lo más audible.

–Estoy segura de que no quería asustar a nadie –digo con tono apaciguador.

Aya me lanza una mirada furiosa.

–¡No te metas, Malu! Solo estás empeorando las cosas.

Para mi sorpresa, es Momo la que me ayuda a salir del apuro.

–Aya-chan, ¿ya está listo tu regalo para Ikemen?

El grupo se relaja de manera notable.

–No del todo.

–¡Es culpa mía! –me apresuro a explicar–. Aya se pasa las tardes enseñándome a coser.

Una sonrisa se dibuja en el rostro de mi hermana de acogida. Misión cumplida.

Rio habla con cautela:

–¡Seguro que Kentaro te confiesa su amor cuando vea el esfuerzo que has puesto en el regalo!

Aya relame su cuchara de plástico sin inmutarse.

–O mejor aún, ¡te pedirá matrimonio delante de toda la escuela!

La súplica en la mirada de Rio es desgarradora.

Al final, Aya responde en tono conciliador.

–Gracias, Rio-chan, espero que tengas razón.

–¿Habéis visto sus últimos dibujos? ¡Tiene muchísimo talento! –dice Momo entusiasmada.

–¿Qué es lo que dibuja? –pregunto, más que nada para continuar la conversación.

–Mangas –responde Hiroki.

–¿Esos cómics japoneses?

–Tened paciencia con ella. –Ríe Aya–. No tiene ni idea de lo que habla.

–Kentaro es un *mangaka*, así es como se le llama a un dibujante de manga, y es genial –explica Momo–. Ha ganado un sinfín de concursos y se rumorea que pronto va a sacar su propia serie. Los mangas son extremadamente populares en Japón, todos los leemos, pequeños y mayores.

–A los *mangaka* de éxito se les idolatra como si fueran estrellas de *rock* –explica Rio.

–¡Hay personas que organizan su vida a partir de su manga favorito! A mí, por ejemplo, me encanta *InuYasha* y *Black Butler*.

Solo escucho a Momo a medias porque no consigo pasar por alto que Kentaro lleva tres días sin dirigirme la palabra. Peor aún: me ignora, me trata como si fuera transparente. Durante las clases, se sienta en el extremo de la mesa a la mayor distancia posible y, en cuanto suena el timbre del descanso, huye del aula como si le persiguieran la peste y el cólera.

–Oh, no, ¡qué tarde se ha hecho! Malu-chan, tenemos que irnos a casa, ya es casi la hora de cenar.

–¡¿Cenar?! –pregunto, un poco angustiada.

Creo que nunca había comido tantas calorías de una sentada.

–¡Hasta mañana, Aya-chan! ¡Hasta mañana, Mamaru-chan! –exclaman los demás, poniéndose en pie e inclinándose.

Después se despiden dando pequeños saltos hasta que salimos de la cafetería.

Son solo dos paradas de la línea Yamanote, pero Aya se las arregla para caer en un sueño profundo y sobrenatural. Esta habilidad milagrosa parece innata en todos los japoneses, porque en cuanto se cierran las puertas del tren se quedan dormidos, a menudo de pie o sobre el hombro de un desconocido sentado a su lado. Por norma general, viajar en tren en Japón es muy diferente que en Alemania. Los trenes siempre llegan a su hora, están limpios, huelen bien y son verdaderos oasis de paz. Nadie habla por el móvil, ni escucha música a todo volumen ni masca chicle ruidosamente. Las conversaciones solo se mantienen en voz baja, agachados y con una mano discreta delante de la boca. El interminable *skyline* de Tokio pasa a mi lado, salvaje e hipnótico. Aya descansa en mis brazos y ronca feliz para sí misma. A mi lado, un hombre saca un grueso tomo de su maletín y lo hojea en busca del marcapáginas. Entrecierro los ojos y me doy cuenta de que está leyendo un manga.

Por alguna razón, nunca me ha llamado mucho la atención. A lo mejor es porque a los fans del manga siempre les han hecho *bullying* en mi instituto. En cualquier caso, a nadie se le habría ocurrido decir que el manga es algo que mola. Es una locura que Kentaro sea tan famoso por una afición tan friki. Aunque me interesaría saber en qué está trabajando.

Mañana es probable que sea mi último día junto al caballero Jedi. Aunque sé que todo es culpa mía, estoy enfadada con él. Me parece infantil que interprete al personaje distante con tanta arrogancia y persistencia. Puede que yo haya dicho muchas tonterías, pero mi intención era evitar cualquier muestra de hostilidad. Me duele lo frío que es conmigo. Habría aceptado con gusto una sonrisa pícara, un comentario sarcástico o unas cuantas burlas nuevas. Con la mano en el corazón, puedo decir que esperaba que me diera otra oportunidad.

Por otro lado, ya nada se interpone en el camino de la felicidad y el amor de Aya. Kentaro ya puede proponerle matrimonio –delante de toda la escuela, eso sí– y todos tan contentos.

El hombre que está a mi lado ríe encantado. Intento apagar el ruido de mi cabeza y vuelvo a mirar en su dirección. Pechos desnudos, monstruos con tentáculos y naves espaciales con forma de salchicha…, ¡lo que veo hace que me ponga roja! Menos mal que anuncian nuestra parada, porque un manga porno es lo último a lo que quiero someter a mi cansado cerebro.

De repente, como si se percatara de que hemos llegado a nuestra estación, Aya se despierta de su letargo y se planta delante de la puerta con tal rapidez que solo soy capaz de mover la cabeza, asombrada.

—Más a la derecha. ¡Sí, justo así!

Una ráfaga de *flashes*.

Estoy segura de que Bratto Pitto fue una diva del cine italiano en su vida anterior, porque sus poses son sencillamente fabulosas: una mirada lasciva de reojo, las orejas de murciélago erguidas de manera dramática, la joroba hacia dentro, la cola hacia arriba, la pata en la nariz, un poco de lengua, un breve destello de colmillos de vampiro, el culo pelado contoneándose todo el rato…

—¡Creo que he encontrado mi vocación! —suelto con entusiasmo—. A partir de ahora, voy a diseñar moda para gatos sin pelo.

—¿Por qué no? —responde Aya sacando otra foto—. ¡Tienes un talento natural!

La capa roja que le he hecho a Bratto Pitto es horrible y fea, pero aun así me siento muy orgullosa. Sus iniciales, B. P., brillan torcidas en la tela con el material que he utilizado: he pegado brillantina, aunque la mitad ya se ha vuelto a caer.

—Miau. —Bratto Pitto corre hacia su cuenco de comida y grita lastimoso—. Miauuu.

—Nunca se olvida de reclamar sus honorarios —comenta Aya con un guiño.

Mientras ella sirve a la excitada gárgola su tercera cena, yo me acomodo en el sofá y sirvo té para las dos.

—Hay otra cosa que quería comentarte —comienza vacilante mi hermana de acogida, que toma asiento en el sillón de enfrente—. Quiero que entiendas por qué antes me he enfadado tanto.

—No tienes que explicarme nada —respondo alarmada.

—Rio ha sacado un tema muy delicado mientras estábamos pasando una tarde tan agradable juntos. Ha sido poco considerado por su parte. Y extremadamente imprudente.

—De verdad, no me ha molestado. Pero gracias por preocuparte por mí.

—El padre de Hiroki murió en un terremoto. Fue hace mucho tiempo, en 2011 para ser exactos. El padre de Hiroki estaba en Fukushima cuando se produjo el gran terremoto de Tōhoku. Murió en el tsunami. Fue una tragedia horrible.

—¿Q-qué? —jadeo.

—Todavía éramos muy pequeños, pero recuerdo muy bien aquella época. Hiroki estuvo semanas sin venir a la guardería.

—¡No tenía ni idea! No se le notaba nada.

—Claro que no. No habría estado bien enfrentarnos a su dolor. Por eso ha sido una falta de tacto por parte de Rio hablar tan abiertamente de sus miedos. No porque lo que ella siente no cuente, sino porque nunca se sabe qué efecto pueden tener en los demás. Aquello que vive la gente, el dolor que tienen que soportar cada día, eso muchas veces permanece oculto.

—¿Así que Rio no sabía lo que le pasó al padre de Hiroki?

—No. Rio llegó a nuestro instituto hace solo dos años.

—Ahora lo entiendo —digo en voz baja—. ¿Puedo preguntarte algo?

—Claro.

—¿Qué es lo que he hecho yo para molestarte?

Aya se aclara la garganta con cautela antes de responder.

—Rio se ha dado cuenta enseguida de que había hecho algo mal. Lo ha visto en nuestro lenguaje corporal. Lo normal es que resolvamos los conflictos de forma no verbal para no alterar la armonía del grupo. Sé que querías relajar el ambiente, pero con tu comentario has estado a punto de iniciar una pelea.

—La verdad es que sigo siendo una *dojikko* —digo en voz baja.

—¡Tonterías! Solo sé tú misma —responde Aya con una sonrisa—. Así es como más me gustas.

Media hora más tarde, estoy sentada en mi futón, lista para acostarme, ojeando la sesión de fotos de Bratto Pitto. Cuando voy por la foto noventa y seis, lo echo de menos. Y para que el gato no tenga que lloriquear, le abro la puerta de la habitación por precaución. Al fin y al cabo, el pobre ya está calvo y no quiero que también se quede afónico. Pero Bratto Pitto no viene. Es probable que esté asediando a Otōsan, el único miembro de la familia que aún no le ha servido la cena. ¡Menudo rompecorazones tan astuto!

Me pongo a pensar en el día, en que por fin hoy no ha ido tan mal. Y, como impulsado por un resorte, el sentimiento de culpa me inunda. Yo no puedo ser feliz sin ella. Es imposible. Sería un error. Si alguien merecía ser feliz, era ella. Ella hacía reír a la gente, hacía del mundo un lugar mejor…, yo solo existo. Y aun así tengo permitido estar aquí; tengo permitido divertirme, vivir nuevas experiencias y experimentar momentos maravillosos. No es justo.

Busco frenéticamente debajo de mi almohada y saco el espejo azul de bolsillo.

—Maja, ¿estás ahí? —susurro.

Silencio.

—¿Maja?

—¿Tu tampoco puedes dormir?

Pego un salto tan grande que el espejo sale volando al otro lado de la habitación.

—¡Lo siento! —Haruto se lleva las manos a la cara, horrorizado—. ¡No pretendía hacer eso!

—E-está bien, no pasa nada —balbuceo—. Entra.

Cuando mi hermano de acogida ve el cristal roto, se tambalea.

—¿Ha sido culpa mía?

—No —digo rápidamente, e intento sonreír—. El espejo ya estaba roto.

–¿Y p-por qué no compras uno nuevo?

Como no contesto, el niño se inclina y me anuncia:

–Si no tienes dinero, yo le puedo pedir uno a Aya por ti. ¡Tiene una colección entera de espejos!

Como siempre, Haru no puede ser más mono.

–No, no te preocupes. El espejo tiene un valor sentimental para mí. Eso significa que...

–Sé lo que significa, *Onee-chan*. ¿Has oído hablar alguna vez del *kintsugi*?

–No –respondo desconcertada.

Tampoco había oído nunca a nadie llamarme «hermana mayor».

–Aquí, en Japón, los objetos rotos los reparamos con oro. Así los hacemos todavía más valiosos. Puede que las cosas ya no sean perfectas, pero cuentan una historia y conservan sus recuerdos.

Me quedo sin palabras. ¿Haruto tiene diez o doscientos años?

–Si me confías tu espejo, yo te lo puedo arreglar. Hice un curso de *kintsugi* en el colegio.

Vuelve a inclinarse y de repente se me saltan las lágrimas.

–¡Por favor, no llores! –exclama Haru con preocupación.

–Lloro de emoción –explico, hipando.

El chico parpadea, desconcertado.

–Toma. –Recojo los trozos rotos gateando por el suelo.

–*Arigatō gozaimasu*. Gracias por tu confianza.

Haruto acepta el espejo con reverencia y con mucho cuidado, como si fuera un tesoro de lo más valioso.

–¿Me cuentas por qué no puedes dormir? –le pregunto.

Se rasca la nuca, avergonzado.

–No hace falta que seas tan tímido.

–¿Qué haces cuando te gusta una chica que se supone que no debería gustarte?

Mis ojos se abren de par en par por el asombro.

–*Sumimasen* –se disculpa Haruto con la cara roja–. No pretendía ponerte en una situación incómoda.

—Bueno, nadie puede decidir quién te gusta y quién no. Esa decisión es solo tuya. Si tú también le gustas a esa persona, no deberías desaprovechar la oportunidad. Al fin y al cabo, el amor verdadero es algo que ocurre en muy contadas ocasiones.

—Eres muy sabia, hermana mayor —susurra Haru con respeto.

«¡Ja! Si él supiera...».

—¿Quién es la afortunada?

Hace un movimiento brusco con los hombros.

—Tu chica puede considerarse de lo más afortunada. —Le revuelvo el pelo—. ¡A por ella, hermanito! *Ganbatte!*

—Lo estás haciendo muy bien, Malu-san. —Noda-sensei lee mis deberes y asiente con aprobación. Detrás de la lupa, su ojo derecho parece tan grande que le da aspecto de un poco loca—. Es impresionante lo rápido que ha mejorado tu japonés.

Le tengo que dar las gracias a Aya, que es quien ha escrito la redacción por mí. Hoy era la fecha límite y no queríamos correr ningún riesgo.

—Si quieres, puedes volver a tu antiguo asiento durante el descanso.

«Bingo».

Miro triunfante a Kentaro. Él aparta la mirada.

—Gracias de nuevo, Kentaro-san, por ofrecerte a sentarte junto a Malu durante la primera semana. Fue muy considerado por tu parte. Probablemente a mí no se me hubiese ocurrido.

—No era en absoluto necesario, Noda-sensei. Malu puede arreglárselas perfectamente bien sola.

No. No puede ser. Me doy cuenta de lo que Kentaro ha hecho por mí y mi mala conciencia me golpea como un puñetazo.

—Bueno, pues empecemos la clase —dice Noda-sensei, que es probable que se haya percatado de que se están desarrollando escenas apocalípticas bajo la superficie.

Su bastón hace *clac-clac-clac* en su camino a la pizarra.

—Oye —susurro, pero Kentaro no me presta atención—. ¿Podemos hablar un momento en el descanso?

Solo ahora veo que está dibujando. Respiro hondo y me acerco un poco más.

–¿En qué estás trabajando ahora?

–¡*Chist!*

Aprieto los dientes y vuelvo a mis apuntes inexistentes. No puedo culparle. ¿Cómo he podido comportarme de forma tan inmadura con él?

Su lápiz se desliza sobre el papel sin interrupción. Se le ve enfadado… e increíblemente guapo. El brillo azul de medianoche de sus rizos, su piel pura y hermosa como la nieve. ¡Y esos labios! De nuevo, un extraño calor hace que cada célula de mi cuerpo se acelere y me produzca un hormigueo…

Mi mirada se detiene en su dibujo y, de repente, todo cambia. Por encima de las luces de la ciudad, en una azotea que se eleva hasta las estrellas, hay un chico. Junto a él, sobre una luna creciente, hay una chica sentada que sonríe y le mira. Lleva un sombrero rosa para el sol.

Me ruge el estómago. En la caja del *bentō* de Okāsan de hoy hay bolas de calamar fritas, y no me gustan nada. Miro el reloj: aún me quedan diez minutos para que se reanude la clase.

–Oye, voy a comprar algo de comer.

Aya no me presta atención. Se ha pasado todo el descanso con Rio y Momo analizando las cualidades como novio de algún cantante coreano. Y de todas formas, no tengo ganas de hablar. Solo pienso en Kentaro, en su dibujo y en que la he liado de forma espectacular. El caballero Jedi quería ser amable, ayudarme, y yo me he comportado como la materia más oscura del universo. *Weird matter*; así es como deberían llamarme.

Así que me pongo en marcha por mi cuenta, a la espera de que el laberinto blanco del instituto Kōtō no me engulla hoy. Pero un edificio que cambia de forma es solo el primer nivel en este juego de supervivencia, porque Tokio ya me tiene preparado el siguiente reto: ¿qué máquina expendedora vende qué?

Fracaso en mi primer intento. Parece que me he topado con un botiquín de primeros auxilios, porque, en lugar de bocadillos, la máquina expendedora escupe un paquete de tiritas. La máquina expendedora número dos resulta ser una especie de tienda de electrodomésticos sobre cuatro ruedas; aparte de una maraña de cables, no hay nada que ver aquí.

La máquina expendedora número tres tiene una prometedora pegatina con un cruasán, pero no importa qué botón pulse, la voz del robot balbucea y balbucea y no pasa nada.

Con miedo a que salga humo de esta máquina del demonio, admito mi derrota y me dirijo con tristeza (y medio hambrienta) hacia el aula.

A mitad de camino, freno de golpe. El que acaba de pasar a mi lado ha sido el caballero Jedi.

–¡Kentaro! –le llamo, y enseguida mis manos se convierten en frías y húmedas pieles de pescado.

Él se para en seco.

–¿P-podrías echarme una mano?

–Difícil. No me gustaría en absoluto dar la impresión de que estamos tonteando.

«Esa ha sido buena».

Estoy a punto de irme cuando se vuelve hacia mí.

–¿Qué pasa? ¿Te has vuelto a perder?

–No. Quiero decir, a lo mejor. Lo más probable. –Estoy a punto de que se me quiebre la voz–. Pero ese no es el problema.

–¿Y cuál es?

–Que tengo hambre.

Levanta la ceja derecha.

–¿Y?

–Estas máquinas expendedoras me parecen todas iguales. Hablan en una misteriosa lengua alienígena. Tienen más botones que una nave espacial. No tengo ni idea de si de la escotilla va a salir comida o un marciano. –Siento el corazón latir con fuerza en la garganta–. ¡Estoy hecha un lío!

–Ya veo. –No puede evitar que se le escape una sonrisa–.

¿Quieres que te diga cuál es la máquina de bocadillos? –Asiento enérgicamente–. Anda, ven conmigo.

Caminamos uno al lado del otro en silencio. Es una locura cómo nos mira todo el mundo. Hay cuchicheos por todas partes, casi como si anduviera con una superestrella. Al Jedi no parece importarle. Como siempre, irradia frialdad y compostura.

–Te presento la máquina de bocadillos.

Con un solemne movimiento del brazo, me presenta una caja mágica del tamaño de una persona.

–¿Y ahora?

–*Dojikko*, ¿cómo has podido sobrevivir sin mí? –Kentaro suspira, sacudiendo la cabeza–. ¿Qué te apetece? ¿Jamón y queso? ¿Atún? ¿Pollo *teriyaki*?

–Sí –respondo.

–Pero ¿cuál quieres? –pregunta confundido.

–Los tres, por favor.

Se ríe a carcajadas. Luego se da cuenta de que hablo en serio y suelta un «ajá» lleno de asombro.

Fascinada, le observo introducir códigos matemáticos en la pantalla de la máquina. A continuación, una cámara escanea su cara. Parpadean unas luces verdes. Un segundo después, se oyen tres *plong* seguidos.

–Toma. Para que sigas estando grande y fuerte.

Me tiende la montaña de bocadillos.

–Gracias. Eh, espera un momento. ¿Acabas de pagar por mí... con tu cara?

Se encoge de hombros.

–No hacía falta.

–Lo sé.

–¿Eso significa que vas a volver a hablar conmigo?

–Nunca he dicho que no quiera hablar contigo. Fuiste tú la que tuvo un medio ataque de nervios la última vez que hablamos. Bratto Pitto... ¿Te has olvidado?

Me miro los pies, avergonzada.

–Yo tampoco me he olvidado –continúa–. Aquello fue bastante traumático.

–Lo siento. Las cosas son más complicadas de lo que parecen a simple vista.

Él asiente.

–Siempre lo son.

–De todos modos, gracias por tomarte la molestia.

–¿Quieres volver a discutir, *dojikko*?

–No, hablo en serio. Gracias por sentarte a mi lado. –Acuno la pila gigante de bocadillos en mis brazos como si fuera un bebé–. Y gracias por enseñarme cómo domar las máquinas de bocadillos japonesas.

–Puedo enseñarte más. –Le miro sorprendida–. Quiero decir, Tokio. Si quieres, puedo enseñarte Tokio.

Y como nunca había visto a Kentaro tan inseguro de sí mismo, una carga extra de adrenalina me recorre la sangre.

–V-vale.

–¿Qué haces mañana por la tarde?

–Vale –balbuceo; es la única palabra que mi cerebro es capaz de emitir.

–¿A las seis en el Hachiko?

–Vale.

–Vale –responde él.

–Vale.

Se me están fundiendo los fusibles. Ahora él sonríe con dulzura.

–Vale.

–¡Espera! –exclamo mientras se aleja de mí.

–¿Sí?

Carraspeo, avergonzada.

–¿T-te importa si te sigo discretamente? No tengo ni idea de cómo volver a clase.

7

Yōkai

Aya rocía una última carga de laca sobre mis trenzas en forma de corona y hace una O redonda con el índice y el pulgar.

—¡Estás estupenda! Un poco juguetona, un poco misteriosa, un poco peligrosa. ¡Ese tal Kai se va a derretir!

—Estás exagerando —digo con timidez.

—¡El *yukata* hace que te brillen los ojos! Me alegro de habértelo regalado. Te queda mucho mejor que a mí.

Yo no soy capaz de detectar ese brillo en mis ojos, pero es verdad que al mirarme al espejo me he quedado con la boca abierta. Realmente, Aya es una maga.

—He metido el *eyeliner* en tu bolso por si quieres retocarte la raya de los ojos. Recuerda, al hacerlo, respira hondo y con tranquilidad para que no se te corra. —Me entrega un bonito bolso *vintage*—. Ahora solo necesitas un pintalabios. ¡Yo te sugeriría un rojo oscuro!

—¿No es un poco *too much*?

—Para nada. Al fin y al cabo, tienes una cita.

—¡No es una cita! —protesto.

—Vale. —Aya me guiña un ojo—. «No es una cita». —Se acerca de un salto a su tocador y mete la mano en el desorden con total seguridad—. ¿Ni siquiera un poquiiito de pintalabios? —Pone unos morros espectaculares—. Si no lo haces por Kai, ¡al menos hazlo por tu hermana!

—Venga, vale. Pero no mucho.

Con una amplia sonrisa, se pone manos a la obra.

—Entonces, ¿de qué conoces a este chico?

—Iba a mi clase paralela en Alemania —le digo como si nada—.

Tres personas de mi curso han venido a estudiar a Japón y él es una de ellas.

–¡Qué bonita coincidencia que él también acabara en Tokio! –Aya me seca los labios por última vez y asiente con satisfacción–. ¡Dientes!

Obedezco y ella los frota un momento.

–¿Está bueno?

–*Eh haho.*

–¿Es qué?

–Es majo –declaro con excesiva claridad después de que, por fin, me quite la mano de la boca–. Como ya te he dicho, solo somos amigos.

–Entiendo. –Aya me vuelve a guiñar el ojo–. «Solo amigos».

Nos encontramos con Okāsan en el pasillo y ella levanta los brazos con entusiasmo.

–*Kirei!* Qué guapa, Malu-chan.

Me inclino con la cara roja como un tomate.

–Malu ha quedado hoy para cenar con su amiga alemana, Kaitarina –anuncia Aya, radiante de alegría.

–*Sugoi!* ¡Qué bien! –Mi madre de acogida sonríe con tanta calidez que, por el sentimiento de culpa, me condenaría a arresto domiciliario de por vida–. *Chotto matte!* Un momento, por favor.

Entra corriendo en la habitación de al lado con sus bonitas zapatillas de felpa.

–¿Kaitarina? –susurro.

–Chist, así tendrás más tiempo –sisea Aya.

Ni un segundo después, Okāsan trae el sombrero rosa.

–¡No, de eso ni hablar! –exclama Aya indignada–. ¿Quieres arruinar el peinado de Malu?

–¡Pero Malu-chan debería llevar al menos una chaqueta! Han dicho que esta noche va a llover –dice Okāsan con expresión preocupada.

–¡Si llueve se puede poner la chaqueta de Kaitarina!

92

Mi hermana de acogida me empuja hacia la puerta con brusquedad.

–Malu-chan, por favor, vuelve a casa a las nueve.

–¡A las diez, de acuerdo! –vocifera Aya en mi lugar. Cuando por fin consigue que cruce el umbral, me susurra con ojos brillantes–. ¡Diviértete, hermanita! Por cierto, también te he metido el pintalabios por si…

Risueña, lanza un beso en al aire.

Al salir del edificio de la estación de Shibuya veinte minutos más tarde, me invade el vértigo de la emoción. Son las seis menos cinco y las calles están llenas de vida.

No debería estar aquí. Es imperdonable. Si Aya descubre que le he mentido, estoy jodida. De todos modos, mi karma está arruinado para siempre. Es probable que me salgan tentáculos de las fosas nasales o que me caiga un meteorito en la cabeza: me lo merezco. ¿Y por qué? ¿Por un chulito tatuado en albornoz? Debo haber perdido la cabeza. Claro, eso es, ¡los bocadillos estaban envenenados! Sabía que no podía confiar en esas terroríficas máquinas expendedoras japonesas.

«Tengo que irme de aquí. ¡Escapa! Todavía tengo la oportunidad, no es demasiado tarde. Vale, Malu, concéntrate. Tienes piernas. Da la vuelta y coge el primer tren a casa. Es muy sencillo».

«¿Qué estás haciendo?».

«¿Por qué cruzas? No».

«¡Da la vuelta! *Mayday, mayday!* ¡SOS! ¡Alerta roja!».

Estoy de pie frente a la estatua de Hachiko y mis sinapsis por fin se activan. Presa del pánico, me doy la vuelta y empiezo a correr… directa a los brazos del caballero Jedi.

Con la cara contorsionada por el dolor, Kentaro se frota el pecho.

–*Dojikko*, ¿es que tienes la cabeza de granito?

–Lo siento –gimoteo–. ¿Te has hecho daño?

–No. –Lo cual es notable considerando que acabamos de tener un choque frontal–. ¿Adónde ibas de repente con tanta prisa? –refunfuña.

–Yo… eh…

–¿Intentabas escapar? –Como no le respondo, da un paso a un lado–. Tienes vía libre.

–N-no digas tonterías –tartamudeo–. Es solo que no estaba segura de estar en el sitio correcto.

Kentaro me mira primero a mí y luego a la estatua de Hachiko que está a mi lado.

–Suena plausible.

–Entonces, ¿cuál es el plan? –digo nerviosa.

–Realmente no te gustan los preliminares, ¿verdad?

Me mira con un atisbo de sonrisa.

–¿Cómo dices?

–«Yo estoy bien, gracias por preguntar». «Tienes razón, parece que va a llover». «Sí, hoy el tren iba muy lleno». «Creo que estás muy guapa».

Me quedo con la boca abierta.

–Aunque casi no te he reconocido sin tu sombrero de fiesta rosa. –Sonríe con descaro–. ¿Cuál es el plan, me preguntas? Bueno, ese sigue siendo mi secreto. Lo que sí te puedo revelar es que vamos a coger la línea Ginza hasta Asakusa.

–¿Me estás secuestrando? –pregunto con prontitud, y enseguida me arrepiento de lo que digo porque la frase suena mucho menos guay al pronunciarla.

–Para ser sincero, esperaba que vinieras por voluntad propia.

Pienso febrilmente qué decir a continuación.

–No, esta vez tampoco llevo albornoz, *dojikko*, por si ese es el motivo de que me mires así.

Rápidamente, desvío la mirada hacia los rascacielos.

–¿Buscas algo?

–Yo… –Vamos, Malu, ¡¡¡puedes hacerlo!!!–. Pronto va a llover.

«Guau, *meet the Queen of Small Talk*».

Él parpadea, estupefacto.

–Bueno, al menos estamos de acuerdo en eso.

–Perdón –murmuro–. No se me dan bien estas cosas.

–Es verdad. Y eso es quedarse corto –reconoce–. Pero aun así me alegro de haber podido detener tu pequeña maniobra de escape.

Al sonreír, me tiemblan las comisuras de los labios.

Él echa un vistazo a su móvil.

–Tenemos que irnos o llegaremos tarde.

–De acuerdo.

Todavía sueno como un robot oxidado.

–¿Y estás segura de que vienes por voluntad propia?

–Sí, quiero ir contigo. Por voluntad propia, quiero decir. Así que a Alaska... suka.

Uf, qué vergüenza.

Riéndose, se pone en marcha y exclama:

–No te separes de mí, *dojikko*, de ninguna manera quiero que acabes en Alaska.

Es hora punta y el tren está abarrotado, aunque cada vez sube más y más gente. Estamos el uno al lado del otro. Kentaro mira por la ventanilla, ensimismado; yo le miro fijamente. Hoy vuelve a llevar un *yukata* masculino, esta vez de un profundo azul celeste. El cinturón *obi* que combina es gris claro, al igual que la franja a lo largo del borde ancho de la manga. Junto con su vestimenta tradicional, lleva unas Converse oscuras y una capa negra que le rodea los hombros. A pesar de lo inusual de su atuendo, a Kentaro le sienta de maravilla.

Las puertas del tren se abren y, una vez más, nuevos cuerpos consiguen embutirse en el repleto vagón en el que estamos, sudorosos. Un hombre vestido con un traje de negocios avanza con gran esfuerzo hacia nosotros, resoplando. Tiene la vista puesta en el mínimo espacio entre Kentaro y yo.

El caballero Jedi reacciona de inmediato: se interpone en su camino y se acerca tanto a mí que acabo con la espalda contra la pared. Se me corta la respiración. La presencia de Kentaro me envuelve, atraviesa la membrana de mi piel y lanza un hechizo salvaje sobre mi corazón. Todo se arremolina, el suelo vibra bajo mis pies. Noto su aliento en mi frente, el eco de mi calor contra su pecho. Que de repente estemos tan cerca me resulta abrumador. No me atrevo a levantar la mirada; en vez de eso, respiro su aroma: madera de cedro, hojas cálidas y un toque de limón.

Embriagador.

—La próxima parada es la nuestra —dice en voz baja.

Me rodea con los brazos sin tocarme.

—V-vale —susurro.

Cuando el tren frena y su cuerpo se aprieta brevemente contra el mío, cierro los ojos y sonrío.

Sabía que había un famoso templo en el barrio de Asakusa, pero no contaba con que iba a viajar en el tiempo al Japón antiguo: puestos de madera iluminados con farolillos rojos, puestos de comida humeantes con puertas correderas y decoraciones de cuento de hadas, callejones sinuosos que conducen a misteriosos mundos de niebla. Mire donde mire, la belleza, la gracia y la fragilidad se revelan ante mí.

—Te prometo que luego podrás mirar con tranquilidad, pero ¡ahora tenemos que darnos prisa!

Kentaro me conduce a través de una imponente puerta de madera cuyos elementos tallados brillan en llamativos tonos rojos y turquesas. En el centro cuelga un enorme farol de papel con letras *kanji* negras y doradas.

Entramos en un pasaje peatonal que conecta la puerta y el complejo del templo. A ambos lados hay curiosos puestos de *souvenirs* decorados con abanicos de colores, espadas samurái japonesas y kimonos festivos.

Me quedo clavada en el sitio: nunca había visto tanta gente en un mismo lugar. Turistas, grupos de colegios y jubilados, monjes e incluso bodas enteras se agolpan en un espacio muy reducido.

—Por desgracia, tenemos que abrirnos paso —anuncia Kentaro—. ¿Puedo?

Miro a mi alrededor, confusa.

—Tu mano.

Ahora me doy cuenta de que me está tendiendo la mano. Como no me muevo, sacude la cabeza, riendo.

—Tranquila, *dojikko*, no es que quiera que nos cojamos de la mano. Es solo para no perdernos entre la multitud.

El cielo está difuminado y los movimientos a nuestro alrededor parecen tener lugar en diferentes intervalos de tiempo. Kentaro avanza con habilidad entre la multitud y encuentra siempre nuevos huecos por los que deslizarnos. Se oyen voces a nuestro alrededor, el aire se llena de zumbidos y murmullos. Le sigo a ciegas y me concentro únicamente en cogerle de la mano. La sensación de cómo me agarra a veces más firme y otras más suave, el calor de su piel, los escalofríos que me recorren la espalda…, es extraño que algo tan inocente pueda parecer tan íntimo.

Al final, la confusión se despeja y llegamos al complejo del templo Sensō-ji.

—El antiguo corazón de Tokio —explica Kentaro con voz sobrecogedora.

Una noble majestuosidad se une a una tímida sensualidad: el templo está compuesto de formas que no había visto nunca. Seis poderosos pilares sostienen el nivel inferior del tejado, cuyos estribos se balancean hacia arriba como olas. Un segundo tejado se asienta sobre un estrecho entresuelo ricamente decorado, tan ingrávido como un baldaquino. La fachada exterior luce tan exuberante y radiante como si la hubiera empapado una lluvia fresca. Más allá de la zona de entrada, el santuario Sensō-ji resplandece como una construcción mística de truenos y hielo.

Aunque la belleza de este lugar me hipnotiza de inmediato, es lo oculto lo que me conmueve de un modo todavía más profundo. Percibo una armonía que no podría ser más pura.

Es casi como si el edificio no estuviera hecho de materiales terrenales, sino de viejas historias, viejos sentimientos y tiempos aún más antiguos.

–El templo lleva aquí más de mil años –continúa Kentaro–. Ha sobrevivido incluso al gran terremoto de Kantō y a la Segunda Guerra Mundial.

–¿Y quiénes son ellos?

Fascinada, contemplo las estatuas de dos guerreros que observan lo que sucede con rostros de un rojo fuego y ojos llenos de ira.

–Son *niö*, los guardianes del templo.

–No me dan mucha confianza.

–Creo que te tienen más miedo a ti que tú a ellos –comenta riendo.

–¿Me estás comparando con un terremoto y una guerra mundial? –Esboza una amplia sonrisa–. Me siento realmente zen frente a este templo milenario y aun así consigues ponerme de los nervios –gruño.

–Lo has expresado de forma muy poética, *dojikko*. Pero ahora tenemos que seguir; vamos a llegar tarde.

–¿No piensas decirme adónde vamos?

–No.

–Qué encantador.

Como Kentaro no hace ningún esfuerzo por moverse, pregunto sorprendida:

–¿No acabas de decir que tenemos prisa?

Como respuesta, mira nuestras manos, que siguen firmemente entrelazadas.

Con la respiración entrecortada y las puntas de las orejas encendidas, me suelto enseguida.

Kentaro me lleva junto a una pagoda de cinco pisos y las cornisas que sobresalen de ella recuerdan a soles nacientes. O a soles ponientes, porque en cuanto dejamos atrás la torre, una oscuridad cristalina cae sobre los tejados de Asakusa.

Nos adentramos en un laberinto de callejuelas poco iluminadas y canales negros como el grafito. Los escaparates de las tiendas están polvorientos y llenos de objetos extraños: pelucas, máscaras, peines, pinceles de caligrafía e instrumentos musicales cuyos nombres desconozco. Las tabernas escondidas señalan su presencia con carteles escritos a mano. Algunos locales son tan diminutos que solo hay espacio para una persona (o criatura mágica).

De las puertas entreabiertas emanan murmullos y olores extraños inundan mi nariz: incienso, carne asada y madera recién cortada. Tras los cristales amarillentos de las ventanas arden lámparas de aceite y los tejados bajos están decorados con farolillos. Ninguna fuente de luz parece quedarse quieta, todo titila y parpadea.

Los caminos se estrechan y las paredes de las casas se van acercando. Los gatos corretean de aquí para allá, de las tapas de las alcantarillas surge una bruma resplandeciente. Kentaro no dice nada mientras nos adentramos cada vez más en este espeluznante reino de las sombras. Me he dado cuenta de que nunca hace dos cosas a la vez. Cuando piensa, piensa, cuando habla, habla, y cuando camina, camina. No es una mala cualidad en sí, pero ahora mismo no hay nada que me apetezca más que oír su voz. Hasta hace cinco minutos, la idea de pensar en fantasmas me parecía absurda, pero ahora no estoy tan segura. Si hay algún lugar encantado, es este.

De repente, oigo una risa gutural.

—¡Eh! —grito, y acorto la distancia que nos separa—. ¿Has oído eso?

—¿A qué te refieres?

—¡A las voces!

—¿Qué voces? —pregunta Kentaro, divertido.

—¡No tiene gracia!

—¿Tienes miedo?

—¿Debería tenerlo?

—No, *dojikko*. Conmigo estás a salvo.

Volvemos a girar y enseguida nos encontramos con una pequeña multitud.

–Hemos llegado.

Kentaro señala una estrecha casa pintada de morado oscuro. La puerta es apenas más grande que la entrada a una trinchera, pero está custodiada por tres porteros de rostro adusto. A lo largo de las paredes hay estatuas de lo más divertidas: criaturas caninas de dos patas (quizá mapaches) con sombreros de paja, panzas enormes y botellas de sake. Y aunque algunas de ellas parecen bastante graciosas e inocentes, a otras les cuelgan unas bolas monstruosas de los calzoncillos.

–El bar se llama Tanuki –explica Kentaro–. No lo vas a encontrar en ninguna guía de viajes. Ni siquiera Google lo conoce.

–¿Y eso se supone que debería tranquilizarme? –refunfuño.

Debe de haber diez personas en la cola por delante de nosotros y todas parecen un poco mayores. Entonces veo el cartel rojo de la entrada: PROHIBIDA LA ENTRADA A MENORES DE 18 AÑOS.

Justo cuando estoy a punto de llamar la atención de Kentaro sobre este problema nada insignificante, uno de los porteros se acerca corriendo y exclama:

–¡Kawakami-san, *irasshaimase*!

Todos se vuelven para mirarnos.

El portero hace varias reverencias seguidas antes de seguir hablando.

–Honorable joven, ¡qué bien que hoy sea nuestro invitado! –Kentaro asiente de manera amistosa–. Su mesa está lista, Kawakami-san.

–Hoy vengo acompañado. Esta es Malu.

–¡*Irashaimase*, Malu-san! –Vuelve a hacer una profunda reverencia–. Haré que traigan un segundo cubierto inmediatamente. Por favor, síganme.

El hombre se adelanta e indica a la multitud que abra paso.

¿Qué demonios es todo esto?

Atravesamos un pasillo lúgubre con suelos de madera que

crujen a nuestro paso. El portero aparta un viejo telón de teatro y, cuando veo el bar que hay detrás, me invade una especie de pánico: el interior está formado principalmente por pequeñas mesas redondas decoradas con candelabros de latón, calaveras y rosas secas. Sobre cada uno de los asientos cuelga una pantalla de velos de tela oscura que recuerdan a aureolas negras. En rincones ocultos se esconden muebles antiguos de cuero recubiertos de pieles exóticas. El aire brilla en un azul como la tinta y crea la ilusión de estar bajo el agua. El efecto de luces lo produce un acuario incrustado en la pared en el que cientos de medusas flotan tranquilamente de un lado a otro. El centro de la sala es un escenario de madera lacada en negro sobre el que reposa un taburete.

Nos conducen a una mesa en primera fila y dos camareros nos sirven enseguida una bebida de bienvenida.

—¿Eres el presidente de Japón o algo así? —pregunto sin dar crédito.

—No, ¿y tú? —responde él.

—Eh, no.

—Entonces yo tampoco sé a qué viene todo esto. —Kentaro sonríe de manera enigmática y levanta el pequeño cuenco para beber—. *Kanpai.*

Desconfiada, olisqueo el líquido blanco.

—¿Qué es esto?

—Sake —responde.

Alcohol. Justo lo que necesito ahora.

—*Cheers* —digo, y me lo bebo de un trago sin brindar con él.

—Más despacio, *dojikko* —me reprende, y bebe también, aunque de una manera mucho más elegante.

El calor del vino de arroz me llega hasta la punta de los pies.

—¿De verdad tenemos permiso para estar aquí? Yo sigo sin tener dieciocho años.

—Yo tampoco, pero eso da igual. Ya te lo he dicho, conmigo estás a salvo.

—No es que vaya a necesitar protección —comento fruncien-

do el ceño–. Al fin y al cabo, la semana que viene cumplo
diecisiete años.

Me muerdo la lengua.

–¿La semana que viene es tu cumpleaños?

–Por favor, olvida lo que acabo de decir.

–¿Por qué?

–Porque yo no celebro mi cumpleaños.

–¿Hay alguna razón para eso?

–¡Soy yo la que hace las preguntas! –Hago un gesto brusco
con la mano–. ¿Qué hacemos aquí? Y lo que es más importante, ¿quién eres tú?

Una vez más, todo un ejército de camareros aparece ante
nosotros.

–¿Lo de siempre, Kawakami-san?

Kentaro responde en japonés y yo sacudo la cabeza con
incredulidad.

–¿Este trato especial tiene algo que ver con que tu padre sea
un magnate internacional de la tecnología? –pregunto cuando
volvemos a estar solos.

–Mi padre dirige una empresa tecnológica, eso es todo –comenta Kentaro con las cejas levantadas–. ¿Qué más te han
contado las tres brujas?

–¿Las tres brujas? –No puedo evitar esbozar una sonrisa–.
¿Te refieres a Aya, Rio y Momo?

Se frota los brazos, temblando.

–¡No digas sus nombres o vendrán volando con sus escobas!

–No cambies de tema –le digo con severidad–. Estábamos
hablando de tu padre.

–Chist. ¿Es que acaso quieres invocar a todas las criaturas
del infierno al mismo tiempo?

–¿Y tu madre? ¿Vive en Alemania o en Japón?

–En ninguno de los dos.

–¿Por qué os mudasteis?

–La historia es demasiado larga.

–¿Viajas a menudo a Alemania?

—Define «a menudo».

Suspiro con frustración.

—Bueno, parece que no voy a conseguir sacar nada de ti.

—Oye —sonríe apaciguador—, yo también quiero conocerte mejor. Y he comprobado que tienes excelentes dotes para el interrogatorio. Pero aquí nos vamos a tomar las cosas con más calma. Incluso si lo que uno quiere es acercarse lo máximo posible desde un principio, la cercanía lleva su tiempo.

—¿Q-qué?

No se deja alterar por mi cara de asombro y me aclara:

—Te hablaré de mi familia y tú me dirás por qué no celebras tu cumpleaños… cuando los dos estemos preparados. ¿De acuerdo?

—Como quieras.

De repente, me siento terriblemente torpe.

—Pero estaré encantado de responder a tu primera pregunta, que es qué estamos haciendo aquí. —Los ojos de Kentaro empiezan a iluminarse—. Estamos a punto de ver un baile muy especial.

Mi mente deduce que debe tratarse de un *striptease*.

—Un baile *butō* —especifica el Jedi, probablemente sospechando que mi cerebro me está volviendo a jugar una mala pasada.

—¿*Butō*?

—Es una danza expresiva japonesa. En realidad, se parece mucho más a un teatro danzado. Es difícil de definir porque la representación siempre sale diferente de lo que uno espera. El *butō* es grotesco e impredecible.

—Suena… —Busco las palabras adecuadas.

—Complicado, lo sé. Pero, para mí, el *butō* es el baile más bonito que existe. Quizá sea porque es de lo más honesto, de lo más crudo y brutal.

Tengo que sonreír. Quién iba a pensar que Kentaro se pondría a reflexionar sobre la danza, ¡y mucho menos que tendría una opinión informada al respecto!

—El *butō* se vuelca hacia dentro, es pura expresión. No hay ninguna emoción que deba permanecer oculta, aunque eso signifique que el mundo del bailarín se desmorone por completo. No es nada fácil, sobre todo si nunca has aprendido a romper las reglas.

Como si fuera presa de un conjuro, estoy totalmente pendiente de sus palabras.

—Tienes que saber que en Japón se suele rechazar todo lo que se sale de la norma. Mostrar emociones se considera una debilidad. Siempre tenemos que contenernos, siempre fingir para que nos acepten nuestros semejantes. En el fondo, nos reprimimos los unos a los otros y ni siquiera somos conscientes. —Hace una pausa llena de significado—. El *butō* rompe con todas las normas y nos recuerda lo que importa en la vida.

—¿Es decir? —pregunto sin aliento.

—El sentimiento. —El dorado de sus iris parece derretirse bajo el calor de su mirada—. Emociones auténticas que te muestran quién eres en realidad.

Sus palabras me llegan tan hondo que se me llenan los ojos de lágrimas.

—¿He dicho algo malo?

—No —murmuro—. Creo que a veces tengo demasiadas emociones.

—Pero eso es bueno.

—No si te hace daño.

Me observa pensativo. Y como me pone increíblemente nerviosa, pregunto con voz chillona:

—A-así que empecemos de nuevo: estos bailarines de *butō* hacen…, bailan, eh…, ¿un baile?

Kentaro no dice nada, sino que roza las yemas de mis dedos con los suyos.

Se lo permito un momento y después retiro la mano.

—Sí, bailan —responde con ternura—. Y hoy van a contar una historia sobre los *yōkai*. Por eso quería que lo vieras.

—¿Los demonios japoneses?

—Así es. Tú ya conoces a uno.

–Ōnamazu, el pez terremoto.

Kentaro se alegra visiblemente de que me acuerde; yo me alegro porque Kentaro se alegra.

Al momento, los camareros se acercan con grandes bandejas. Siete obras maestras culinarias aterrizan en nuestra mesa, tan elaboradas y delicadas que apenas podrían identificarse como comida. Vienen acompañadas de cerveza Kirin y té macha frío.

–¿Todo esto es para nosotros? –pregunto sorprendida.

–Claro que sí.

–¡Es demasiado!

–Vamos, *dojikko*. Los dos sabemos que tienes buen apetito. –Me alcanza los palillos–. Además, no he pedido *ramen* para que no destroces el bar.

Doy un sorbo tentativo a mi cerveza.

–¿A qué estás esperando? A por ello. –Kentaro inclina la cabeza–. ¿O es que en realidad no tienes hambre?

–S-sí. –Bajo la voz, avergonzada–. Es que no sé qué es nada de todo esto, bueno, excepto el *edamame*.

Señalo las habas de soja saladas.

–*Edamame*… ¡Excelente pronunciación! –Me guiña un ojo–. Muy bien, prueba esto primero: *okonomiyaki*. Te va a encantar.

Da unos golpecitos en una especie de tortita de col y huevo. Hurgo con impaciencia entre la masa blanda, pero cada vez que intento agarrar un trozo, se me escapa.

–¡No lo trocees al pobre! –Kentaro ahuyenta mi mano con sus palillos–. Toma.

Le miro fijamente.

–La boca la tienes que abrir tú.

–Pero no quiero que me des de com… –Ya me está metiendo un buen bocado de *okonomiyaki* en la boca–. Humm.

–Te lo he dicho. –Sonríe satisfecho–. Ahora prueba el *takoyaki*. Están todavía más ricos.

–Un momento, ¿eso no son las bolas de pulpo? –pregunto escéptica.

–Brazos de pulpo en bolitas de pasta, para ser exactos –responde Kentaro.

–La verdad es que no sé si…

–Confía en mí.

–De acuerdo –murmuro, y espero.

–Ah, ya veo. –Con una amplia sonrisa, Kentaro escoge una bola de pulpo y me la pone en la boca–. Veo que te acostumbras rápido al servicio.

Sabroso, dulce, salado, crujiente y cremoso: ¡el *takoyaki* es una experiencia de sabor celestial!

Estoy a punto de probar el siguiente plato cuando se apagan las luces y suena un gong sordo. Como respuesta, los clientes se inclinan hacia delante y soplan las velas.

–Malu, tú también. Es un hechizo protector –susurra Kentaro.

Yo obedezco. No porque crea en los hechizos protectores, sino porque de repente estoy de lo más confusa.

El Tanuki se queda completamente a oscuras.

Siento el humo fresco de las velas extendiéndose por la sala. Se oye el chirrido de la cuerda de un instrumento. Las ropas se agitan. Kentaro se acerca y vuelvo a sentir la poderosa fuerza de su presencia.

Suena una distorsionada voz anunciadora.

El caballero Jedi se inclina hacia mí y susurra:

–Ha dicho: «Cuando los últimos rayos del sol del día se desvanecen y el mundo se vuelve invisible, los *yōkai* cobran vida».

En ese mismo momento, los focos del escenario proyectan rayos de luz blanca en la oscuridad.

Una figura embozada sale de las sombras y toma asiento en el taburete del escenario. En una mano lleva una púa alargada y en la otra un instrumento de tres cuerdas parecido a un banjo. Cuando empieza a tocar la primera nota, el tiempo se detiene. La melodía es tan enigmática y seductora que me pone la piel de gallina.

–Eso es un *shamisen*. –Hay auténtico entusiasmo en el tono

de Kentaro–. De hecho, uno especialmente bonito. La púa tiene la forma de una hoja de ginkgo.

Vuelve a caer la oscuridad –de repente, una luz– y una mujer se alza en el escenario.

Su belleza es impresionante. Lleva un kimono blanco como la nieve y unos zapatos de tacón hechos de un cristal traslúcido. También su piel tiene una palidez resplandeciente, casi de papel. El pelo negro, liso como un espejo, lo lleva suelto. Por delante, le llega hasta las caderas; por detrás, toca el suelo. Sus labios brillan como el nácar, tiene un punto azul pintado sobre cada uno de sus párpados cerrados.

La música enmudece; ella abre los ojos.

Me estremezco porque sus iris son tan vacíos y fríos como una cueva de hielo. Inmersa en un silencio absoluto, comienza a bailar. Como una diosa, se pasea por el escenario, orgullosa y elegante. Su cuerpo se va llenando de una extraña energía: su expresión se vuelve más irritable, sus movimientos desafiantes y explosivos.

–Encarna a Yuki-onna, la mujer de las nieves. Se la puede encontrar en los picos nevados de las montañas, donde acecha a los viajeros perdidos. Si le gusta un hombre, lo congela con una sola mirada y le succiona la energía vital. Puede que este *yōkai* sea poco habitual, pero es conocido por su crueldad.

El *shamisen* entra en acción y se funde fugaz con el ritmo de la mujer para, a continuación, arremolinarse en torno a ella. Y a Yuki-onna no parece gustarle nada: de repente, su danza se vuelve impetuosa y urgente como el centelleo de la nieve. Gruñendo, se precipita por el escenario agitando su larga melena y doblando su cuerpo hasta adoptar una forma irreal.

Las luces se apagan.

Fijo la mirada a la oscuridad, llena de emoción.

Cuando el escenario vuelve a iluminarse, ahogo un grito.

Una mujer pelirroja casi rapada se inclina sobre la inmóvil Yuki-onna y mira agresiva al público. Sus ojos brillan como rubíes empapados, dos espirales púrpuras adornan sus mejillas. El kimono de color carmesí cuelga holgadamente de su cuerpo, con el hombro izquierdo y la pierna derecha al descubierto. El tul rojo cubre sus pechos, pero no su arrebatadora feminidad. Está tan llena de poder y fuego que me quema con tan solo mirarla.

Cuando el *shamisen* se despierta —esta vez fuerte y juguetón—, ella se levanta como un ave fénix resurgiendo de sus cenizas. Y su movimiento sigue fluyendo: se balancea lasciva y apasionada sin permanecer nunca sobre sus dos piernas, sino agitándose en el aire como una llama sangrante.

Luego se detiene y cruza las manos sobre el rostro de Yuki-onna. Justo en ese momento, nueve tupidas colas de zorro salen de su espalda y se extienden en forma de abanico por el escenario.

—Es Kitsune, el zorro rojo —explica Kentaro—. Es listo y astuto y puede vivir durante cientos de años. Algunos no mueren nunca, sino que se transforman en majestuosos *yōkai*. Son astutos metamorfos y peligrosos seductores. Pero también tienen línea directa con los dioses y pueden comunicarse con el más allá. El número de colas se incrementa a medida que aumenta su poder. Los *kitsune* de nueve colas son los más poderosos de todos.

—¿Cómo han conseguido hacer eso con el traje? —pregunto asombrada.

—¿Acaso importa?

No, porque Kitsune sigue bailando, temblorosa, hipnótica, casi extasiada. Emite suspiros, arquea la parte superior del cuerpo hacia atrás y se envuelve en sus magníficas colas de zorro.

Un extraño calor me sube por el cuello. La mujer zorro crea una atmósfera tan lujuriosa que me entra un poco de vergüenza. Estoy segura de que muchos hombres se enamoran de ella. Miro furtivamente a Kentaro y le descubro mirándome.

Sorprendidos, apartamos la mirada.

El *shamisen* reduce su tempo y Kitsune decide tumbarse junto a Yuki-onna. Ahora el escenario en sí es una obra de arte: los majestuosos kimonos, el pelo de seda de la *yōkai* de nieve, las colas de fuego del *yōkai* zorro…, todo estalla en colores.

—Ahora viene mi parte favorita —anuncia Kentaro—. Déjame que te presente a: Tanuki.

Un hombre entra en escena y aplaude con júbilo. Lleva pantalones cortos y el torso desnudo. Un sombrero de paja deshilachado cuelga de sus hombros. Dos orejas de animal asoman de su melena esponjosa y en sus mejillas redondas lleva pintado unos bigotes.

—¡Es el mapache que había fuera! —advierto.

—Así es, el perro mapache. Siempre hambriento, siempre tramando alguna travesura. Viaja en la forma de un vagabundo, y dondequiera que aparece reina el caos.

—Qué simpático —comento con una sonrisa.

—Me imaginaba que podrías sentirte identificada con Tanuki.

Suena una música divertida y el hombre se pone a bailar. Da pequeños saltos de alegría como un cachorro que sale a la puerta de casa por primera vez. Como nunca se mueve al compás, el resultado es un desorden tan grande que estoy a punto de marearme. Tanuki tropieza una y otra vez con Yuki-onna y Kitsune, les tira de la ropa o de los pies, y todos ríen a carcajadas. Y es que Tanuki es encantador y entrañable, y su actuación es tan cautivadora que hace que mi corazón lata con fuerza.

—Entonces, ¿también hay *yōkai* buenos? —le pregunto a Kentaro.

—Todos los *yōkai* son buenos, solo que no para nosotros, los humanos. Pero con Tanuki estás en lo cierto: pone de los nervios a cualquiera, pero es inofensivo. Hay una pequeña estatua de él en la mayoría de los bares y restaurantes. Se supone que atrae a los clientes y los anima a comer y beber.

Al momento empieza una canción. Alguien de entre los espectadores se anima a cantar y unos segundos después los demás le acompañan con entusiasmo:

Tan tan tanuki
no kintama wa
kaze mo nai no ni
bura bura.

–¿Qué es lo que cantan? –pregunto.
–Ah, es solo una tonta canción para niños.
–¿Y por qué te estás poniendo rojo?
Kentaro se aclara la garganta.
–No es cierto; es cosa de la luz.

Tan tan tanuki
no kintama wa
kaze mo nai no ni
bura bura.

–¡Venga, dímelo! No puede ser tan malo, ¿no?
–De acuerdo. –El Jedi se recompone–. A decir verdad, Tanuki
sí posee un poder mágico. Él tiene unas mágicas…, bueno.
–Oooooh. –De repente, me acuerdo de las bolas horribles y
grandes de algunas estatuas de Tanuki–. Ya veo.
–Son increíblemente elásticas y con ellas se pueden hacer
tambores, armas, chubasqueros, mantas y esteras de tatami.
Incluso se dice que los Tanuki pueden transformarse en otros
yōkai e incluso en humanos a través del poder de sus… pen-
dientes reales.
–¿Y habéis escrito una canción para niños sobre ello? –farfullo, algo trastornada.
Kentaro se ríe a carcajadas.
–Bienvenida a Japón.

El espectáculo dura unos veinte minutos más y luego los tres
bailarines hacen una reverencia y abandonan el escenario entre
aplausos atronadores.
–¿Sigue existiendo el mundo de ahí fuera? –pregunto, del
todo asombrada.
Esta tarde he visto tantas cosas desconocidas que, de repente,
lo familiar me parece infinitamente lejano.
–Sigue existiendo. Pero todavía no tenemos por qué volver a
él –responde Kentaro, con una voz suave como el terciopelo.

Un camarero se acerca a nuestra mesa y nos entrega tanto a él como a mí un largo trozo de papel. Está marcado con caracteres *kanji* dibujados en vertical. La tinta roja sigue húmeda.

–¿Qué es esto?

–*Ofuda*, un talismán sagrado –explica Kentaro–. Este de aquí te protege de los *yōkai*. Guárdalo bien. Tokio está plagado de alborotadores mágicos.

–¿Por qué te interesan tanto los demonios?

–¿A quién no le interesan? Son misteriosos, peligrosos, y tienen un excelente sentido del humor. Simplemente, me inspiran.

–¿Te inspiran para tus cómics? –inquiero.

–Mis mangas, sí –responde con cautela.

–¿Por qué dibujas manga?

–Es lo que hago; eso es todo.

–¿Y tus tatuajes?

–¿Qué pasa con ellos?

–También son *yōkai*, ¿no?

–¿Siempre haces tantas preguntas, *dojikko*?

–Solo tengo curiosidad. ¿Está prohibido?

–Creo que tienes miedo de revelar algo sobre ti misma. Me sometes a un interrogatorio todo el tiempo y no me das ninguna oportunidad de conocerte mejor.

–Tonterías –refunfuño–. Adelante, pregúntame. Soy un libro abierto.

–¿Te gusta el *anko*?

–¿Esa es tu pregunta?

Asiente con expresión seria.

–Sí, me gusta el puré de judías dulces –respondo–. Aunque solo lo he probado una vez.

–¿Te gusta pasear?

–Me encanta pasear.

Sonríe de forma prometedora.

–Quiero enseñarte algo.

8

Ame

Ya es de noche, pero Asakusa brilla como si fuera una criatura fluorescente de otro planeta. Cada una de las casas peculiares parece extraer su luz de raíces mágicas. Caminamos uno al lado del otro en silencio, y Kentaro se concentra únicamente en encontrar el camino. A lo mejor es lo que hay que hacer en una ciudad como Tokio, sobre todo cuando viajas con alguien cuya brújula nunca apunta en la dirección correcta.

El estrecho callejón serpentea por una pequeña pendiente y me pregunto qué estará tramando esta vez el caballero Jedi.

Finalmente, se detiene y llama a una discreta ventana situada a pocos centímetros del suelo. La entrada a la casa debe de estar bajo tierra; de lo contrario, no me explico la anomalía arquitectónica. Por otra parte, quizá haya una pista de aterrizaje de ovnis en el tejado desde la que podamos teletransportarnos directos al salón.

Las contraventanas se abren con un chirrido cansino.

—¡Ken-chan!

Radiante de alegría, una anciana extiende los brazos por la ventana. Lleva un *tenugui*, un pañuelo blanco que se suele llevar en las cocinas de los restaurantes de Japón.

Ni un segundo después, aparece un anciano que, al ver a Kentaro, aclama con la misma alegría:

—¡Ken-chan! *Genki?*

El Jedi se pone de rodillas y se inclina ante la anciana pareja. Riendo, le acarician la cara y le despeinan el pelo negro.

El mundo de Kentaro es de lo más vivo. No hay nada que le resulte más fácil que ser él mismo y la gente lo adora por ello.

Creo que nunca había conocido a nadie tan completo. Todas las cosas que lo componen, la inmensidad de su ser, esas profundidades tan únicas… Kentaro es un universo entero.

Y yo vivo bajo el agua; ahora más que nunca soy consciente de ello. Desde hace dos años me invade esta espantosa pesadez. No tengo ni idea de quién soy, pues lo único que sé de mí misma es que ella ya no está conmigo.

Y, aun así, también quiero emocionarme con demonios que bailan y encuentros mágicos. Quiero pensar en cosas nuevas que no tengan nada que ver con mis antiguos problemas. Quiero tener la cabeza libre para, por fin, poder memorizar los caminos. Quiero llamar a ventanas desconocidas y hacer feliz a la gente. Cuando veo a Kentaro, quiero ser como él: completa.

—¡Malu! —me llama el caballero Jedi—. Obāchan y Ojīsan quieren conocerte.

Con una tímida sonrisa, me agacho y recito mi ensayado saludo.

—*Dōzo yoroshiku onegaishimasu.*

Unas manos cálidas me acarician la cara.

—Les estaba contando que hemos ido al Tanuki y tenemos un hambre atroz.

Me guiña un ojo.

Entonces recuerdo lo que me enseñó el pequeño Haruto.

—*Pekopeko.*

Los ancianos arrullan fascinados.

De repente, Kentaro me pasa la mano por el pelo y susurra:
—*Kawaii.*

Estoy tan perpleja que casi me caigo de culo.

Kawaii puede significar muchas cosas: dulce, mono, atractivo… El Jedi se vuelve hacia los ancianos, que ahora charlan alegremente. Ni siquiera intento entender de qué hablan porque los latidos de mi corazón ahogan cada palabra.

—*Chotto matte*, Ken-chan —dice la mujer, y pellizca con firmeza la mejilla de Kentaro.

Después, los dos se sumergen de nuevo en las profundidades de su casa.

—Esto va a llevar un rato.

El Jedi se levanta y se apoya despreocupado en la pared de la casa.

—¿Ken-chan? —comento con una sonrisa burlona.

—Pues sí, soy su favorito.

—¿Son tus abuelos? —pregunto, porque *Obāchan* y *Ojīsan* significa «abuela» y «abuelo» en japonés.

—No, son amigos míos.

—Tienes amigos muy interesantes.

—Obāchan y Ojīsan tienen entre los dos ciento noventa años. Conocen cada rincón de esta ciudad y tienen las historias más increíbles que contar. Si alguna vez necesitas un oráculo que responda a todas tus preguntas, solo tienes que llamar a su ventana.

Yo frunzo el ceño.

—¿Y ahora estamos esperando a que nos hagan una profecía?

—No, estamos esperando el postre —corrige Kentaro, contento—. Obāchan y Ojīsan son unos cocineros fabulosos. Ojīsan sirvió como chef en el palacio imperial y Obāchan es como una versión más loca de Willy Wonka.

—¿De qué los conoces?

Vacila un momento.

—Obāchan trabajaba para mi padre. Pero es muy diferente a él.

Al darme cuenta de que la expresión de Kentaro se ensombrece, enseguida cambio de tema.

—A partir de ahora te llamaré Ken-chan.

Sus ojos se iluminan.

—Si me llamas Ken-chan, la gente pensará que somos pareja.

—¿Y? ¿Eso te molestaría mucho?

—No —responde.

—Entonces no merece la pena. —Solo ahora comprendo lo que Kentaro acaba de decir—. Espera, te refieres a que no te importaría lo que la gente pensase de ti…, ¿verdad?

–No –responde con calma–. Quiero decir que no me molestaría nada que tú y yo fuéramos pareja.

Ha debido de pasarme algo espantoso en la cara, porque Kentaro se apresura a añadir:

–No pretendo recrear una situación como la que tuvimos con Bratto Pitto. No olvides que Obāchan y Ojīsan son muy mayores. Por favor, procura no provocarles un infarto.

–Yo…

El cuerpo me pica y me hormiguea de la vergüenza.

–Relájate, *dojikko*. Solo he dicho que no me molestaría nada. Eso no significa que me guste la idea.

Justo entonces, Obāchan y Ojīsan salen de su agujero en el suelo como si fueran muñecos accionados por un resorte.

–¡Ah, *domo arigatō*! –exclama Kentaro feliz, y coge dos bolsas que echan humo–. ¡Obāchan nos ha hecho *taiyaki*!

Mientras le doy las gracias con una reverencia, la anciana me hace un gesto para que me acerque. Confundida, miro al caballero Jedi.

–No tengas miedo, no muerde.

Así que vuelvo a arrodillarme frente a la pequeña ventana y, para mi sorpresa, Obāchan empieza a palparme el pecho. Al encontrar el latido de mi corazón, susurra:

–*Hanbun*.

–¿Q-qué es lo que ha dicho?

–Que deberíamos saborearlo –responde Kentaro.

Enseguida me doy cuenta de que no me ha dicho la verdad.

A estas horas, el complejo del templo Sensō-ji está desierto, pero no por ello menos concurrido: los cuervos se pasean por los puestos de *souvenirs* cerrados, los gatos trepan por los pilares del templo y los murciélagos rodean el santuario como pequeñas lunas negras. De vez en cuando, incluso las comadrejas se asoman por detrás de las tablas de oración. Con sus abrigos dorados y sus cuellos de piel blanca como la nieve, parecen reyes de cuento de hadas.

Nos sentamos en un banco bajo el dosel del templo y comemos el postre. El gofre japonés tiene forma de pez y está relleno de pasta dulce de judías *anko*. Puede parecer un poco inusual, pero basta un pequeño bocado para volverse adicto. Es más, si las papilas gustativas pudieran tener una experiencia espiritual, las mías estarían a punto de tener una iluminación, ¡porque el *taiyaki* de Obāchan es sencillamente divino! Así que no es de extrañar que devore mi pez de gofre en cuestión de segundos.

—*Dojikko*, si hubiera sabido lo hambrienta que estabas, le habría dicho a Obāchan que usara el molde de la ballena para hacer la masa —comenta Kentaro riendo.

—Muy gracioso —refunfuño, y pongo los ojos en blanco—. ¿Qué es lo que me ha dicho en realidad?

—¿Hum?

—*Hanbun*. He olvidado lo que significa esa palabra.

El Jedi deja de comer y contempla fijamente la oscuridad salpicada por la luz.

Estoy a punto de preguntarle qué le pasa cuando empieza a hablar en voz baja.

—No es que odie a mi padre, es solo que aborrezco todo lo que representa. Toda su vida gira en torno al trabajo, lo único que cuenta es la empresa. Ni siquiera es una cuestión de dinero, sino de prestigio. Honor, habla constantemente del honor. Y solo tienen honor los que se rinden al sistema, los que hacen justo lo que se les exige, cada día, hasta que no les queda nada. —Aspira con brusquedad—. Mi padre es un titiritero de sangre fría, un narcisista que no entiende que no todos quieren ser como él. Es adicto a la atención y la admiración de los demás. Cualquiera que no le aporte fama, que no le sea útil, no cuenta. Y si no cuentas, si no eres lo bastante bueno a sus ojos, te lo hace sentir, tanto que empiezas a cuestionártelo todo.

—Kentaro, no tienes que… —susurro.

—Se pasa la mayor parte del tiempo fuera, de viaje o en la empresa. Hace la vida imposible a sus empleados y trabaja tanto que en casa solo es una presencia. O se pone como una fiera, sobre todo cuando yo estoy cerca. No creo que mi padre me odie, pero soy exactamente lo que más detesta. Su único hijo, un rebelde. Odia mi forma de vestir. Odia que dibuje. Odia que tenga tatuajes. Odia aquello que es importante para mí. Pero, sobre todo, odia el hecho de que pueda ver a través de él. Yo sé quién es en realidad. Y no soporta que sea yo quien sepa la verdad.

Ahora mismo me encantaría cogerle en brazos, pero es demasiado guapo y está demasiado enfadado y yo soy demasiado cobarde.

—Mi madre no está aquí porque está en Suiza, en un hospital psiquiátrico. No pudo soportar más la presión y en algún momento se derrumbó. Intento ir a verla a Suiza siempre que puedo.

—Lo… lo siento muchísimo.

—No pasa nada, igualmente yo sigo a lo mío. Es solo que a veces duele no tener una familia de verdad. Quiero decir, si mañana desapareciera de la faz de la tierra, mi madre no se enteraría y a mi padre no le importaría lo más mínimo. Solo el hecho de que ya no tendría un heredero podría molestarle un poco. Creo que todavía sigue esperando a que algún día vuelva arrastrándome a él.

—¡Yo me daría cuenta! —exclamo en voz alta.

—¿Qué?

—Si desaparecieras mañana —me apresuro a explicar—, yo me daría cuenta.

Me mira profundamente a los ojos y tengo la sensación de que su mirada se apodera de toda mi alma.

—Eso me tranquiliza, *dojikko*. —Después se aclara la garganta y dice en voz baja—: *Hanbun* significa «mitad» o «incompleto». No quería traducir la palabra porque temía que, al hacerlo, pudiera hacerte daño. Pero ahora sabes mi verdad. Espero que gracias a ella te sientas un poco menos vulnerable.

—Obāchan tiene razón. —Las lágrimas empiezan a humedecer mis mejillas—. He perdido a mi otra mitad.

—¿Alguien a quien amas? —pregunta Kentaro con cautela.

—Sí.

—¿Tiene algo que ver con el hecho de que no celebres tu cumpleaños?

Asiento con la cabeza.

—Siempre celebrábamos nuestros cumpleaños a la vez.

—¿Dónde está él ahora?

—Ella —le corrijo—. Está muerta.

Kentaro no hace más preguntas y me da tiempo a secarme las lágrimas.

—¿Sabes qué es lo que tiene Tokio de especial? —susurra por fin el Jedi en medio del silencio.

Sacudo la cabeza.

—Nadie puede encontrarte, ni siquiera el pasado. No importa lo hábil que sea rastreando tus escondites. Solo tienes que dejarte llevar, rendirte a la ciudad. Ella sabe quién eres, conoce tu camino. Tokio te dará lo que buscas. —Kentaro me ofrece el resto de su *taiyaki*—. Ahí fuera hay muchas más mitades de las que crees.

—Gracias —digo en voz baja.

Gotas pesadas tamborilean sobre el tejado y el olor a tierra mojada me golpea la nariz. Al momento, el cielo se parte en dos y cae tanta agua que el miedo me invade por un momento.

—Deberíamos ponernos en marcha.

—¿Ahora? —pregunto, sorprendida.

—Es ahora o nunca. Está a punto de estallar una buena tormenta. —Kentaro se levanta con resolución del banco—. ¿Estás lista?

—¡No! —exclamo.

—Ten.

Me tiende la mano con una sonrisa y, con el corazón palpitando desbocado, pongo mi mano en la suya.

Nunca había visto llover así en Alemania. La lluvia está por todas partes, atronadora y abrumadora. El asfalto, todavía caliente por el sol, echa vapor y crea remolinos en forma de espiral. Asakusa parece el negativo de una foto borrosa; las siluetas fantasmales y los cristales se elevan por todas partes.

Corremos a través del irreal espectáculo natural y me agarro a la mano de Kentaro. De su *yukata* salen gotas iridiscentes y parece como si le crecieran alas. Solo consigo mantener los ojos abiertos por un momento antes de que una cascada inunde mi visión. En general, es como si nos estuviéramos moviendo a través de un elemento extraño. Yo sigo ahí, pero ya no soy un cuerpo sólido, sino algo que ruge y fluye. El Jedi también sigue ahí, solo que más atrevido y misterioso.

La lluvia se apodera de todo, engulle colores, formas y sonidos. Pronto pierdo la noción del espacio y del tiempo y, de repente, estalla en mí una carcajada.

Me río, sigo corriendo, me río y me río. Una alegría pura de vivir fluye a través de mí. Me siento ingrávida e invencible. Mi risa se hincha y retumba en los tejados como el aullido de un lobo. Me suelto de la mano de Kentaro y empiezo a girar en círculos, más y más rápido, hasta que una lluvia de cintas brillantes envuelve mi cuerpo. Entonces salto en el aire, grito con fuerza y empiezo a bailar; salvaje y libre como los *yōkai*. El Jedi baila conmigo, escapa de la fuerza gravitatoria y gira a través de la tormenta como un león alado. Aunque no nos tocamos, nos fundimos en una unidad mágica. En cuanto me alejo por un momento de su órbita, una fuerza poderosa me atrae de nuevo hacia ella.

Pero como las leyes de la naturaleza no pueden reescribirse sin más –y yo no soy buena bailarina ni en el mundo de los humanos ni en el de los demonios–, nuestro apasionado baile en la lluvia llega a un abrupto final: tropiezo con un bordillo y me balanceo peligrosamente. En un intento por agarrarme, el caballero Jedi también pierde el equilibrio. Un segundo después, los dos caemos al suelo, él de espaldas y yo encima de él.

Kentaro está debajo de mí y me abraza más fuerte de lo que me ha abrazado nadie nunca. Nos miramos a los ojos. Madera de cedro, hojas cálidas y un toque de limón. Me estoy mareando. ¿Sigo teniendo piernas? Su mirada se intensifica. No sé dónde acaba la lluvia y dónde empieza su cuerpo. Detrás de él, Asakusa se desmorona. Él es todo lo que existe ahora.

Solo nosotros dos, completa y totalmente.

Sin embargo, quiero más, mucho más de él y de esta increíble sensación que él provoca en mí. Mi cara se hunde en su dirección, cada vez está más cerca, hasta que las gotas de lluvia caen de mis labios a la comisura de los suyos. Él apoya su mano en mi nuca y se incorpora para cerrar los últimos milímetros que nos separan.

Estamos a punto de besarnos, a punto de…

Algo en mi cerebro hace clic y, de repente, me entra el pánico. Retrocedo, rebusco en mi bolsillo y saco el talismán *ofuda*. Entonces, sin ser consciente de lo que hago, presiono el largo trozo de papel contra su frente.

Kentaro se queda petrificado.

Me levanto y me tapo la boca con las manos.

—Dios mío, lo siento. ¿Te encuentras bien?

—Sí. Excepto por el hecho de que acabas de romperme el corazón.

Empiezo a jadear, sobresaltada.

—Cuando te has caído encima de mí, quiero decir. También me has roto los huesos. —Se levanta con un quejido—. Ahora en serio, *dojikko*, al menos sáltate el postre la próxima vez que decidas usarme como *airbag*.

—Tengo que irme. —Me asalta una fuerte sensación agobiante y abrumadora—. ¿Qué hora es?

—Las once pasadas.

—¡Mierda!

—Que no cunda el pánico, voy a llamar a mi chófer. Te llevará a casa.

—No es necesario.

—Cualquier otra cosa va a tomar demasiado tiempo. No creo que los trenes circulen con este temporal.

Se oye el retumbar de un trueno y unas frías ráfagas de aire cortan la lluvia.

Kentaro se quita la capa y me la pone alrededor de los hombros.

—Esto ayudará un poco.

—¡N-no! —digo entre dientes, y vuelvo a quitarme la capa con rapidez.

—Estás temblando.

—N-no puedo.

Él respira hondo y pregunta con insistencia:

—Malu, ¿qué te pasa?

—¡Aya cree que estoy con Kai! —suelto.

Él entrecierra los ojos.

—¿Quién es Kai?

—Tú eres Kai.

—¿Qué?

—¡Que Kai no existe!

—No te sigo.

—Aya nunca me perdonará si se entera de que nos hemos visto hoy.

—¿Por qué?

Hago una pausa.

—Creo que ya lo sabes.

—*Dojikko*, no hemos hecho nada que esté prohibido. Te he enseñado el templo y luego nos hemos tomado una cerveza, eso es todo. Además, me acabas de echar un conjuro. Aunque quisiera besarte, ya no puedo hacerlo.

Se retira el talismán y me mira con expresión opaca. Yo también le miro. Son tantas las cosas que siento por él que me gustaría gritar en voz alta.

—No te preocupes, no le diré nada a Aya. —Con un suave énfasis, me envuelve el cuerpo tembloroso con la capa… y esta vez le dejo hacer—. Pero solo si me prometes una cosa.

121

Esa mirada. Apuesto a que puede derretir cualquier forma de materia sólida.

—¿El qué? —digo exhalando un suspiro.

—Celebra tu cumpleaños conmigo.

—¿C-cómo?

—Ya me has oído. Celebra tu cumpleaños conmigo.

Me trago el nudo que tengo en la garganta.

—A lo mejor.

—Bien, por ahora puedo vivir con eso.

Me sonríe y me pregunto cómo se habría sentido besar a este hermoso demonio bajo esta lluvia de verano de Tokio.

Subimos a una elegante limusina Bentley y, solo porque Kentaro está visiblemente avergonzado, me abstengo de hacer comentarios. El conductor nos saluda con amabilidad. Con su chaqueta blanca y sus guantes negros de cabritilla me recuerda a James Bond.

Al percatarme de que me mira por el retrovisor, digo en inglés:

—L-lo siento, estamos mojando los asientos.

—No hace falta que te disculpes —dice Kentaro—. El coche es de mi padre. Y los dos nos alegramos cuando le llega una buena factura del servicio de limpieza, ¿verdad, Itō-san?

El conductor sonríe con discreción.

—¿Dónde vives? —pregunta el Jedi.

—Llévame a la estación de Yoyogi, por favor, desde ahí puedo ir caminando. —Quiere decir algo, pero me adelanto—. ¡No me discutas! Seguro que los Nakano ya están recorriendo el barrio con un grupo de búsqueda. No deben vernos juntos bajo ninguna circunstancia.

—*Dojikko*, actúas como si hubiéramos pasado la noche juntos.

Sonríe con tanta picardía que siento como si me estallaran petardos en el estómago.

—Qué lluvia tan fuerte, ¡¿verdad?¡ —grito en dirección al conductor.

Este se sobresalta y carraspea irritado.

—No le asustes —susurra Kentaro, que ahora sonríe todavía más.

—¿De verdad disfrutas tomándome el pelo?

—Sí, y mucho. —Se echa hacia atrás, satisfecho—. Itō-san, ya has oído lo que ha dicho la jefa. Por favor, llévanos a la estación de Yoyogi.

—Eres incorregible —gruño.

Arrancamos y las gotas de lluvia se deslizan por el parabrisas formando líneas como rayos.

—¿Y dónde vives? —pregunto al cabo de un rato.

—En Shinagawa —responde seco Kentaro.

—¿Eso está en Tokio?

—Sí, en el sur. Justo en la bahía.

—Suena bien.

—En realidad, es como si no fuera mi casa —murmura, y mira concentrado por la ventanilla.

Al detenernos junto a la estación de Yoyogi, ya son las once y media.

—¿Estás segura de que quieres ir andando desde aquí? —pregunta Kentaro.

—Sí —respondo frenéticamente.

Cuando pienso en los problemas que me esperan, siento pánico. Solo espero que los Nakano no hayan informado a mis padres todavía...

—Entendido. —Hace un gesto apaciguador con la mano—. Dame tu móvil. Quiero que me avises de que has llegado a casa.

—Lo que quieras, pero date prisa.

Le doy el móvil y se pone a escribir.

Cuando veo que ha guardado su número con el nombre de Kai, suelto una pequeña risa.

—Podrías haberme puesto un nombre más guay —comenta el Jedi con un guiño.

Con el corazón desbocado, salgo del coche. Entonces me armo de valor y proclamo:

—No creo que seas un *yōkai*.

—Muy observadora, *dojikko*.

—Eso quiere decir que no te he echado ningún conjuro.

—¿Qué es lo que intentas decir?

—Me lo he pasado muy bien esta noche —continúo.

—Yo también.

—Yo...

—¿No tenías prisa? —Kentaro entorna el ojo derecho.

—Sí, pero...

—No te preocupes, lo volveré a intentar.

—¿Intentar? —pregunto sin aliento.

—Besarte —dice, y sonríe como un caballero—. ¿O debería hacerlo ahora mismo?

—¡H-hasta el lunes! —digo con voz aguda, y cierro de golpe la puerta del coche.

Todavía puedo ver a Kentaro sacudiendo la cabeza con una carcajada antes de que el coche se aleje haciendo chirriar los neumáticos.

Diez minutos más tarde me planto delante de la casa de mi familia de acogida. La tormenta es tan fuerte que los cristales de las ventanas repiquetean y las farolas parpadean. Los rayos iluminan el cielo y los tejados de los edificios brillan de forma inquietante.

Mientras subo los escalones de la entrada, un sudor frío me recorre la espalda. Si tengo suerte, me castigarán sin salir de casa durante unas semanas; si no, los Nakano me meterán en el próximo avión de vuelta a Alemania. Entonces el sueño de Tokio habrá terminado y no volveré a ver a Kentaro nunca más.

Como a cámara lenta, alargo el dedo hacia el botón del timbre.

Pero Aya es más rápida. Abre la puerta de un tirón y me abraza aliviada.

—¡Por fin! Me tenías muy preocupada.

Atónita, le devuelvo el abrazo.

—¿D-dónde están tus padres?

—Ya están dormidos. —Me frota los brazos—. Entra, debes de estar muerta de frío.

Como no me muevo, tira de mí hacia el interior de la casa y me guía por el oscuro pasillo. Una vez en mi habitación, me sienta en el futón, me pone una manta suave sobre los hombros y cierra la puerta con cuidado. Solo entonces pone los brazos en jarras y pega un bufido, enfadada.

—¡Estaba muy preocupada por ti!

—L-lo siento —respondo, estremeciéndome.

—He intentado llamarte como cien veces.

—Lo siento mucho, de verdad.

—Les he dicho a mis padres que los trenes se han cancelado y que por eso tenías que esperar en casa de la tal Kaitarina. Me he pasado toda la tarde fingiendo que me comunicaba contigo; si no, ¡la policía estaría ahora mismo en nuestra casa!

—Lo siento. De verdad.

—¡Y ni siquiera sabía si seguías viva! —añade con notable teatralidad—. ¡Podría haberte pasado cualquier cosa!

—No volverá a ocurrir, ¡lo prometo! Es que he perdido la noción del tiempo.

La expresión de Aya cambia.

—¿Te lo has pasado bien con Kai?

Me muerdo el labio inferior, nerviosa.

—¡Tenía razón! —Después de su arrebato, ahora sonríe de oreja a oreja, radiante—. ¡Habéis tenido una cita!

—Algo así —murmuro, y siento que me recorre un escalofrío—. Eso me recuerda…

Rebusco en mi bolso y saco el móvil.

—¿A quién escribes?

—A K-Kai —balbuceo.

—¡Déjame ver! —Me coge hábilmente el móvil y lee el mensaje en voz alta—. *En casa.* ¿Qué demonios significa eso?

—Solo que he llegado a casa.

—¿Los alemanes son siempre así de secos? —refunfuña—. ¡Ay, está escribiendo ahora mismo!

—¿En serio?

Se oye un ding y la insigne profesora Aya lee con seriedad académica:

—*Buenasu nochesu.*

—Me ha dado las buenas noches —explico con una sonrisa cansada.

—Vaya. Ten cuidado no vayas a provocar un incendio con ese *dirty talk* tuyo tan caliente. Déjame a mí…

Empieza a teclear.

—Espera, ¡no! —lloriqueo histérica.

—Tranquila, hermanita. Solo le he enviado el emoji de un corazón. —Abro los ojos con horror—. Bueno, han sido tres emojis de un corazón.

Después de revolverme en el futón y fingir mi muerte, me levanto y me pongo al lado de mi hermana de acogida.

—¿Y bien, está escribiendo?

—Todavía no.

Aparece el globo de diálogo que indica que está escribiendo; nosotras nos ponemos a dar gritos, a saltar y a chillar.

El globo de diálogo vuelve a desaparecer; nosotras nos callamos y nos quedamos mirando aturdidas a la pantalla.

—Bueno, se lo estará pensando —concluye Aya, y se acerca mucho el móvil a la cara, como si pudiera descubrir lo que acaba de salir mal.

—¿Tú crees?

—¡Claro que sí! Estoy segura de que va a enviarte una foto de su…

Menea el dedo meñique delante de mi nariz.

—¡Pero qué dices! Él nunca haría eso.

Como ya han pasado cinco minutos y sigue sin oírse ningún mensaje, me acerco a la ventana y miro hacia fuera, ansiosa.

—Sí que te ha dado fuerte, ¿verdad? —dice Aya en voz baja.

No reacciono, pero en mi cabeza repito la palabra japonesa

para «lluvia»: *ame*. Es perfecta. A partir de ahora, siempre asociaré el aroma, el poder y la magia de la lluvia de verano con el caballero Jedi.

—¿Sabes si os vais a volver a ver?

Ojalá Aya tuviera un botón de apagado. Claro que, por otro lado, ha sido ella la que me ha cubierto las espaldas. Y además, ella es de los buenos, que es más de lo que puedo decir de mí misma…

—No lo sé —respondo secamente.

—Lo cierto es que tiene un estilo muy guay. —Me quedo helada—. Esa capa que llevas es de él, ¿no?

—S-sí.

—Kentaro tiene una parecida. —Y sonríe encantada—. Kai y Kentaro…, la verdad que hacen buena pareja. ¡A lo mejor dentro de poco tenemos una cita doble!

Se me seca la garganta.

—¿Os habéis besado?

En ese momento, Haruto asoma la cabeza por la rendija de la puerta y nos mira con curiosidad.

—¿Va todo bien?

—No lo sé, hermanito —responde Aya alegremente—. Parece que estamos ante un caso agudo de enamoramiento.

9

Gokiburi

Querida Maja:

Lleva lloviendo sin parar desde el sábado. El cielo se cierne a poca altura sobre la ciudad y las nubes cambian constantemente de forma y color: unicornios morado oscuro, dragones negros y rojos y montones de pulpos grises. Incluso el «skyline» está cambiando: los rascacielos ya no tienen un aspecto estridente y altivo, sino difuminado y casi reservado. Parece ser que la temporada de apareamiento entre gigantes ha terminado. También hace mucho más fresco y algunas estudiantes llevan calcetines de lana hasta las rodillas a juego con sus cortas faldas marineras. ¿Por qué sé todo esto? Porque mirar por la ventana es mi nueva especialidad.

Aya está muy animada con el gran cambio de tiempo y creo que tiene algo que ver con el regalo secreto para ~~Kenta~~ Kai. Después de clase, se esconde en su habitación, se pone canciones de amor coreanas y cose todo lo que puede. De vez en cuando me pregunta si quiero hacerle compañía, pero siempre finjo estar estudiando caracteres japoneses. ¡Ja! Como puedes imaginar, ahora mismo estudiar ocupa el último lugar en mi lista de prioridades.

Kai... No puedo dejar de pensar en él. Me lo imagino a mi lado, mirándome, sonriéndome, tocándome. Nos liamos, nos besamos en mi pequeño futón, nos besamos en mi pequeña silla de escritorio, nos besamos con tanta fuerza que por un momento nos estampamos contra mi pequeño armario. Llenamos cada milímetro de mi pequeña habitación con besos sensuales, apasionados y hambrientos. A veces nos tumbamos uno encima del otro durante horas, como en Asakusa, contándonos historias y secretos hasta que nuestros corazones explotan de deseo. *Spoiler*: entonces volvemos a besarnos sin parar.

Ya puedes dejar de vomitar, porque a estas alturas de la película suena una orquesta de trombones en mi cabeza que me recuerda alto y claro que nada de esto se va a hacer realidad. Lo que es seguro es que Kai y yo no podemos estar juntos, porque eso tendría consecuencias terribles. Y la lista de catástrofes es larga: los Nakano me destierran de su casa, los Cuatro Jinetes del Apocalipsis aparecen en Tokio, el monte Fuji se convierte en un supervolcán que escupe fuego, Bratto Pitto muta en una gigantesca oruga sin pelo y devora todo Japón. O peor aún: mi hermana de acogida no vuelve a dirigirme la palabra y nuestra amistad se desvanece en el aire como un soplo hasta convertirse en un átomo.

Pero la mayor incógnita en esta ecuación imposible sigue siendo el caballero Jedi. En serio, ¿qué es lo que ve en mí? Vive en una ciudad espectacular, llena de personas espectaculares y la más espectacular de todas ellas está loca por él, así que ¿qué quiere de mí? No tiene ningún sentido. En resumen: es ridículo suponer que Kai está seriamente interesado en mí, y no digamos enamorado de mí.

¿Que si yo estoy enamorada de él?, te preguntas.

Me estoy resistiendo con todas mis fuerzas. Vale, a lo mejor no con todas mis fuerzas; después de todo, estoy usando la mayor parte de mi cerebro para avivar la imagen de sus labios uniéndose a los míos…, pero me resisto.

Tres emojis de un corazón y cuatro días después, sigue sin haber respuesta. ¿Por qué, Maja, por qué? En el instituto sigue ignorándome, lo más probable por miedo a una crisis de mi parte. Agradezco que no quiera que nadie note nada, pero al menos podría darme una pequeña señal...

Malu, contrólate; eso es lo que me dirías ahora. No te preocupes, voy a borrar a Kai de mi disco duro. Un programa antivirus para el corazón. Pero primero quiero echarle un vistazo rápido, una última mirada, una diminuta...

Dejo de escribir y miro por encima del hombro. Ahí está, sentado en la última fila, tan guapo como siempre y... ¿me está mirando, confundido?

Se me acelera el pulso. De repente, noto que toda la clase me está mirando. Me vuelvo frenéticamente hacia la pizarra y me doy cuenta de que Noda-sensei está delante de mí.

—A mí esto no me parece la transcripción de la división celular. —Sus ojos de lechuza recorren mi cuaderno de biología—. A menos que tu cromosoma se llame Kai.

El *shock* me paraliza.

—Malu-san, has estado muy ausente esta semana. —La profesora se inclina hacia mí—. ¿Debería preocuparme?

Mi boca está cerrada a cal y canto: nada, absolutamente nada funciona ya.

—No, Noda-sensei —responde Aya en mi lugar—. Malu está bien. Solo está esperando un mensaje importante.

—¿Ah, sí? —Noda-sensei escruta a mi compañera de clase.

—Sí, Noda-sensei, un mensaje muy importante.

—¿De quién, querida?

Suenan las alarmas en mi centro de control.

—Eh…, de su dentista.

Uf.

Aya echa un vistazo analítico a mi cuaderno.

—Su dentista, el doctor Kai.

Mi alma abandona mi cuerpo, pero no sin antes hacerme un gesto con el dedo corazón.

–Ah. –La profesora asiente, comprensiva–, ¿así que lo que te pasa es que tienes dolor de muelas, Malu-san?

Mi hermana de acogida me da una patada en la pierna.

–Sí, dolor de muelas –digo con dificultad.

–¡Qué horror! –Noda-sensei golpea el suelo con su bastón–. Espero que tu dentista…

–El doctor Kai –interrumpe Aya, concienzuda.

–¡Espero que el doctor Kai se ponga pronto en contacto contigo! Que Aya te lleve a la enfermería si el dolor empeora.

Noda-sensei arrastra los pies de vuelta a la pizarra y Aya, visiblemente satisfecha con su gestión de la crisis, me lanza una sonrisa triunfal.

Todo me da vueltas. Mi última neurona calcula y recalcula, pero siempre llega a la misma conclusión: un siniestro total como este es imposible de solucionar. La vergüenza es demasiado grande. En cuanto acabe la clase, haré las maletas y me iré andando de vuelta a Europa. Cambio y corto. Adiós.

En mi estuche parpadea una luz: mi móvil. Siento como si tuviera un bloque de cemento en la garganta. Miro a Aya: está cuchicheando con Momo. Luego miro a Noda-sensei: está dibujando tipos de espaguetis (o cromosomas) en la pizarra.

En secreto, con cuidado y en silencio, desbloqueo la pantalla.

«1 mensaje nuevo de Kai».

La electricidad me recorre de arriba abajo.

«2 mensajes nuevos de Kai».

Mi alma vuelve a mi cuerpo y se pone ansiosa las gafas de leer.

«3 mensajes nuevos de Kai».

Respiro hondo y abro la ventana de mensajes.

En la azotea en el descanso.

En el segundo mensaje me indica cómo llegar (indicaciones para tontos).

El tercero es:

💙 Dr. Kai

Me invade una alegría desbordante. Con los dedos resbaladizos de una rana, respondo:

Vale.

Al abrir la pesada puerta de hierro y salir a la azotea, el corazón me late de la emoción. La luz del día es tenue y el sol brilla en un tono verdoso tras un ominoso remolino de nubes. Una llovizna tibia me rocía el uniforme del instituto.

—A nadie le gustan los dentistas.

Kentaro está sentado sobre un aire acondicionado y mira al cielo con atención. Se ha desabrochado el cuello de la camisa blanca y su chaqueta color burdeos está tirada en el suelo, a su lado.

—A ver, ¿primero me llamas Kai y ahora me gano la vida quitando caries de la boca de otras personas? Esas fantasías que estás viviendo a mi costa son especialmente sucias, *dojikko*.

—¡Fue Aya la que envió los corazones! —digo en un arrebato.

Él se aclara la garganta con cautela.

—Me lo imaginaba. No esperaría tanta amabilidad de tu parte.

—Te lo imaginabas —repito—. O sea, que no estabas seguro.

—¿Hum?

Su mirada se separa de las nubes y se encuentra con la mía.

—Pues que podrías haberme respondido. —Cruzo los brazos delante del pecho, desafiante—. No es que estuviera esperando tu mensaje. ¡Pero una pequeña señal de vida habría estado bien! Ya me empezaba a preocupar.

—Me ves todos los días en el instituto —replica con asombro—. Sabes que estoy vivo.

—Eso no tiene nada que ver.

–*Dojikko*, ¿acaso vienes con un manual de instrucciones?

–Además, ¡yo puedo ser muy amable! –digo resoplando, y giro la cabeza, ofendida.

–Ya entiendo lo que pasa aquí. –Kentaro pone su sonrisa más brillante–. Me has echado de menos.

–¿Perdona? –balbuceo, consciente de que me estoy poniendo roja.

–¿Por qué no lo has dicho antes, *dojikko*?

Se levanta y camina decidido hacia mí.

–¿Qué estás haciendo? –digo entre dientes.

No responde, pero se acerca con rapidez. Cuando solo nos separan unos metros –y él sigue dirigiéndose hacia mí– doy un gran paso atrás.

Él se queda quieto, casi como si un dolor agudo le recorriera por dentro.

–¿Estás bien? –exclamo, confusa.

–El hechizo *yōkai* –gime.

–¿E-es que acaso ibas a...? –tartamudeo, y siento que me flaquean las rodillas.

–¿Besarte? Sí. –Sonríe alegremente.

–¡Ay, me estás tomando el pelo! –refunfuño, y deseo con fervor que no se dé cuenta de lo mucho que me arden las mejillas.

–Quién sabe...

Regresa al aire acondicionado y se pone la chaqueta. Una vez que se ha abrochado todos los botones y se ha alisado las arrugas, dice con estoica compostura:

–Vayamos al grano.

Un helicóptero pasa a toda velocidad por encima de nuestras cabezas y se refleja cientos de veces en las ventanas de los edificios que nos rodean.

–Te espero en la puerta del Uniqlo, en Shinjuku, el viernes a las siete de la tarde. Ven con hambre. Con más hambre de lo normal. Y dile a tu familia de acogida que vas a llegar tarde a casa. Usa tu ingenio y piensa en algo... *kainteresante*.

Le miro con la boca abierta.

—No te preocupes, te indicaré cómo llegar.

—¡Ya sé cómo llegar al Uniqlo!

—*Dojikko*, ¡esa es una faceta tuya totalmente nueva! —Y silba entre los dientes.

—¿Cómo sabías que este viernes es mi cumpleaños?

—Me lo ha dicho Aya.

—¿Qué? —exclamo sorprendida.

—Está planeando una fiesta sorpresa y lleva días bombardeándome a mensajes.

—¿U-una fiesta sorpresa? —Noto que me entra el pánico.

Él asiente.

—Medio instituto está invitado.

—Oh, Dios.

—Sabía que no te haría ilusión.

Me agarro el pelo con desesperación.

¡Esto es una pesadilla!

—Será mejor que hoy le digas a Aya que ya habías quedado con el doctor Kai. Estoy seguro de que lo entenderá. Después de todo, ella sabe lo mucho que... le echas de menos.

—¡Kai, no el doctor Kai! —digo siseando, y empiezo a caminar nerviosa—. Está bien, pero nada cursi. —Él ladea la cabeza, interrogante—. Me refiero a mi cumpleaños. ¡Nada sentimental! ¡Y nada empalagoso!

Se ríe a carcajadas.

—De acuerdo. Ni siquiera te darás cuenta de que es tu cumpleaños.

—¡Y nada de regalos! —pido con voz ronca.

—Ya lo pillo, *dojikko*. —Hace un gesto apaciguador con la mano—. Por cierto, tarde o temprano tendrás que hablarle a Aya de nosotros.

Me quedo helada.

—¿Nosotros?

—Sí —confirma Kentaro—. Parece que eres muy importante para ella.

—¡Pero si no existe ningún nosotros!

Las llamas se encienden en sus ojos, peligrosamente seductores.

–Sí, *dojikko*, claro que existe. Y lo sabes tan bien como yo.

Me tiro de la falda. Y como no sé qué responder, digo:

–C-creo que será mejor que vuelva dentro.

El Jedi asiente y suspira.

–Hasta pasado mañana.

Me marcho con movimientos parecidos a los de un robot. Unos segundos después, él grita divertido:

–*Dojikko*, ¿es que quieres saltar de la azotea? ¡La salida está detrás de ti! Eso es, date la vuelta… y ahora gira a la derecha. Ahí, esa es la puerta. ¡Bien hecho!

El viernes por la mañana, mi cumpleaños comienza con una experiencia cercana a la muerte. Me despierto de golpe y me falta el aire. Unos pliegues de piel arrugada me succionan las fosas nasales. Jadeando, abro la boca. Un ardiente olor a pies y queso se esparce por mi lengua. Presa del pánico, me incorporo de golpe… y veo a Bratto Pitto salir volando de la cama, con los ojos desorbitados de asombro y sus lorzas agitándose en el aire.

–¡Has estado a punto de matarme! –le grito.

El gato regresa pesadamente a mi futón y suelta un maullido diabólico.

–¡Cuántas veces tengo que decirte que mi cara no es un colchón!

El gato me lanza su mirada especial: una mezcla de condena, desprecio, incomprensión y odio.

–¡Lo mismo digo, Brad Pitt! Gracias a Dios que solo tenía tu pata en la boca y no otra cosa.

Los cinco minutos siguientes los pasamos discutiendo; en realidad, se trata de nuestra rutina matutina, solo que esta vez tiene también un intento de asesinato.

Al entrar somnolienta y despeinada en la cocina, veo pasar mi vida de largo por segunda vez consecutiva: una lluvia de

confeti de colores cae del techo y el estruendo de las matasue-
gras hace temblar los muebles.

–*Happy Birthday!* –aclaman los Nakano, e inmediatamente
empiezan a cantar una canción de cumpleaños:

Tanjōbi omedetō
tanjōbi omedetō
tanjōbi omedetō, Malu-chan
tanjōbi omedetō.

–G-gracias –tartamudeo, y hago una reverencia con la cara
pálida.

Aya salta a mis brazos y exclama:

–*Ju-nanasai desu!* ¡Ahora tú también tienes diecisiete años,
hermanita! ¡Estoy tan contenta de tenerte!

El pequeño Haruto se acurruca entre nosotras.

–¡Feliz cumpleaños, Malu-chan! Eres mi hermana favorita.

–¡Oye! –chilla Aya, y le pellizca la mejilla con cariño.

Ahora Okāsan y Otōsan tampoco pueden contenerse y se
lanzan al ataque de mimos definitivo. Nos abrazan a los tres
con fuerza y nos dicen entre lágrimas lo mucho que nos quieren. Entonces, Okāsan me da un beso en la frente y susurra:

–Es un placer tenerte con nosotros, Malu-chan.

Cuando Bratto Pitto explota un globo y se asusta tanto
que rompe dos tazas de café y un jarrón, nos reímos a carcajadas.

–Siéntate, Malu-chan –dice Otōsan, y me conduce a la mesa,
ricamente puesta–. ¡Hoy tenemos tarta para desayunar!

De camino al instituto, Aya me coge del brazo y me anuncia:

–Tengo un regalo para ti, pero para más tarde. Un regalo
pequeño, nada dramático, no te preocupes.

–Gracias –le digo con una sonrisa–. Y siento mucho lo de
la fiesta sorpresa.

–¿Me tomas el pelo? ¡Tienes una cita! Eso es mucho más

emocionante que una estúpida fiesta –se aclara la garganta en tono significativo–, que habría sido fabulosa, por cierto.

–De eso no me cabe la menor duda.

–Además, ahora ya sé que no te gustan las fiestas.

–Tienes una auténtica aguafiestas por hermana.

–Malu-chan, ¿puedo preguntarte algo?

Aya me acerca más a ella.

–C-claro.

–¿Por qué odias tanto tu cumpleaños?

–Ah, no lo sé –respondo tensa–, es que soy una aguafiestas.

–Mientes.

Se me encoge el estómago.

–Y no pasa nada –añade con suavidad–. Pero no olvides que puedes contarme cualquier cosa. Y con eso quiero decir cualquier cosa.

Sonríe con tanta sinceridad que me remuerde la conciencia.

–Para serte sincera, hay algo de lo que me gustaría hablarte…

Una mano fría me agarra de la nuca.

–¡*Bu!*

–¡¿Has perdido la cabeza?! –chilla Aya, agarrándose del pecho–. ¡Dios mío, mi corazón! ¡Mi pobre corazón!

Rio se mete entre nosotras con una sonrisa alegre y acurruca su cabeza en mi hombro.

–¡*Happy Birthday*, Malu-chan! Muchísimas feli…

–¡Chist! –chista mi hermana de acogida–. ¡Malu ha decretado una prohibición de fiesta! Hoy no están permitidas las conversaciones sobre cumpleaños de ningún tipo.

–¿Y eso por qué? –pregunta Rio, perpleja.

Aya me lanza una mirada cómplice.

–Es un secreto.

–Uy, me encantan los secretos oscuros –dice riendo Rio con expresión conspiradora–. Sobre todo cuando salen a la luz.

Me obligo a sonreír. No le he contado a Aya lo de Kentaro por un pelo. ¿Cómo puedo tener tan poco aprecio por la vida con solo diecisiete años? Hoy no es un día para confesiones altamente peligrosas.

Al doblar la calle que lleva al instituto Kōtō, Rio anuncia con voz sombría:

–Oh, oh… *It's show-time*.

La visión de la limusina Bentley negra frente a la entrada del instituto me produce un escalofrío helado en el estómago. No hay duda de que es el mismo coche de lujo que nos llevó a Kentaro y a mí a casa la semana pasada.

Aya se detiene bruscamente y suelta:

–¡Espera, quiero ver esto!

Justo en ese momento, una docena de fotógrafos se acercan corriendo y se agolpan alrededor de los cristales tintados con las cámaras desenfundadas.

–¿Qué está pasando? –pregunto, confusa.

–Kaito Kawakami ha traído a su hijo al instituto –explica Rio–. Siempre lo hace cuando está metido en algún lío. Finge ser un padre de familia modelo.

–Seguro que se trata de algún escándalo serio –murmura Aya a sus espaldas. Su tono está lleno de desprecio y fascinación–. La última vez que Kawakami hizo de padre modelo, los periódicos publicaron que tenía una aventura con su empleada.

–Su jovencísima empleada –añade Rio con tono crítico.

Itō –el chófer, que hoy vuelve a ir vestido como James Bond– rodea el coche y abre la puerta trasera con una reverencia. Mientras tanto, los alumnos que miran, los padres e incluso los profesores se unen a los fotógrafos. Tienen preparadas las cámaras de sus móviles y cuchichean excitados.

Y entonces, como si hubiera esperado el momento perfecto, una versión más vieja de Kentaro sale de la limusina y ofrece a la multitud una radiante sonrisa de Hollywood.

Se produce una ráfaga de *flashes*.

Kaito Kawakami alza la barbilla e hincha el pecho. Muy breve, acaricia un pliegue invisible de tela; un gesto que sirve al único propósito de llamar la atención sobre su inmaculado traje. Y sí que es, en efecto, inmaculado; una cautivadora mezcla de elegancia deportiva y esplendor elitista. Todo, simplemente todo en ese hombre destila un aura de dinero y poder. Mira su reloj de pulsera (que brilla como la blancura nívea de sus dientes) y hace un gesto con la mano en dirección al Bentley.

Justo en ese momento, Kentaro se baja y otro murmullo de excitación recorre al público. Con el rostro oculto tras unos mechones de pelo negro, su postura lo dice todo. Quiere pasar junto a su padre, pero el director general le agarra de la manga y tira bruscamente de él hacia atrás. El chasquido de las cámaras se hace aún más fuerte y Kaito Kawakami posa ahora como un rey orgulloso ante sus súbditos. Mientras rodea a su hijo con el brazo, los labios de Kentaro se tuercen en una sonrisa fría y desdeñosa.

—Qué horror —digo estupefacta.

—No sé yo —comenta Rio—. A mí no me importaría tener unos padres millonarios que me llevaran al instituto en limusina.

—Estoy de acuerdo con Malu —dice Aya—. Me siento mal por Kentaro. Me pregunto qué habrá hecho su padre esta vez.

—Eso me recuerda: hace siglos que no leo nada sobre la madre de Ikemen —comenta Rio—. Es como si hubiera desaparecido de la faz de la tierra.

Trago saliva. Cómo me gustaría poder sacar a Kentaro de esta desagradable situación.

—¡Eh, mirad! —Rio tira de mi uniforme escolar—. ¡El conductor nos acaba de saludar!

Me quedo helada. Itō debe de haberme reconocido. Mientras Aya y Rio se empiezan a poner nerviosas, yo miro hacia otro lado.

—Parece que te conoce de algo, Aya —exclama Rio—. Seguro que Kentaro le ha hablado mucho de ti y le habrá enseñado fotos.

—¿Debería devolverle el saludo? —susurra emocionada mi hermana de acogida.

Finalmente, Kentaro se libera de las garras de su padre y huye al interior del instituto. Como resultado, Kaito Kawakami también pierde interés en la sesión de fotos y, sonriendo con suficiencia, vuelve a subirse a la limusina.

Mientras Itō se aleja conduciendo, Aya y Rio lo saludan como dos gallinas asustadas.

–Llevamos demasiado tiempo mirando a ese engreído pisaverde –murmuro inquieta–. Vamos dentro.

La clase va a empezar en cinco minutos. Aya, Rio, Momo y yo estamos de camino al baño de chicas cuando las uñas de Aya se clavan profundamente en mi brazo.

–¿Estás bien? –Gimo de dolor.

–¡No! –exclama, con cara de ratón asustado.

Levanto la vista y se me pone la piel de gallina: Kentaro.

Como un ángel, se abre paso entre la muchedumbre de mochilas y camina hacia nosotras.

El pasillo se empieza a recubrir de ondas de choque. Hace calor, mucho calor, y me empiezan a sudar las manos.

–¡Vamos, Aya! –susurra Momo con urgencia–. ¡Es tu oportunidad!

Los segundos se alargan. Nadie diría que Kentaro acaba de ser humillado delante de una cantidad considerable de gente. Por lo que parece, ya está acostumbrado a este tipo de acrobacias por parte de su padre. Y, de repente, se para delante de nosotras, escandalosamente apuesto.

–*Konnichiwa!* –corean Momo y Rio.

Él asiente sin prestarlas demasiada atención.

–No sé si has recibido mis mensajes –dice Aya atropelladamente–, pero al final no hay fiesta esta tarde. –Me señala, riéndose, antes de añadir–: Malu ya tiene planes.

Él se mete las manos en los bolsillos del pantalón y pregunta en inglés:

–¿Ah, sí? ¿Qué planes?

–¡Eso no es asunto tuyo! –me apresuro a decir.

Todos los presentes se me quedan mirando. Levanto las manos en gesto apaciguador.

–Quiero decir que he quedado con alguien.

–¿Una cita? –pregunta rápidamente.

Mi párpado izquierdo tiembla nervioso.

–Sí.

Sonríe con picardía.

–Pobre de él.

–En realidad, lo que quería decirte es... –La respiración de Aya se entrecorta de forma alarmante–. ¿A lo mejor podríamos aprovechar e ir los dos al cine?

–Esta tarde, por ejemplo –añade Momo despreocupada.

–Esta tarde tengo planes.

Kentaro me lanza una mirada muy significativa y siento cómo una nube de confusión empieza a cernirse sobre nosotros.

–Pero seguro que puedes quedar con Aya otro día, ¿no? –digo de sopetón, sudando.

–Claro, si insistes tanto... –De repente, su voz adquiere un tono iracundo y sus ojos brillan desafiantes–. ¿Por qué no mañana?

–¡Estupendo! –trina Aya, con una sonrisa tan deslumbrante que podría cegar a cualquiera–. ¿Qué tal a las dos en el Hachiko?

El caballero Jedi la ignora.

–Que te lo pases bien en tu cita de esta tarde, *dojik*...

Doy un salto en el aire y me empiezo a palpar el cuerpo como una loca.

–¿Qué demonios te pasa? –grita Momo.

–¡Una cucaracha! ¡Una cucaracha! –grito retorciéndome.

–*Gokiburi!* ¿Dónde? –chilla Rio, dando golpecitos con los pies.

–¡Está aquí! –digo como si me faltase el aire, sacudiéndome y abanicándome.

–¡Pero si yo no veo ninguna cucaracha! –bufa Aya, arrugando la nariz con asco.

Al momento, Kentaro golpea la pared con la mano abierta y anuncia con frialdad:

–La tengo, solo era un mosquito. Nos vemos.

–Eh…, ¿a las dos en el Hachiko? –pregunta Aya con inseguridad.

Él se encoge de hombros con gesto aburrido.

–¡G-guay, te escribo!

Mientras el Jedi pasa junto a nosotras, susurra en voz tan baja que solo yo puedo oírle:

–Las cucarachas no vuelan, *dojikko*.

10

Princess Paradise

—No sé qué decir... —murmuro—. ¿Cómo eres capaz de hacer algo así?

Estoy de pie frente al espejo que tiene Aya en la pared y me miro con asombro. Así que esto es lo que ha estado haciendo mi hermana de acogida durante toda la semana.

—El verde oscuro te queda genial —murmura Aya, muy concentrada, pasándome la plancha por el pelo—. ¡Ahora solo faltan los accesorios!

Mientras ella rebusca entre sus cajones, yo acaricio la tela de mi nuevo vestido a medida. Podría llorar de lo bonito que es. Tiene perlas cosidas en la cintura y la amplia falda circular se balancea con cada movimiento. Pero lo más impresionante es el escote, que a la altura de los hombros se abre formando un corazón.

—¿Tienes botines negros? —pregunta Aya mientras busca y rebusca afanosamente.

—Sí —respondo, aunque sé que ya conoce mi armario al dedillo.

—Bueno, probemos con esto. —Me tiende una gargantilla de oro pálido y una chaqueta negra tipo bolero un tanto traslúcida—. Y ahora, por favor, ¡da una vuelta!

Obedezco y ella aplaude entusiasmada.

—¡Perfecto, Malu-chan, simplemente perfecto! Kai se va a desmayar cuando te vea así.

—Gracias, Aya. Todo lo que tocas se transforma en algo precioso. Tus superpoderes funcionan incluso en casos perdidos como el mío.

Se sienta en la cama, se lleva las rodillas a la barbilla y suspira.

–¿Estás bien?

–Espero que Ikemen no cancele nuestra cita. –Me mira–. Tengo una sensación de lo más extraña. Está diferente de lo normal, casi diría que más feliz. Ni siquiera le ha molestado lo de los fotógrafos. Lo normal es que suba a la azotea y se salte la primera clase cuando su padre le lleva al instituto.

Evito su mirada y pregunto con una voz cuidadosamente neutra:

–¿No es eso algo bueno?

–No, es sospechoso. Imagínate que resulta que está con otra.

–¿Q-qué pasaría entonces?

Forma una pistola con sus manos y aprieta el gatillo.

–Asesinato y destrucción. Pero no vamos a llegar a eso, porque mañana voy a confesarle lo que siento.

Me invade una náusea sorda.

–¿M-mañana?

–Sí. No soy capaz de pasar otro día sin mi Ken-chan. Tengo que dar el paso de una vez.

El hecho de que diga «mi Ken-chan» desencadena una extraña rabia en mí.

–Aya, yo…

–¿Hum?

–¡Creo que es una gran idea!

Se le ilumina toda la cara.

–Gracias, ¡eres una verdadera amiga! Me has dejado claro que hay que luchar por el amor. Y cito: «El amor de verdad siempre encuentra su camino».

Me invade la repugnancia. ¿En qué momento me he vuelto tan cobarde? No, cobarde es decir poco. ¿Cuándo me he vuelto tan condenadamente traicionera?

–Por cierto, mi regalo para él ya está listo –anuncia mi hermana de acogida, que saca una caja de entre el reluciente desorden de sus tesoros–. He tenido que ahorrar mucho para poder comprar lana de cachemir. Muchas horas de tutoriales, muchos pinchazos en los dedos… ¡Ha requerido de todas mis fuerzas!

Al segundo, sostiene una bufanda gris plateada en el aire y sonríe heroicamente.

—Es impecable —exclamo.

—El amor que siento por Kentaro está cosido en cada una de sus fibras.

De repente, mi vestido nuevo me parece tres tallas más pequeño. Debería vestir una bolsa de basura para que todo el mundo pudiera ver la clase de persona que soy.

—Aya, tengo que contarte algo...

—¡Lo sabía! —grita mi hermana de acogida.

Se me encoge el corazón.

—¡Kai y tú os habéis besado!

Parpadeo, desconcertada.

—N-no, no es eso.

—¿Os habéis metido mano?

—¿Me... qué?

Ella coge aire, sorprendida.

—¡Malu, creía que todavía eras virgen!

—¡No! Quiero decir, sí, lo soy, pero no se trata de eso.

Llaman a la puerta.

—Oh, es Haru. ¿Podemos hablar luego? El enano tiene una sorpresa para ti.

Antes de que pueda responder, mi hermano de acogida entra en la habitación y hace una humilde reverencia.

—Está bien, no hace falta que hagas eso —murmuro en voz baja.

—Déjale. —Aya se ríe, irguiéndose como una deidad—. Como grandes y sabias hermanas que somos, merecemos su adoración.

Haruto se endereza y empieza con una voz dulce como la miel:

—Malu-chan, he oído que hoy has quedado con alguien muy especial. Por eso quería darte este amuleto de la suerte. —Me entrega una bolsa de tela—. Aya me ha dicho que podrías necesitarlo.

—Por si Kai te estropea el pintalabios —especifica Aya con un guiño.

Con náuseas en el estómago, desanudo el lazo y al momento sostengo el espejo de bolsillo azul en mis manos.

–¿Has sido capaz de arreglarlo? –pregunto, atónita.

–*Hai*, uní las piezas con pegamento dorado –responde con una sonrisa.

–*Kintsugi* –susurro, y trazo las líneas doradas con el dedo.

–Sí, hermana mayor, *kintsugi*.

Me invade una profunda gratitud.

–Haru, este es el regalo más bonito que me han hecho nunca. *Arigatō gozaimasu*.

–Espero que te trate bien o, si no, ¡tendrá que vérselas conmigo!

El niño cierra sus manitas formando dos puños y bate el récord mundial de ternura.

–¡No llores, Malu-chan! ¡Vas a destruir mi obra de arte! –dice Aya con hipo y lágrimas en los ojos.

Guardo el espejo de bolsillo en el bolso y susurro, emocionada:

–No os merezco a ninguno de los dos.

–Tonterías –dice mi hermana de acogida, a la que le falta el aire–. ¡Y ahora date prisa o te vas a perder tu cita! Por cierto, he conseguido negociar a las once en casa. Pero esta vez ¡sé puntual!

Asiento mecánicamente.

–*Ganbatte!* –Haruto levanta los pulgares en el aire.

–¡Malu, espera! –Aya me agarra del brazo–. ¿Qué es lo que me querías decir antes?

Siento que mi cabeza es una bomba a punto de estallar.

–Nada importante. Ya te lo diré en otro momento.

En el trayecto de ida a Shinjuku, ocurre algo que, en una metrópolis de millones de habitantes como Tokio, solo puede calificarse de milagro: estoy sola en el compartimento del tren (aparte de un chimpancé bailarín que exhibe el nuevo y flamante iPhone en todas las pantallas de publicidad).

De repente, me invade una extraña sensación. Saco mi espejo de bolsillo y susurro:

—¿Maja? —Su rostro aparece tras una fina red de oro.

Me doy cuenta de lo distinta que está hoy, más adulta, casi como una mujer de verdad.

—Hemos cambiado mucho en los últimos dos años, ¿no? Ahora no hace falta un microscopio para encontrarnos las tetas.

Oigo su risa: idiota e increíblemente contagiosa.

—Mamá y papá han llamado antes. Ha sido duro. Intentan ser valientes, pero eso solo empeora las cosas. En días como este, me alegro mucho de estar tan lejos de casa.

La siguiente parada se anuncia acompañada de tres tonos alegres: «Tsugi wa Shinjuku desu».

—Como puedes ver, Haru ha reparado tu espejo de la suerte. ¿Recuerdas nuestras preciosas noches de verano en el jardín? Una vez levantaste el espejo hacia el cielo y me explicaste cuántos años luz hay entre las estrellas y su reflejo. Las distancias nos parecían inimaginables. —Sonrío con tristeza—. Me pregunto cómo de grande es ahora la distancia entre nosotras.

El tren llega a la estación de Shinjuku haciendo sonar la bocina.

—Tengo tanto miedo de perder a Aya… Pero la idea de perder a Kentaro es mucho peor. Te perdí a ti y todavía me sigue doliendo. ¿Y si estoy condenada a perder a las personas que son importantes para mí?

La abrazo fuerte contra mi pecho y trato de escucharla con atención.

—Cada año, de cumpleaños, me regalabas esos estúpidos vales hechos a mano que siempre acababan acumulando polvo en alguna parte. Ahora quiero canjearlos todos: por favor, asegúrate de que el caballero Jedi no me deja plantada. He metido la pata y, si yo fuera Kentaro, probablemente no me dirigiría la palabra nunca más. Usa tus poderes vudú, infíltrate en su voluntad, embrújalo, pero, por favor,

¡haz que me espere delante del Uniqlo! Necesito aclarar las cosas. Estoy cansada de mentir. Esta noche solo quiero escuchar a mi corazón.

El tren frena y le doy un beso.

—Feliz cumpleaños, Maja.

Aunque Kentaro está de espaldas a mí, le reconozco de inmediato. Lleva el mismo *yukata* verde esmeralda que cuando nos conocimos en el parque Yoyogi. Comparado con los maniquíes modernos que le rodean, parece un personaje de un mundo lejano, audaz y misterioso. De algún modo debe notar mi presencia, porque se da la vuelta y sonríe.

Su mirada me llena de una alegría tan desbordante que enseguida empiezo a correr.

—*Dojikko*, ¿qué haces?

Esprinto con los ojos fijos en él.

Da un pequeño paso atrás y agita las manos.

—¿Intentas reducirme? ¡Más despacio!

Los transeúntes, asustados, se apartan del camino, un perro ladra y alguien en algún lugar grita «¡gaijin!» a pleno pulmón.

Cuando por fin me encuentro entre sus brazos, me invade un sentimiento de felicidad infinita.

—Ken-chan —le digo en voz baja—, tenía tanto miedo de que no vinieras.

Se queda helado.

Acurruco la cara contra la calidez de su pecho.

—Por favor, no me dejes ir.

Un extraño movimiento le recorre por dentro. Después, me acerca a su cuerpo y susurra:

—Nunca, *dojikko*.

—¿Deberíamos ir a un Love Hotel?

El romanticismo estalla como una pompa de jabón.

—¿Acabas de decir Love Hotel? —pregunto horrorizada, y me suelto de su abrazo.

Él asiente con expresión seria.

–¿Te refieres a esos sitios donde puedes alquilar una mazmorra sexual por mil yenes?

–Cinco mil yenes –corrige él–. Eso son casi cuarenta euros.

–Estás de broma, ¿verdad?

–Además, no tiene por qué ser una mazmorra. También podríamos hacerlo en el *Hello Kitty Room*, en el *Princess Paradise* o en el *Prison During a Zombie Apocalypse*.

–Parece que te lo sabes muy bien –digo casi escupiendo.

–Es conocimiento general –responde, encogiéndose de hombros.

No me puedo creer lo que está diciendo Kentaro.

–Creo que voy a volver a casa.

–¿Por qué? –pregunta, provocador.

–Yo... yo creía que estábamos teniendo un momento especial –digo con voz entrecortada–. Mira, ¡olvídalo!

–Lo hemos tenido, *dojikko*. Pero me habías hecho prometerte algo, ¿recuerdas?

–¿De qué estás hablando?

–Nada cursi, nada sentimental y nada empalagoso para tu cumpleaños –enumera a conciencia–. Y creo que hemos roto las tres reglas de golpe.

–¿Eres tonto o qué? –balbuceo, pero no puedo evitar sonreír.

–Una promesa es una promesa. –Su voz se vuelve profunda y seductora–. A menos que tu nuevo deseo sea retomar donde lo acabamos de dejar.

Me invade un tsunami de vergüenza.

–Tomaré tu silencio como un no. –Se ríe–. Bueno, ¡pues vamos a Kabukichō! He planeado para ti una cita de cumpleaños maravillosamente poco romántica, sin adornos y poco poética, como a ti te gusta.

–¿Una cita? –pregunto.

–Eso ha sido idea tuya, *dojikko* –responde con un guiño–. Ya no puedes retractarte.

Establecimientos de karaoke de dudosa reputación, bares de mala muerte y garitos de juego de los que salen todo tipo de gritos: el barrio de Kabukichō es un patio de recreo para aquellos que buscan aventuras peligrosas. El distrito de ocio es un hervidero de actividad delictiva y está controlado principalmente por la mafia japonesa. El microcosmos luminoso tiene una atmósfera propia, cruda e insondable con un toque de glamur. Los altos edificios están tan abarrotados de carteles y anuncios que es imposible distinguir las estructuras de cada uno. Coches caros se deslizan por las callejuelas, el estruendo de las cajas registradoras a punto de estallar emana de las entrañas hirvientes de los restaurantes.

Mi mirada recorre una hilera de carteles luminosos: mujeres con poca ropa y orejas de conejo, chicas manga con tallas de copa imposibles y un Pikachu disfrazado de gánster rapero.

–¿Adónde vamos? –pregunto insegura.

–A mi local favorito –responde Kentaro.

–¿Tu local favorito está en Kabukichō?

Sonríe con satisfacción.

–¿Desde cuándo eres tan estirada?

–En mi guía de viajes pone que en este barrio hay que andar con cuidado.

–¿Ah, sí? ¿Y eso por qué?

Echo un rápido vistazo a mi alrededor y susurro:

–Por la *yakuza*.

–¿En tu guía de viajes también pone que no es correcto decir *yakuza*? Ocho, nueve y tres; esa es la mano en el juego de cartas *oicho kabu* en el que tus cartas no valen nada. La palabra *yakuza* deriva de estos tres números. Significa «sin valor».

–Eso no importa, después de todo, estamos hablando de la mafia.

–A mí sí me importa. No me gustaría que perdieras un dedo esta noche.

–Espera, ¿es esta otra de tus bromas sin gracia?

Pasamos por delante de un *snack bar* y el olor a cerveza y pollo frito me llega a la nariz.

–Estás a punto de conocer a Hai Granto y Pompom. Pueden parecer un poco extraños a primera vista. Intenta no quedarte mirándolos fijamente. Los dos son criaturas muy sensibles.

No estoy nada acostumbrada a este tono alegre y parlanchín del caballero Jedi y me pregunto si es una buena o mala señal.

–A Yamamoto-san no le hagas preguntas, sería de mala educación. Él siempre debe tener la primera y la última palabra.

–¿Yama… quién? –pregunto alarmada.

–El tipo que parece un cruce entre un guerrero samurái y un rinoceronte. Lo vas a reconocer enseguida. Y recuerda: no se trata de cantar bien. Lo que cuenta es la experiencia, la emoción, la pasión, la entrega. Déjalo salir todo, pero solo cuando alguien te pase el micrófono. Nada de iniciativa personal. En el karaoke también existe una jerarquía estricta.

–No.

–Sí. Otra regla: nunca te rías de los demás. Está permitido reírse, pero está estrictamente prohibido juzgar.

–Con «no» quiero decir que no voy a cantar en un karaoke.

–Te va a encantar. Por algo al inventor del karaoke le dieron el Premio Nobel de la Paz.

–No me creo ni una palabra de lo que dices.

–Está bien, fue una versión más divertida del Premio Nobel de la Paz, pero aun así.

–Puedes contarme lo que quieras, pero no voy a ponerme en evidencia y pasar vergüenza delante de un montón de desconocidos.

–¡Yo no soy ningún desconocido! –comenta Kentaro, indignado. Luego esboza una sonrisa ambigua y continúa–: La mayoría de la gente se pone nerviosa la primera vez, *dojikko*. No te preocupes, yo te guiaré en cada paso. Cuando le cojas el gusto, no vas a querer hacer otra cosa.

El rubor me invade la cara.

—Será la primera vez que cantes en un karaoke, ¿verdad? —pregunta con voz inocente y angelical.

—¿Falta mucho? —digo con un gruñido, y aprieto el paso.

Cuando Kentaro se detiene, tengo que recuperar el aliento antes de hacerme una idea de la situación. PACHINKO LOVE; lo primero que captan mis ojos son las letras de hojalata color plata. Un descolorido espumillón adorna el marco metálico de la puerta del edificio, que no tiene ventanas. La fachada gris azulada tiene un extraño aspecto plástico, casi como si estuviera hecha de plastilina rancia para niños. Una planta de aloe vera vive en una maceta de terracota roja y comparte su hábitat con un surtido aleatorio de figuras de Tanuki. Se alza sobre una elevación que conduce a la entrada, parecida a una nave espacial.

—¿Este es tu local favorito? —pregunto, irritada.

—No, eso sería demasiado fácil —responde el Jedi, y me lanza una sonrisa cargada de significado.

11

Pachinko Love

Un ruido ensordecedor arremete contra nosotros; es tan intenso que me tambaleo del susto. Sobre un suelo de linóleo sin adornos hay unas trescientas máquinas de *pachinko*, unas cajas cuadradas enormes que recuerdan a lavadoras alienígenas. La luz del techo, blanca como la nieve, quema los ojos como el infierno, y de los aparatos del aire acondicionado sale una brisa polar perfumada. Canciones de *girlbands* resuenan de forma tormentosa en la órbita y un hombre grita por un megáfono, completamente fuera de sí. Después, el traqueteo, los pitidos y el tintineo de las máquinas vuelven a tomar el relevo, y PACHINKO LOVE brilla en unas escabrosas letras de proyector en las altas paredes de la sala.

Ningún *gaijin* sabe lo que es el *pachinko* en realidad, excepto que es un juego de azar en el que hay que conducir una diminuta bola metálica a través de un laberinto de obstáculos. Irónicamente, son los jubilados con problemas de audición los más adictos a esta locura ensordecedora. Incluso ahora, bisabuelas que fuman como locas y ancianos con chaquetas de felpa y pantalones de chándal holgados están sentados en los taburetes giratorios.

—¿Qué hacemos aquí? —grito.

El Jedi me grita algo y me arrastra a través del caos de rabiosas máquinas tragaperras. Llegamos a un ascensor y dos hombres de seguridad hacen un gesto de complicidad a Kentaro.

—Y yo que siempre he pensado que el infierno estaba bajo tierra —digo, emitiendo un gemido después de que se cierren las puertas del ascensor.

–A lo mejor todavía no te has dado cuenta, pero en Japón las cosas suelen ser al revés.

En efecto, empezamos a descender y me agarro a la barandilla, sorprendida.

Cuando el ascensor se detiene, Kentaro anuncia con maliciosa anticipación:

–Bienvenida al cielo.

Llegamos a un *izakaya*, un invento japonés que combina el restaurante de comida rápida con un bar. Aquí uno se puede sentar en un ambiente relajado y comer y beber hasta altas horas de la noche por poco dinero. La traducción literal de *izakaya* es «tienda de sake donde quedarse», y el dulce olor del vino de arroz llega inmediatamente a mi nariz.

Una camarera se apresura y nos saluda con una profunda reverencia.

–*Irasshaimase*, Kawakami-san. Le están esperando.

La seguimos a través de un pasillo iluminado con antorchas y junto a mesas rústicas de madera. Las tradicionales paredes de papel sirven de tabiques; los nichos que ya están ocupados se protegen de las miradas indiscretas con las llamadas cortinas *noren*. A nuestra derecha hay una cocina abierta que echa tanto humo que apenas se reconoce a los cocineros que trabajan en ella.

La camarera se adelanta hacia la parte trasera del *izakaya*, donde el pasillo termina y comienza un estrecho camino de tatamis.

–A partir de aquí tenemos que ir descalzos –susurra Kentaro mientras se quita las Converse negras.

A cambio de nuestros zapatos, nos dan unas zapatillas etiquetadas con el logotipo del PACHINKO LOVE.

Entramos en un laberinto de acogedoras cabinas donde sentarse y cómodos rincones de sofás. El humo de los cigarrillos se cierne en espesas nubes sobre nuestras cabezas, risas de borrachos emanan de habitaciones separadas.

La camarera se detiene ante una puerta corredera *fusuma*.

–Páselo bien, Kawakami-san.

Al entrar en la sala, un caniche blanco gigante nos recibe tempestuosamente.

–¡Pompom, más despacio o te volverá a entrar cagalera! –grita alguien al fondo.

Cuatro hombres y una mujer están sentados de rodillas alrededor de una mesa baja y nos miran expectantes. Me doy cuenta enseguida de que hay un pequeño escenario no muy lejos de ellos con un sistema de karaoke que parpadea de forma molesta.

–¿Ella es «Sombrero Rosa»? –pregunta en inglés un hombre con sombrero de copa y frac.

–Esta es Malu –responde Kentaro.

–Malu-san, ¡por fin te conocemos en persona!

La japonesa más bella que he visto en mi vida me sonríe con amabilidad. Lleva un kimono de seda rojo cereza y la cara maquillada con una pasta blanca. ¿Una *geisha*? Como si pudiera leer mis pensamientos, asiente levemente con la cabeza antes de continuar:

–¡Kentaro no hace más que hablarnos de ti!

–Esta es Chiyoko –dice Kentaro, refunfuñando–. Chiyoko, la que prometió que no iba a ponerme en evidencia.

El extraño dandi del sombrero de copa vuelve a hablar:

–Pero ¿dónde está el sombrero rosa? ¡Tenía tantas ganas de verlo en directo! –Sacude sus rizos aceitosos en forma de tirabuzón–. Pompom, ¿ves un sombrero rosa? Yo no veo ninguno. Con lo emocionados que estábamos, ¡sí, sí, sí!

El caniche gigante ladra con coquetería.

Kentaro me lanza una mirada de disculpa y habla:

–Permíteme que os presente: Hai Granto y su gran amor, Pompom.

–Mi gran y único amor, ¡sí, sí, sí!

Llama al perro para que venga hacia él y le da una palmada en el lomo.

–Y este es Tasuku.

El chico en cuestión da una calada despreocupada a su cigarrillo y pregunta:

–¿Lo has liberado ya del hechizo?

–¡Tasuku! –le advierte Kentaro en tono admonitorio.

–Parece que no…

–¿A qué esperáis? –exclama un mago barbudo con la calva arrugada–. ¡Qué estirados sois los jóvenes! Debéis amaros como si cada día fuera el último. Y no hablo de calidad, ¡sino de cantidad! Un día os vais a despertar y seréis viejos y frágiles. Hacedlo mientras podáis.

–A él ya lo conoces –suspira apenado Kentaro, y cambia rápido al japonés–. Akamura-san, acordamos que esta noche íbamos a ahorrarnos los consejos.

¡Ajá! ¡La reliquia prehistórica de la tienda de uniformes!

–¿De verdad creías que iba a hacer caso a algo de lo que me dijeras, hijito?

Akamura se ríe entre dientes y da un sorbo a su cerveza Kirin con deleite.

El hombre que encabeza la mesa se mueve por primera vez. Lleva un *yukata* negro y tiene el cuello y las manos completamente tatuados.

–Bueno, ¿por qué no les dejáis entrar primero? –dice en inglés.

Kentaro tenía razón, le reconozco de inmediato: Yamamoto. Tiene el aura mágica de un viejo guerrero samurái y parece tan duro e inamovible como un rinoceronte.

–Mi nombre es Keisuke Yamamoto y me gustaría daros la bienvenida a los dos.

Kentaro hace una reverencia y yo hago lo mismo.

–Tomad asiento. –Señala el sitio entre Chiyoko y Tasuku.

Mientras pienso frenéticamente en qué decir, la *geisha* sirve sake para todo el grupo.

–*Kanpai!* –grita el rinoceronte, levantando su copa con solemnidad.

–*Cheers!* –murmura Tasuku con un pitillo entre los labios, y le da unas palmaditas amistosas en la espalda a Kentaro.

–*À ta santé!* –exclama Hai Granto, y Pompom ladra una impresionante obertura.

–*Salute!* –brama Akamura con una alegría de vivir desdentada.

Chiyoko suelta una risita divertida.

–*Prosit!*

–¡Salud! –dice Kentaro en alemán, y me mira con una sonrisa.

Y como quiero demostrar que yo también sé hablar, grito con más fervor del que pretendía:

–¡Chin-chin!

Yamamoto es el primero en soltar una carcajada… Después, los demás pierden los nervios y toda la mesa estalla de risa.

–¿He dicho algo malo? –pregunto atónita.

El recipiente de sake se agita con tanta violencia que se derrama varias veces.

–¿Q-qué pasa?

Tasuku intenta responder, pero solo consigue emitir un gruñido ahogado.

Tiro de la manga de Kentaro, buscando ayuda.

–¿Por qué se ríen todos?

–No importa –dice entre lágrimas.

Chiyoko se inclina hacia mí y susurra en inglés:

–*Chin* significa «pene» en japonés.

El bochorno de la situación me golpea como un puñetazo.

–No lo sabía –digo con voz chillona, a punto de desmayarme.

Incluso Pompom está saltando como una pelota hinchable y haciendo ruidos de risa parecidos a los de una hiena.

Pero entonces Kentaro pone su mano sobre la mía y grita:

–¡Ya basta!

Yamamoto se aclara la garganta y la calma vuelve al instante.

–Tu novia tiene un excelente sentido del humor. –Se limpia la boca y la frente con una servilleta de papel–. ¿Desde cuándo sois pareja?

Kentaro me suelta la mano.

–No estamos juntos.

El samurái mira sorprendido a Hai Granto, que se encoge de hombros igual de confundido.

—¡Ay, Yamamoto-san, no te das cuenta de que los haces sentir incómodos! —lo regaña Chiyoko con cariño.

—A veces la mente no acaba de entender lo que el corazón ya sabe.

Nuestras miradas se cruzan, Kentaro sonríe con dulzura y yo me siento como si me hubieran catapultado a la nebulosa de Andrómeda.

Al mismo tiempo, la puerta corredera se abre y la camarera de antes llena la mesa de delicias fritas.

—¡Sakiko, tráenos tu mejor alcohol *shōchū*! Esta noche tenemos una invitada muy especial.

Yamamoto me guiña un ojo y todos aprueban su decisión con entusiasmo.

Entonces comienza el festín, y por fin tengo la oportunidad de respirar aliviada.

Una vez que Kentaro llena mi plato con verduras tempura fritas y humeantes empanadillas *gyōza*, me pregunta con cuidado:

—¿Todo bien?

—Sí, gracias —respondo simplemente.

—Por favor, no te enfades, *dojikko*. Solo quieren molestarme un poco, en realidad no tiene nada que ver contigo…

Le interrumpo.

—No era sarcasmo. Gracias por traerme aquí. Es justo lo que necesitaba.

—Espera —entrecierra los ojos con suspicacia—, ¿estás siendo amable conmigo?

—Puede ser —respondo con una sonrisa, y bebo un gran trago de vino de arroz.

De repente, Pompom aparece a nuestro lado y me olisquea la cara con curiosidad.

—¡Pompom, sé bueno! —balbucea Hai Granto con la boca llena de calamares.

El caniche gigante encuentra mi oreja y empieza a lamerla.

—Oh, buen chico, ¡sí, sí, sí! ¡Le encantan las orejas! Disfrútala, mi golosito, ¡disfrútala!

Cuando Pompom ha terminado con mi oreja derecha, aúlla de placer y cambia de lado.

—¡Fuera! —le sisea Kentaro.

—No pasa nada, me encantan los perros —diego riendo—. Estoy acostumbrada a que me acose un gato que tiene la ternura de un pollo desplumado. Este es un cambio muy bienvenido.

—¡Pompom, mira! ¡Más golosinas!

Hai Granto se unta el bigote con espuma de cerveza y el caniche se lanza entusiasmado a por él.

—Es mejor que no mires —susurra Chiyoko—. Si Watanabe llega a sospechar que alguien piensa que es un tipo raro, caerá en una profunda depresión.

—¿Watanabe? —pregunto.

—Ese es su verdadero nombre. —Sonríe divertida—. *Hu Gran* es el actor favorito de Watanabe. Ay, Kentaro-san, ¡ayúdame! Nunca sé cómo se pronuncia bien el nombre.

—Hugh Grant —explica Kentaro con un guiño.

Me atraganto de lo mucho que me río.

Chiyoko se acerca más.

—Hai Granto es increíblemente rico, pero hace muchos años decidió repartir su riqueza con los demás. Los sintecho, los necesitados, la gente con problemas económicos…, cualquiera puede acudir a él y pedirle ayuda. Las personas con deseos también van a él para consultarlos. Si Watanabe cree que una causa es buena, el dinero fluye. Anillos de compromiso, Lamborghinis, fiestas de cumpleaños para niños, casas en la playa, ponis…, está abierto a todo siempre y cuando no se infrinja el código.

—El código dice que no se puede hacer daño a ningún civil —interviene Kentaro.

—¿Para qué organización benéfica trabaja? —pregunto con interés.

Chiyoko y Kentaro intercambian una mirada cargada de significado.

—No se trata de una organización benéfica, cariño —responde Chiyoko, despacio—. Hai Granto es un *yakuza*.

Me lleva un momento procesar lo que acaba de decir.

–¿Yamamoto también?

–Oh, sí –dice con reverencia–. Es el *oyabun*, el cabeza de familia.

Yamamoto se levanta y trota hacia la máquina de karaoke. Me fijo en el jefe *yakuza*, que ahora juguetea con una caja gris y maldice en voz baja.

–¡La máquina de humo no funciona! –farfulla, con la cabeza roja.

–¡Tienes que pulsar el botón verde, corazón! –exclama Chiyoko entre risas. Luego me da un golpecito y me susurra–: Tiene miedo escénico.

Se oye un fuerte silbido y el hombre barrigón queda envuelto en místicas nubes de niebla.

No deja de impresionarme estar ante un líder de la mafia japonesa, un forajido, un criminal…

Brillan coloridas luces de discoteca.

–Kentaro –susurro sin dar crédito–, ¿e-estás viendo lo mismo que yo?

Lleno de devoción, el jefe *yakuza* canta *Baby One More Time* de Britney Spears.

–Sí –susurra Kentaro, con una gran sonrisa en la cara.

Yamamoto lo da todo: baila (una mezcla de *hip hop* y *Gangnam Style*) y canta con tanto vigor que no puedo evitar preguntarme si de verdad es la soledad lo que le está matando o un estreñimiento agudo…

Tres minutos más tarde, su actuación llega a un brillante final y me uno al estruendo de aplausos.

Inmediatamente después, Hai Granto sube al escenario y susurra con sensualidad al micrófono:

–Esta canción es para ti, *mon chérie*.

Pompom no le presta atención, sino que mueve la cola sobre los restos de su comida. Suena una balada de amor japonesa; es sentimentaloide, empalagosa y terriblemente desafinada.

Me vuelvo hacia Kentaro y le susurro:

–¿Puedo preguntarte algo?

–Pues claro.

–¿Estamos en peligro?

–*Dojikko*, yo nunca te pondría en peligro –responde el caballero Jedi–. Yamamoto, Hai Granto y Tasuku son buenas personas. No le harían daño ni a una mosca.

–Así que Tasuku también lo es.

Frunce el ceño.

–¿Te sorprende?

–¿Y tú? –le pregunto–. ¿Tú también eres un *yakuza*?

–No, yo no.

–¿Y de qué conoces a esta gente?

–Akamura me los presentó una vez que necesitaba ayuda desesperadamente.

Parpadeo, confusa.

–No, Akamura no es un *yakuza* –aclara Kentaro–, pero su tienda de uniformes está bajo su protección. El distrito quería demolerlo hace unos años para hacer sitio a una tienda de conveniencia. Yamamoto utilizó sus contactos en el ayuntamiento y al final Akamura pudo conservar la tienda. Ha pertenecido a su familia durante generaciones. Perder algo tan valioso habría sido insoportable para el viejo.

Recuerdo lo fuera de lugar que me parecía la pequeña tienda de uniformes entre tanto bloque moderno de pisos. Ahora entiendo por qué.

–Y como sospecho que ya tienes la siguiente pregunta en la punta de la lengua, cuando mi madre se empezó a encontrar realmente mal, mi padre no quiso que su estado de salud se hiciera público bajo ningún concepto. La encerró en nuestro ático y no dejó que nadie la viera, ni siquiera yo. Tenía que encontrar la manera de ayudarla. Así que Akamura me trajo al PACHINKO LOVE y conocí al *oyabun*. Yamamoto se infiltró entre el personal de nuestra casa y liberó a mi madre en una arriesgada operación de capa y espada. También fue él quien la llevó en secreto en avión a Suiza y le consiguió una plaza en

161

la clínica. Desde entonces, mi padre tiene prohibido el contacto con ella y ya no puede acercarse dentro de un radio determinado. –Mira al jefe *yakuza*–. Yamamoto salvó a mi madre y le estaré eternamente agradecido por ello. Es familia para mí.

–He visto a tu padre cuando te ha llevado al instituto esta mañana –digo en voz baja.

Kentaro agacha la mirada.

–No me ha llevado al instituto, estaba puliendo su imagen. Esta vez se trata del dinero de la empresa que ha despilfarrado en juguetes millonarios. Un yate nuevo, lo más probable. Cuanto más jóvenes son las chicas con las que se acuesta, más se tiene que esforzar en impresionarlas.

–Eso es terrible –susurro–. Ojalá pudiera ayudar.

–Ya lo haces. Más de lo que crees.

Frunzo el ceño, sorprendida.

Él hace un gesto de desdén con la mano.

–No hablemos más de mi padre. Es como una cuchilla de afeitar en mi cabeza. Si pienso demasiado tiempo en él, acabo cortándome.

La honestidad de Kentaro me conmueve y me encantaría hablarle de Maja lo antes posible. Estoy segura de que lo entendería.

–¡Oye, hijito, eres el siguiente! –Akamura agita sus brazos en señal de invitación.

–El deber me llama. –El caballero Jedi suspira teatrero y se pone en pie.

La actuación de Kentaro es arrebatadora. Canta una canción titulada *The Fantasy Life Of Poetry & Crime* y desborda encanto y genialidad. Incluso Pompom le mira encantado y con largos hilos de baba saliendo de su boca.

–Está como para derretirse de la emoción, ¿no crees? –dice Chiyoko, entusiasmada.

–Sí, es bastante bueno –respondo.

–Me alegro de que por fin Kentaro haya vuelto a brillar.

—Coge el recipiente de sake y nos sirve un poco más–. Últimamente se le veía muy decaído, como un fugitivo que siempre tiene la cabeza en otra parte. La ausencia de su madre le ha pasado factura. Pero contigo ha cambiado. Creo que nunca le había visto tan feliz.

—Estoy segura de que no tiene nada que ver conmigo –digo en voz baja–. Nos conocemos desde hace poco tiempo.

—¿Y qué? A veces basta un breve instante para que todo cambie. Lo que hagas con ello depende de ti. –La *geisha* sonríe con sabiduría–. Personalmente, yo he aprendido que merece la pena arriesgarse. Hay que correr riesgos para ganar valor. Si dudas, el miedo de siempre no hace más que crecer.

Cuando Kentaro vuelve a sentarse a mi lado –ligeramente sudoroso y, por ello, aún más atractivo–, algo brota en mí como una fuerza de la naturaleza.

—¡No quiero que veas a Aya mañana!

Me mira sorprendido.

—¿Estás borracha, *dojikko*?

—Parece que sí –digo jadeando. Quién iba a decir que el sake funciona como un suero de la verdad–. Aun así…, ¡por favor, cancela la cita!

—Pero fuiste tú quien la propuso.

—Cometí un error. No volverá a ocurrir.

—No sé. –Se frota la barbilla con aire pensativo–. Ya tenía la cita planeada.

—¿En serio? –pregunto, con voz tres octavas demasiado alta. Vale, definitivamente, el alcohol está haciendo efecto.

—Pero, en teoría, todavía podría cambiar de opinión…, siempre y cuando hagas algo por mí.

Kentaro ladea la cabeza en dirección al karaoke.

—¡Ni hablar! –chillo.

—Vamos a ver –murmura–. Voy a llevar a Aya al cine, seguido de una cena romántica a la luz de las velas. Quizá la traiga aquí después de eso. Seguro que le encanta el karaoke.

Bufo, molesta.

–¡Está bien, voy a cantar!

–¡Sombrero Rosa quiere cantar para nosotros! –Hai Granto agita las manos y aplaude con entusiasmo.

La conversación se detiene de inmediato y toda la mesa me mira fijamente.

–Bueno, *dojikko*, ya no hay vuelta atrás –comenta Kentaro con una sonrisa.

–No me digas –digo con un gruñido, y me pongo en pie.

–Toma esto, cariño, por si necesitas fuerzas ahí arriba. –Chiyoko me tiende un cuenco con el *shōchū* que acaba de servir la camarera–. *Ganbatte!*

–*Fly me to the moon and let me pay... play... among the stars. Let me see what spring is like on Mar... eh... Jupiter and Mars.*

Giro en círculos y, como si acabara de hacer un cuádruple salto en patinaje artístico, todos gimen horrorizados.

–*In all the worlds, hold my hand. In other hands, darling kiss me.*

Los labios de Akamura se transforman en un grito silencioso y Chiyoko le da una palmada en la nuca.

–*Fill my cart with song and let me swim forever more.*

Pompom mueve la cola entre gimoteos y se esconde bajo la mesa.

–*You are all I long for, all I... eh... adoreeee.*

Noto que Tasuku se tapa las orejas en señal de agonía.

–*In other worlds, please be you. In other worlds, I need you.*

–¡Muy bien, *dojikko*, muy bien! –grita Kentaro con una sonrisa que parece el dolor encarnado.

–*Fill my far... heart... with song and let me swing forevermore.*

Hai Granto entierra la cara entre las manos.

–*You are all I... eh... all I worship and adore.*

El jefe *yakuza* bebe un gran trago directamente de la botella con una expresión de conmoción absoluta.

–*In other worlds, please be you.*

Sostengo el cuenco de *shōchū* en el aire.

—In other worlds, in other worlds…

Mientras engullo el alcohol japonés, un fuego salvaje e infernal se enciende en mi garganta.

—I love… Grrrooooaaahhh.

Como si fuera un dibujo animado, el *shōchū* sale como una fuente por los dos agujeros de mi nariz.

—¡Cariño, ¿estás bien?! —grita Chiyoko con preocupación.

Toso como una hélice rota y el micrófono emite un sonido increíblemente agudo y chirriante.

—Por el amor de Dios, ¡haced algo! —pide Hai Granto entre lágrimas—. ¡Pompom está a punto de cagarse por todos lados!

Noto un borrón de movimiento.

—Bien hecho, *dojikko*. —Kentaro me rodea con el brazo—. De verdad, tienes la voz de un ángel.

—¡Un ángel del apocalipsis, si acaso! —exclama Tasuku.

El Jedi escupe una amenaza en japonés y, cuando la canción termina, todos aplauden con educación.

—Malu-san, ¿por qué no te sientas conmigo un momento? —dice Yamamoto, y le pide a Tasuku que se mueva con un movimiento casi imperceptible de cabeza.

Miro a Kentaro de forma interrogante y él asiente con un gesto afirmativo.

—Eso que te ha salido por la nariz era un *shōchū* muy caro —comenta el jefe *yakuza* después de que me siente a su lado.

—L-lo siento —digo tartamudeando, con la cara roja como un tomate.

El rinoceronte sonríe conciliador.

—¡Solo estaba bromeando! Mucha gente no se da cuenta, pero para el karaoke hace falta mucho valor. Tienes todo mi respeto.

Le miro con incredulidad… y de inmediato estallo en una carcajada. No pasa mucho tiempo antes de que toda la mesa se ría también.

Finalmente, el *oyabun* junta las manos y habla en japonés.

—¿Por qué no nos hablas un poco de ti, Malu-san?

–Pues… a ver, soy de Alemania.

–Eso es algo que ya sé. ¿Por qué estás en Tokio?

–Mi instituto tiene un programa de intercambio…

–No, no –me interrumpe–, quiero saber qué es lo que te ha inspirado para venir aquí.

–Bueno, siempre he pensado que Japón molaba mucho.

–Ah, ya veo.

Desilusionado, se vuelve hacia su bebida.

De repente, una tormenta al rojo vivo me recorre el pecho. Si hay un momento adecuado para decir la verdad, es este. Si hay un lugar adecuado para contar mi historia, es este. Estoy rodeada de personas diferentes, personas que no juzgan un libro por su portada. Puede que sea el alcohol, pero estoy harta de mis falsas excusas. No aguanto más rodeos, más medias verdades ensayadas, más evasivas constantes. ¡A la mierda! Y además, entre Hai Granto y Pompom, puede que ni siquiera se note que no soy del todo normal…

Una extraña calma fluye a través de mí.

–Kentaro, ¿podrías traducir lo que voy a decir?

El caballero Jedi asiente con ojos interrogantes.

–He venido a Tokio porque he puesto todas mis esperanzas en esta ciudad. Tenía que alejarme de casa, irme lejos y a un lugar completamente nuevo. Un lugar que me encantase, me desafiase y me ayudase a volver a ser yo misma. He venido a Tokio porque buscaba algo que ahuyentara la oscuridad y me liberara de este terrible vacío. –Pompom se sube a mi regazo y acaricio sus suaves tirabuzones–. No estaba equivocada. Japón es lo mejor que me ha pasado nunca. Dejarme llevar, reír, olvidar el dolor por un momento… Tokio me ha sabido acoger cuando no sabía adónde ir. Y la gente como vosotros es la esencia de esta extraordinaria ciudad. Gracias por acogerme con tanto cariño.

Cuando Kentaro termina de traducir, Akamura se suena la nariz con el pañuelo, emocionado.

–Pero niña, ¿qué es lo que te ha pasado?

El caballero Jedi interviene de inmediato:

–No hace falta que respondas a esa pregunta.

–Sí, estoy preparada.

–*Dojikko*…, ¿estás segura?

–Hace dos años perdí a una persona que creía que siempre estaría conmigo. Éramos un equipo; siempre juntas y siempre ahí la una para la otra. Nada podía dividirnos, nadie podía separarnos. Me protegía y, al mismo tiempo, me hacía sentir invencible. Su valor y su fuerza no tenían rival. –Tengo que contener las lágrimas por un momento–. Todo ha cambiado desde que murió. Se llama Maja y hoy habría cumplido diecisiete años. Nuestro cumpleaños. Maja es mi hermana gemela.

Respiro hondo y siento que mi pecho sube y baja con lentitud.

–Gracias por tu sinceridad. –Las palabras de Yamamoto cortan el silencio con la profundidad del mar.

–No te preocupes, cariño, ahora estás con nosotros. –La hermosa *geisha* ilumina la habitación con una sonrisa–. Nosotros cuidaremos de ti.

–Pompom, a Sombrero Rosa le tenemos mucho cariño, ¿verdad? No está sola, ¡no! Sombrero Rosa es nuestra amiga, ¡sí, sí, sí!

Hai Granto y Pompom me miran con ojos de perritos leales.

–Espero que encuentres lo que buscas en Tokio, Malusan. –El jefe *yakuza* me hace un gesto significativo con la cabeza–. Y si alguna vez necesitas ayuda con eso, ven aquí.

–*Arigatō gozaimasu* –digo emocionada.

–¡Por Maja!

Kentaro levanta el vaso y su mirada penetra profundamente en mi corazón.

–¡Por Malu y Maja! *Happy Birthday!* –exclama Chiyoko.

–Chin-Chin –dice Akamura con solemnidad…, y todos chocamos las copas con una sonrisa.

Después de que la última gota del vino de arroz haya corrido por nuestras gargantas, el jefe *yakuza* pregunta sin vacilar:

—Malu-san, ¿sabes lo que es un *onsen*?

—Sí, un baño al aire libre —respondo.

—Es un baño que se alimenta de un manantial volcánico y que tiene poderes mágicos —especifica, y se vuelve hacia Kentaro—. Kentaro-san, ¿por qué no le enseñas a Malu nuestro precioso *onsen*?

—¡Qué buena idea! —Tasuku se estira, cansado—. Me vendría bien un baño caliente.

—Tasuku, tú sentado —le dice el jefe *yakuza* en tono aleccionador—. Queremos darles un poco de intimidad a estos dos.

—Oh. —Tasuku pone una sonrisa sugerente—. Ya veo.

12

Kokuhaku

–¿Cómo de profundo es este edificio? –pregunto, dentro del monótono zumbido del ascensor.

–Profundo –responde Kentaro, sumido en sus pensamientos.

Tensa, me tiro del vestido.

–Debería habértelo dicho antes.

–Algunas cosas llevan su tiempo.

–No ha estado bien que soltara la bomba delante de tus amigos.

–Al contrario, me alegro de que te hayas sincerado.

–Entonces, ¿por qué estás tan callado?

Su mirada se clava en mí.

–Me acabo de dar cuenta de algo. Ahora sé lo que quiero. Lo he sentido desde el principio, pero ahora estoy seguro.

–No te sigo –murmuro, con el corazón latiéndome con fuerza.

–No tienes por qué –responde con una sonrisa–. Todavía no.

–De todos modos, ¿qué vamos a hacer en ese *onsen*?

El Jedi parpadea sorprendido.

–Bañarnos…, ¿qué si no?

–¿Perdona? –pregunto con voz chillona.

–Créeme, te va a encantar.

–¿Estás loco? No pienso bañarme contigo.

–Y ya vuelve a ser la de siempre…

Las puertas del ascensor se abren y un remolino de vapor fluye hacia nosotros.

–¿Hola? ¿Acaso me estás escuchando? –exclamo, un poco histérica mientras Kentaro avanza despreocupado–. ¡No pienso entrar en ese *onsen* contigo!

Él ahoga una carcajada.

—Relájate, *dojikko*. En Japón, los *onsen* cuentan con una tradición milenaria. Son lugares de espiritualidad y pureza. Si reduces todo eso a sexo, estás insultando a mi cultura.

Abro y cierro la boca, igual que un pez dorado.

—No te preocupes, no tengo intención de seducirte.

—B-bien —balbuceo—. El sentimiento es mutuo, por cierto.

Se hace el sorprendido.

—¡Y yo que pensaba que, claramente, intentabas llevarme a la cama con tu grandilocuente interludio de karaoke!

—Muy gracioso —digo refunfuñona, y le sigo hacia las grandes hileras de nubes.

Poco después, estoy sentada en un taburete, desnuda y hecha un ovillo, frotándome con jabón. Sakiko —la camarera del *izakaya*— me da la espalda y canturrea en voz baja. Tiene una toalla en la mano derecha y un albornoz en la izquierda. También ha sido ella la que me ha enseñado el vestuario y me ha explicado la logística de una visita al *onsen*. La regla más importante es que si uno quiere disfrutar del baño común en la piscina termal, antes debe lavarse a conciencia.

Utilizo un pequeño recipiente de latón para verter agua tibia sobre mi espalda. La espuma que se extiende por el suelo de mármol brilla con los colores del arco iris. Después saco la esponja y el jabón y empiezo de nuevo por la punta de los pies. Me lavo meticulosamente todo el cuerpo tres veces antes de que Sakiko cierre el grifo y me dé la toalla.

—Seca —murmuro cohibida.

Sin decir una palabra, me entrega el albornoz con la mirada baja.

—Vestida.

Ahora me mira directamente y me levanta los pulgares. El *gaijin* ha hecho algo bien, para variar…

—¿Dónde puedo conseguir un bañador? —pregunto en inglés.

La mujer niega con la cabeza y señala una puerta corredera oscura.

–*Onsen*.

Lo intento en japonés:

–Eh…, *mizugi?*

–*O-n-s-e-n* –responde con mucha claridad.

–¿B-i-k-i-n-i? –balbuceo, cada vez más desesperada.

Sus antebrazos forman una gran X (la forma más clara de decir «no» en japonés) y vuelve a repetir:

–*O-n-s-e-n*.

–Ya veo –le digo–. En el *onsen* te bañas desnudo.

Me levanta los dos pulgares, esta vez con mucho menos entusiasmo.

Mi sonrisa se desmorona.

–¿Y dónde puedo depilarme las ingles?

Sakiko hace una mueca.

–Solo era una…

Antes de que pueda terminar, huye del aseo con tanta prisa que tras de sí deja una ligera brisa fresca.

Estupendo.

Suspirando, me planto delante de la puerta corredera y rezo una última oración.

Al menos me he depilado las piernas siguiendo el consejo de Aya…

Al entrar en el *onsen*, me invade algo tan extraño que me quedo petrificada por un momento. La sala en forma de bóveda recuerda a una gruta natural, pero en lugar de estalactitas, del techo cuelgan cristales traslúcidos. Las paredes son de paneles de cromita negra brillante y me recuerdan un poco a las escamas de un dragón. Unos drones desechados con bombillas en sus brazos sirven de iluminación. En el centro del surrealista escenario de fantasía cibernética hay una piscina redonda llena hasta el borde de un agua azul celeste.

Mi instinto me dice enseguida que no se trata de agua corriente. Aunque la superficie es lisa como el cristal, siento una especie de presencia, salvaje e impredecible. Pero no es solo el agua la que parece albergar un poder misterioso, sino también el suelo bajo mis pies. Hay un movimiento extraño –una agitación profunda, una vibración constante– que se extiende lentamente por todo mi cuerpo. Cada célula del *onsen* parece estar en tensión, un estiramiento que incluso hace vibrar el aire. Tengo la certeza de que, en este lugar, en lo más profundo de las calles de neón de Tokio, hay algo vivo, algo que respira y que goza de una fuerza inimaginable.

–¿Puedes sentir el latido del corazón de Ōnamazu?

La voz de Kentaro se disuelve y vuelve a mí en forma de eco. Está de pie al otro lado de la piscina y también viste solo un albornoz.

–Sí –susurro.

–Aquí mismo, ahora mismo, cuatro placas tectónicas se rozan entre sí y ciento diez volcanes activos empujan magma ardiente contra la superficie terrestre. –Como si fuera una orden, una burbuja de aire sube a la superficie del agua haciendo que se extienda un olor a azufre–. Los *onsen* son un efecto secundario de este movimiento constante, pequeñas heridas en la corteza terrestre donde el calor y los gases se encuentran con el agua del subsuelo.

–Eso suena aterrador.

–A mí me parece bonito poder estar tan cerca de la tierra. –Kentaro sonríe–. Es como nosotros.

–¿Peligroso, caprichoso y destructivo? –pregunto, frunciendo el ceño.

–Vivo –dice–. Lleno de fuerza, belleza y con la capacidad de crear cosas increíbles.

Se me pone la piel de gallina. De pronto, siento una profunda admiración, pero me cuesta entender hacia qué.

–Esta agua es como una conexión directa con el núcleo de la tierra y, por lo tanto, con todo lo que una vez fue, con lo que es ahora y con lo que será en el futuro. Pero es mejor que lo experimentes por ti misma.

Mientras tantea en su albornoz, ahogo un grito.

El caballero Jedi me mira perplejo.

–¿Todo bien?

–Depende de lo que te propongas hacer –le digo sin aliento.

–Que no cunda el pánico, *dojikko*. –Saca una venda de tela–. Esto es una venda. la voy a poner aquí, muy despacio y con mucho cuidado. –Como si fuera un agente de policía, coloca la cinta en el suelo y luego levanta los brazos–. Puedes atártela cuando quieras: mis manos van a quedarse aquí arriba.

–¿Atármela? –pregunto, tardando en comprender.

–¿Te he entendido mal? –De nuevo, es obvio que está conteniendo la risa–. ¿Es que quieres verme desnudo?

Me arrojo frenética sobre la venda; el suelo de baldosas húmedas chapotea y rechina divertido.

Se aclara la garganta y espera.

–¿Y ahora qué? –chillo después de hacer un nudo con la cinta.

–¿Cómo sé que no estás haciendo trampa?

Soltando un gruñido, me alejo de él.

–¿Mejor?

–Mejor –responde divertido, y oigo el chapoteo al entrar en el agua–. Tu turno, *dojikko*.

Un cosquilleo me recorre de arriba abajo.

–N-no llevo nada debajo.

–Me gusta mucho oír eso.

–¡¿Perdona?!

Suspira con fuerza.

–Evidentemente, yo también me voy a poner la venda. Así que cuando termines con tus picantes fantasías de cuerpos desnudos, puedes quitártela y dármela.

Me doy una bofetada mental en la cara. ¡Vamos, Malu! No seas tan estirada. Con los dedos húmedos de una rana, me quito la cinta y me doy la vuelta para mirarle.

De repente, el mundo se aleja. Mi conciencia, mis sensaciones, mis sentidos, todo confluye y se concentra en él.

Flota en el centro de la piscina y parece tan irreal como el paisaje que lo rodea: mitad príncipe elfo, mitad criatura de las profundidades; embriagadoramente bello y amenazadoramente atractivo. El brillo azul del agua cubre su piel y le confiere un resplandor casi etéreo. Cuando está mojado, su pelo es aún más negro y sus ojos destacan como escudos dorados. Pero lo que más me fascina son sus tatuajes: criaturas fantásticas que cobran vida sobre sus músculos. Símbolos misteriosos que recuerdan a antiguos jeroglíficos. Una luna creciente que se eleva sobre su corazón. Está lleno de historias y quiero conocerlas todas.

–¡Eh, los ojos arriba!

Despierto de mi trance y un rubor se dispara enseguida por mi cara.

–¡Ahí estás! –digo con voz ronca–. No te había visto entre tanta… agua.

Se apoya en el borde de la piscina y me examina.

–Claro, eso explica por qué has tenido que mirar tan de cerca.

Cruzo los brazos delante del pecho.

–¿Hemos venido aquí a hablar o a bañarnos?

–*Dojikko*, tú sí que eres un caso aparte –comenta, sacudiendo la cabeza–. Muy bien, dame la venda.

–Ya lo sé…, ¡a ello voy ahora mismo! –digo refunfuñona, y me dirijo hacia él.

–Interesante, así que vamos a seguir fingiendo que aquí el problema soy yo.

–¿Perdona?

–Nada –responde con inocencia, y cierra los ojos.

Lenguas sibilantes de niebla juegan a mi alrededor mientras le ato la venda de tela. Empiezan a pitarme los oídos y dentro de mí se agita algo parecido a la sed, pero más fuerte y urgente. Me encantaría hundirme en él, recorrer sus pensamientos y descubrir quién es en lo más profundo de su ser.

Me levanto y cuento hasta tres en mi cabeza: uno, dos, dos y medio, dos y tres cuartos; luego abro el albornoz y dejo que caiga al suelo.

–*Dojikko*, ¿dónde estás?

—Me estaba…, eh…, desvistiendo.

—Ah, claro. —Se rasca la nuca, avergonzado—. ¡Pues entra ya! Pero que no se te ocurra saltar al agua, hace un calor abrasador, cuarenta y dos grados, no es nada agradable para la circulación…

Los acontecimientos se suceden a toda velocidad: mientras Kentaro sigue lanzando la advertencia, yo ya estoy en plena caída libre y, cuando mis piernas se sumergen en el agua volcánica, una onda expansiva de superlativos me golpea de lleno.

—¡Quema! ¡Quema! ¡Quema! —aúllo con agonía—. ¡Mi culo! ¡Mi pobre culo!

—Tu culo ni siquiera está tocando el agua.

Abro los ojos e intento recapitular lo que acaba de pasar. Entonces me doy cuenta de que me agarran por la cintura. Miro hacia abajo: brazos tatuados, bíceps palpitantes, hombros húmedos y brillantes… ¡Kentaro me sostiene por encima del agua!

—¡M-me has salvado!

—Dime algo que no sepa —dice entre dientes—. Ahora te voy a bajar, ¿vale?

—De acuerdo —digo con voz aguda; justo en ese momento, recuerdo que los dos estamos desnudos y me invade una vergüenza abrasadora.

—Deja de retorcerte, *dojikko* —dice gimiendo el Jedi—. ¡Pesas más que Godzilla después de una comida de cinco platos!

Me gustaría quejarme, pero el agua del manantial envuelve mi cuerpo con tanta suavidad que mi resentimiento se desvanece de forma literal. El calor del *onsen* es como un abrazo de lo más íntimo: puro, mágico e increíblemente energizante. Mis preocupaciones se evaporan y la sensación de una seguridad que todo lo abarca se acumula a mi alrededor como un escudo protector.

—Me siento ligera como una pluma —digo casi como un ronroneo, llena de bienestar.

—No te dejes confundir, *dojikko* —murmura Kentaro con

175

sarcasmo, y me suelta con cuidado–. Muévete lo menos posible para no esforzarte demasiado. Y no olvides que tienes que enfriarte con regularidad. Lo mejor es mantener la parte superior del cuerpo por encima del agua, al menos, eso es lo que hago yo.

–¿Cómo has podido atraparme con los ojos vendados? –pregunto con una pizca de suspicacia.

–Yo diría que ha sido mi sexto sentido, pero a estas alturas tengo tanta práctica salvándote de dramáticas colisiones contra la superficie que supongo que es la experiencia. –Su tono se vuelve serio–. Te prometo que no veo nada.

–Bien, confío en ti –digo, y me pongo frente a él.

–Pero he podido sentir algunas cosas –añade con una sonrisa.

–¡Oye!

–¿Cuál es el problema, *dojikko*? De todos los cuerpos que casi me ahogan, el tuyo es, con diferencia, el más bonito. No tienes nada que ocultar. –Se echa hacia atrás, relajado–. Quiero decir, aparte de tus habilidades como cantante.

–Creía que cantaba como un ángel.

–Para mí, sí, pero no para el resto de la humanidad.

Me alegro de que tenga los ojos vendados, porque estoy segura de que mi sonrisa es supercursi y ultraestúpida.

Me siento profundamente arraigada al agua, a la tierra, a Tokio y a Kentaro. El caballero Jedi parece haber caído en un estado meditativo; su respiración es tranquila y uniforme.

Es increíble pensar que hace solo unas semanas estaba haciendo la maleta con total ingenuidad. Ahora estoy sentada en un *jacuzzi* subterráneo de lujo con un semidiós japonés y los dos estamos desnudos.

Sus tatuajes vuelven a llamar mi atención: creo reconocer a Tanuki, Yuki-onna y Kitsune en su pecho. Ya reconozco el inusual tatuaje de Ōnamazu. Ahora mismo, solo se ve la cabeza del siluro gigante; el cuerpo y las aletas se ocultan bajo el agua.

–*Dojikko*, ¿qué estás tramando? Estás sospechosamente callada.

–S-solo me preguntaba qué significaban tus tatuajes.

–Ah, así que esa sensación de láser en mi piel era tu mirada.

–Quizá sea mejor que estemos en silencio.

–No, no –dice en tono conciliador–. Pregunta si quieres saber algo sobre mis tatuajes.

–¿Acaso tienes permiso para estar aquí? Creía que en los baños públicos no estaban permitidos los tatuajes.

–Este *onsen* no es público. Es de Yamamoto –explica Kentaro–. Pero, en general, el vínculo entre tatuajes y delincuencia se está empezando a romper en Japón. Hace tiempo que los tatuajes se han convertido en una moda, sobre todo en las grandes ciudades.

La siguiente pregunta me brota de inmediato:

–¿Quién ha diseñado tus tatuajes?

–Los dibujos son míos, pero ha sido Tasuku quien me los ha tatuado.

–¿Tasuku?

–Sí –responde–. Tiene un pequeño estudio en el distrito de Shimokitazawa. Tasuku es una de las pocas personas que dominan el *tebori*, el método tradicional del tatuaje. *Tebori* significa algo así como…

–Puro trabajo manual –interrumpo–. No se utiliza ninguna máquina de tatuar, sino un palo de bambú con agujas de diferentes grosores sujetas al extremo. La tinta se introduce a mano en la piel.

El Jedi silba entre dientes.

–*Dojikko*, estoy muy impresionado.

Sonrío con orgullo y voy más allá.

–El arte del tatuaje japonés se llama *irezumi*.

–Vaya. Si no me hubieras impuesto un hechizo, no podría contenerme. –Se lleva la mano al pecho y suspira extasiado. Luego su tono se vuelve descarado–. ¿Desde cuándo eres experta en tatuajes?

«Desde que no puedo sacarte de mi cabeza y quiero saberlo todo sobre ti».

—Ah, lo he aprendido en algún sitio —respondo evasiva.

—¿Tú también tienes alguno?

—No, pero hace tiempo que tengo ganas de hacerme uno.

—Conozco esa sensación. —Esboza una sonrisa enigmática—. De cuando deseas algo con tantas fuerzas que no puedes pensar en otra cosa.

Arrugo la frente.

—Seguimos hablando de tatuajes, ¿no?

—Claro que sí. ¿Qué tenías pensado hacerte?

Es hora de cambiar las tornas.

—Si te soy sincera, he conocido a alguien.

Él endereza la espalda.

—¿Ah, sí?

—Es supersexi, sobre todo cuando no lleva nada puesto. Quiero tatuarme su cara, a lo mejor en el escote o, siguiendo un estilo más tradicional, directamente en el culo…

Me interrumpe, estupefacto.

—¿Le has visto desnudo?

—Oh, sí, casi siempre le veo desnudo. Compartimos cama. Al principio estaba un poco en contra, pero él es muy…, cómo decirlo…, persistente. Quiero decir, una noche simplemente se tumbó encima de mí. Y ahora no puedo dormir sin él…

Kentaro se pone pálido.

Pierdo los nervios y me río a carcajadas.

—Estoy hablando de Bratto Pitto, ¡el gato de los Nakano!

—Ah, ya veo —me dice con tono de reproche, y se zambulle un poco más en la piscina.

—¿Es posible que te hayas puesto celoso?

—Tonterías. —La comisura de sus labios se tuerce hacia arriba—. ¿Así que quieres tatuarte un gato?

—Sí, tal vez —respondo, abanicándome con la mano. Desde hace cinco minutos, el agua del *onsen* está mucho más caliente—. Veo que tú también tienes uno.

—Este es Maneki-neko, un gato de la suerte.

Kentaro se da golpecitos en la clavícula derecha.

—¿Y el de abajo? —pregunto.

—¿Cuál?

—Eh…, el que está más a la izquierda.

—No sé de cuál estás hablando. Tengo los ojos vendados, ¿recuerdas?

Me aclaro la garganta, tímida.

—No sé describirlo de otra manera.

—¿Qué tal si vienes hacia mí y me lo señalas?

«Ahora no digas nada, Malu. Deja que ocurra. Solo deja que ocurra».

Hay momentos que son eternos. Existen más allá del tiempo y del espacio, y no desaparecen nunca. Este momento es uno de ellos: cautivador e infinito. Sé desde el fondo de mi corazón que, cuando abandone este *onsen*, nada volverá a ser como antes. Mi vida será diferente.

Lentamente, mis dedos acarician la piel de Kentaro mientras su voz se cuela en mi conciencia como una fórmula mágica. Deambulo de un motivo a otro; me cuenta historias sobre mundos olvidados y criaturas mágicas. Memorizo cada centímetro de su cuerpo. Sus hombros: un susurro borroso de secretos escritos. Su pecho: territorio de los *yōkai*. Su corazón: una salida de la luna en medio del batir de los cerezos en flor. Su abdomen: una aglomeración de ojos y sombras peligrosas. Y entre medias: una piel cálida y unos músculos palpitantes.

No quiero dejar de tocar así a Kentaro nunca.

Todavía lleva la venda en los ojos y, quizá por eso, me atrevo a acercarme tanto a él. Mis pensamientos se detienen. No soy más que una presencia y el murmullo de una sensación.

—¿Qué significa este? —susurro.

—Tengu, rey de los *yōkai*. —Se ríe con suavidad—. ¿No habíamos hablado ya de él?

Paso los dedos con ternura por su pecho, siento los latidos de su corazón bajo las yemas de mis dedos.

–¿Y este de aquí?

–Bueno, este sigue siendo Nure-onna, la mujer dragón. –Una sonrisa traviesa se dibuja en su rostro–. Estás siendo muy minuciosa, *dojikko*.

Tiene razón, me estoy quedando sin símbolos. Pero no me importa.

No quiero que este momento termine nunca.

Mis manos vuelven a deslizarse por su pecho y esta vez le recorre un estremecimiento. Sus brazos se elevan de golpe –por un momento creo que está a punto de acercarme y besarme apasionadamente–, pero entonces suelta un suspiro audible y su postura vuelve a relajarse.

No quiero que se contenga.

Le miro llena de deseo. La atracción que ejerce sobre mí es monstruosa. Este rostro, este cuerpo, esta osadía salvaje que le rodea como un aura en llamas. Y además se muerde el labio de una forma tan seductora…

–¿Y cuál es el significado de este tatuaje? –le pregunto, mirándole a la boca como hipnotizada.

–*Dojikko*.

–¿Sí? –digo lánguidamente.

–*Dojikko*.

–¿Sí?

–Eso es mi pezón.

Un tiranosaurio rex me arranca la cabeza. Al menos, eso es lo que siento cuando miro hacia abajo y veo que mi dedo aprieta su pezón como si fuera un timbre.

El caballero Jedi se aclara la garganta.

–Sigo teniendo algunos tatuajes en la espalda. Ahora podría darme la vuelta y hacer como si nada de esto hubiera pasado.

–¡Sí, por favor! –digo con voz ronca, y retiro la mano en un santiamén–. ¡Date la vuelta! ¡Ahora!

Su movimiento levanta pequeñas olas.

–*Dojikko*…

«¡No! ¡No conozco ese nombre! ¡¡¡Me estás confundiendo con otra persona!!!»

–¿Por qué no sigues con ello? –Se ríe divertido–. De todos modos, que sepas que la línea del agua es el límite y más allá de ella no puedo garantizarte nada.

«Idiota», pienso con una sonrisa. Al mismo tiempo, veo el gran rectángulo negro debajo de sus omóplatos y suelto un grito ahogado.

Kentaro se da cuenta de mi confusión.

–Ese es Nurikabe, el muro.

–¿Te has tatuado un muro en la espalda? –suelto con incredulidad.

–Es un muro especial. Nurikabe es un *yōkai* que adopta la forma de un obstáculo insalvable. Las personas que son víctimas de su poder son incapaces de seguir avanzando. Se mueven a la derecha, se mueven a la izquierda, pero, cuanto más intentan sortear a Nurikabe, más alto y ancho crece el muro demoníaco.

Me recorre un escalofrío. Pienso en la impotencia que sentí tras la muerte de Maja, en los vanos intentos de domar el dolor paralizante que todo lo abarcaba. Me sentía como un coche de juguete que choca una y otra vez contra el mismo muro. Hasta hoy, siempre había creído que nadie iba a entender nunca cómo me sentía. Pero ahora que me encuentro con Kentaro en la cuna del mundo, me doy cuenta de que él también tiene demonios que conquistar.

–No te preocupes, *dojikko*, a Nurikabe se le puede hacer frente.

–¿Cómo?

–Haciéndole cosquillas. El gran y poderoso muro desaparece cuando lo haces reír.

–¿Así de fácil?

–Sí –responde Kentaro–. Son nuestros pensamientos los que nos hacen creer que debemos vivir para siempre con el dolor. En algún momento, nos acostumbramos a la carga de nuestros sentimientos y olvidamos que tenemos la posibilidad de curarnos. Pero Nurikabe no forma parte de nosotros. El muro negro es una condición y las condiciones siempre se pueden superar.

–¿Así que la risa es el arma mágica secreta?

Kentaro asiente.

–La risa y el amor.

Que haya conocido a Kentaro no puede ser una coincidencia. Que nos hayamos encontrado al otro lado del mundo, en una ciudad de treinta y ocho millones de habitantes. Pasar tiempo con él es como llegar a casa después de un largo viaje. Tengo la sensación de que él es la respuesta a todas mis preguntas; mi arma mágica contra los peligros de los *yōkai* de la noche.

–¿Sabes qué más es Nurikabe?

–¿Hum?

–Un auténtico cortarrollos –murmura el Jedi–. Nuestra conversación me parecía mucho más estimulante cuando podía «sentirte».

Cómo me gustaría decirle lo mucho que significa para mí. Gritarle que estoy locamente enamorada de él. En vez de eso, acurruco mi cara contra su espalda y sonrío feliz.

–No estás lo suficientemente cerca –susurra, y guía mis brazos con suavidad alrededor de su pecho–. Así mejor.

Poco a poco, muy poco a poco, nos acercamos el uno al otro, guiados por los poderes mágicos del *onsen*. El espacio entre nosotros se cierra. Donde está mi piel, ahora está la suya. Un calor indescriptible me inunda y hace crepitar la sangre en mis venas. Siento un deseo tan intenso que se me escapa un suspiro. Su olor, su fuerza, la oscuridad salpicada de estrellas inherente a su ser… Quiero más de todo esto; mucho, mucho, mucho más.

–*Dojikko* –dice de repente como si le faltara el aire, después de que llevemos varios minutos entrelazados en este abrazo.

—¿Sí? —susurro.

—Suéltame.

Parpadeo, sorprendida.

—¿Por qué?

—¡Por favor!

Trata de apartarse de mí con torpeza.

—Pero pensaba que te gus...

—¡Rápido! —me insta con voz ronca.

Trago saliva y le suelto.

—Bien. —Hace gestos con los brazos—. Ahora, nada lejos de mí. Muy lejos.

De repente, estoy completamente confundida.

—¿Qué está pasando?

—Nos vemos en el ascensor en diez minutos.

—V-vale.

Sigue dándome la espalda y me quedo mirándole, estupefacta.

—¡Tú primero! —exclama solícito.

—Dime, ¿te he hecho algo?

—Sí, *dojikko* —grita frustrado—, ¡sí que me has HECHO algo!

Sacudo la cabeza sin comprender.

—¡Venga, vete! Necesito un momento para... calmarme.

Por fin caigo en la cuenta de lo que está ocurriendo. Y caigo dándome muy duro.

—Oh. —Noto que me voy poniendo roja—. Y-ya entiendo.

—¡Enhorabuena! —exclama—. Y ahora hazme el favor y...

—¡Me voy, me voy! Ya puedes... eh... calmarte en paz.

—¡¡¡Dojikko!!!

Al salir tambaleándome del vestuario, Kentaro ya me está esperando en la puerta del ascensor. Lleva el *yukata* verde esmeralda atado y el pelo mojado bien peinado hacia atrás. Aunque se da cuenta de mi presencia, no levanta la vista, sino que fija su mirada en un punto indeterminado del suelo. Parece nervioso y sus mejillas sonrojadas revelan lo avergonzado que está.

Doy un pequeño saltito y me dirijo hacia él con expresión alegre.

–¡Mira lo que me han dado! –Sonriendo, le enseño las pegatinas del PACHINKO LOVE del tamaño de mi mano–. Estaban encima de mi ropa. ¿A lo mejor son un pequeño recuerdo de Yamamoto?

–Puede ser.

–¿A ti también te han dado unas?

–Sí.

Se aparta de mí y pulsa el botón para llamar al ascensor: una, dos, tres veces.

–Así no vas a hacer que el ascensor baje más rápido –murmuro, y guardo las pegatinas del PACHINKO LOVE en el bolso.

–Vale la pena intentarlo –dice quejándose, y vuelve a pulsar el botón.

Al cabo de media eternidad, se oye una campanilla y la puerta del ascensor se abre, chirriando ruidosamente y mucho más despacio de lo habitual. Él entra primero y yo le sigo, contrariada.

La monotonía del zumbido acentúa el silencio de la pequeña caja de metal. Subimos con lentitud, casi como si el mecanismo se divirtiera atormentándonos. Me aclaro la garganta y echo un vistazo rápido a Kentaro, que mira al vacío sin pestañear.

Vale, Malu, deja que fluya la creatividad. Charlar: lo has visto miles de veces. Puedes hacerlo. ¡Puedes hacerlo!

–Las cucarachas sí pueden volar.

Él exhala un suspiro de sorpresa.

–¿Q-qué?

–Hoy en el instituto has dicho que las cucarachas no vuelan, pero eso no es verdad. Tienen alas y pueden usarlas en caso de emergencia. No muy bien, pero pueden.

–Por favor, para.

Trago saliva.

–¿Por qué? ¿Ahora también te ponen las cucarachas?

Me mira sorprendido.

–No.

–Entonces, ¿por qué te portas de un modo tan extraño?

No responde.

–No tienes por qué avergonzarte de lo que acaba de pasar. Para ser sincera, yo me sentía igual. Q-quiero decir, si yo fuera un chico, habrías notado algo. O sea, me refiero a que…

–Sé a lo que te refieres, *dojikko* –me interrumpe–. Estoy familiarizado con el principio.

–Guay –digo, desilusionada–. Créeme que me estoy esforzando por…

–Yo también.

–¿Ah, sí? –Aprieto los labios–. ¿Y por qué te estás esforzando exactamente?

–Por no besarte ahora mismo.

Me da un vuelco el corazón.

–No te lo voy a impedir.

Niega con la cabeza.

Agito una varita imaginaria y exclamo con voz ronca:

–¡Te libero de este estúpido hechizo!

–*Dojikko*, no.

Se me hace un nudo en la garganta.

–¿P-por qué no me quieres besar?

De repente, todo sucede muy deprisa: el ascensor se detiene y, mientras la puerta se abre, Kentaro me coge de la mano y responde con firmeza:

–Porque algunas cosas hay que hacerlas bien.

El aire floral de la noche nos envuelve. Estamos en una azotea a unos trescientos metros sobre la ciudad. Bajo nosotros se desvanece la majestuosa infinidad de Tokio, sobre nosotros, las estrellas centellean como cuchillas. Estoy tan abrumada que apenas me doy cuenta de que Kentaro me conduce a un mirador de cristal.

Desde aquí se ven la Torre de Tokio y el Skytree; sus poderosos andamios de acero parpadean como hologramas de un futuro lejano. Entre el resplandor de los colosos flota una luna creciente, grácil y auspiciosa.

–Lugares como este hacen que seas consciente de los millones de destinos que hay ahí fuera.

La belleza sobrenatural del mar de luz me adormece y tardo un momento en asimilar las palabras de Kentaro.

–A menudo me he quedado aquí y me he imaginado que era otra persona. He deseado tener una familia de verdad. Si alguien me hubiera ofrecido cambiar su destino por el mío, habría aceptado de inmediato. –Me mira profundamente a los ojos–. Pero cuando te vi por primera vez, supe que mi destino era conocerte. Las probabilidades de que dos extraños se encuentren en una metrópoli de tantos millones de habitantes son muy escasas. El hecho de que tuvieras que cruzar océanos y continentes para ponerte siquiera a mi alcance hace que la probabilidad más improbable sea aún más impensable. Y, aun así, nos hemos encontrado. Desde que te conozco he hecho las paces con mi destino, porque si fuera otra persona, si mi vida hubiera sucedido de otro modo, ahora no podría estar a tu lado y sentir todo esto por ti. –Kentaro se acerca unos pasos–. Estoy enamorado de ti, *dojikko*. Quiero estar contigo porque cualquier otra cosa no estaría bien. Quiero estar ahí para ti, protegerte de todas las adversidades y miserias de este mundo. Quiero asegurarme de que nunca vuelvas a sentirte sola. Quería decírtelo antes de besarte. Este es mi *kokuhaku*, mi confesión de amor hacia ti. –Hace una profunda reverencia–. Me gustaría ser tu otra mitad… si tú quieres.

Los latidos de mi corazón alcanzan una velocidad supersónica y, al igual que cuando nos conocimos, estoy tan perpleja que solo consigo emitir un gruñido parecido al de un cerdo.

–¿Eso es un sí? –pregunta con una sonrisa.

–Sí –digo de golpe.

Se abalanza sobre mí y esta vez no se detiene. Me acerca a él, pone su mano bajo mi barbilla…

Y entonces me besa.

13

Usero

Su beso es sensual. Indescriptiblemente sensual. La forma en que toma mi cara entre sus manos, me abraza con fuerza y continúa besándome. El sabor de sus labios embriaga mis sentidos. Sus besos se vuelven más ardientes, más apasionados y me catapultan a alturas increíbles. Hace una pausa y respira acalorado en mi boca. Mil escalofríos recorren mi piel, su devoción es increíblemente electrizante. Me mira a los ojos y susurra:

—Miau.

—¿Qué? —murmuro con la boca pastosa, y me pongo de lado.

Ahí está otra vez: el Kentaro de anoche con sus besos irresistibles. Con ternura, me susurra al oído:

—Miau.

Abro los ojos de golpe. El hocico de Bratto Pitto toca la punta de mi nariz y, con una intensidad que hiela la sangre, berrea:

—¡Miiiaaaauuu!

Durante un momento me quedo completamente aturdida por su mal aliento…, pero luego me incorporo y empiezo a dar gritos de alegría. El gato me mira con sus enormes ojos alienígenas y gruñe desconcertado.

—Buenos días, mi queridísimo Brad Pitt. ¡Ven aquí, precioso, esbelto y fragante monstruito! —Lo cojo en brazos y le beso la barriguita rosada—. ¡Hoy es un día maravilloso! No, ¡hoy es el mejor día de todos los tiempos!

Después de abrazar de arriba abajo al gato protestón, rebusco mi móvil entre la pila de ropa.

«1 mensaje nuevo de Kai».

¡Creo que podría explotar de felicidad!

> Mira en tu bolso, dojikko 💜 Dr. K

A gatas, me arrastro hasta mi bolso chillando como una cobaya extasiada. Entre el espejo de bolsillo de Maja y las pegatinas del PACHINKO LOVE, encuentro un sobre de papel ocre.

«Un regalo de no cumpleaños», revela la elegante letra de Kentaro.

¡Podría gritar de felicidad! ¡Y llorar! ¡Y bailar! Nada, absolutamente nada es comparable a esta sensación. Todo mi cuerpo es una felicidad desbordante, pura y al cien por cien. Kentaro es mi novio. Mi novio de verdad. Estoy con el mejor chico del mundo. Somos pareja, ¡¡¡de verdad!!! Decido no abrir el sobre de inmediato, sino después de haber hablado con Aya. Me lo tomo como si fuera una recompensa. A lo mejor hasta lo abrimos juntas. Si se lo explico todo con calma, espero que mi hermana de acogida se alegre por mí.

Después de cantar una ronda de *Fly Me to the Moon* con el cepillo a modo de micrófono, marco el número de mis padres.

–¿H-hola? –masculla mi padre en el auricular.

–¡Hola! –digo con voz aflautada (es un milagro que mi voz no haga añicos el cristal de la ventana).

–Malu, son las tantas de la noche. –Le oigo reprimir un bostezo–. ¿Te encuentras bien?

–¡Oh, lo siento! Se me había olvidado que para vosotros todavía es muy temprano.

Se oye un crujido… e inmediatamente suena la voz somnolienta de mi madre:

–Malu, ¿ha pasado algo?

–No, no te preocupes –respondo enseguida–. Es que os echo de menos.

–Nosotros también te echamos de menos, cariño.

–Bueno, en realidad, quería deciros algo.

–Espera un momento… –El pitido de los botones llega a mis

oídos. Papá encuentra por fin la función del altavoz y anuncia con orgullo–: Ahora podemos oírte los dos.

–Haruto ha reparado el espejo de bolsillo de Maja con pegamento dorado. A esta técnica se le llama *kintsugi*. Ahora está como nuevo.

–N-nos alegramos mucho de oír eso.

–Lo que quiero decir con esto –respiro hondo– es que deberíamos intentar ser felices de nuevo. Eso es lo que Maja querría.

–Nada nos haría más felices que verte feliz de nuevo, Malu –dice mi madre en un susurro, conmovida.

–Estoy muy contenta de tener unos padres como vosotros. Ahora me doy cuenta de que no es algo que haya que dar por sentado.

–No conocía esta faceta tuya tan sentimental –comenta papá, que de repente parece desconfiado–. ¿De verdad que te encuentras bien?

–Me encuentro estupendamente. –Sonrío–. A lo mejor podríais venir pronto a visitarme a Tokio. Me gustaría presentaros a alguien.

Silencio. O mejor dicho: un intenso cálculo de ordenadores de alto rendimiento.

–¡Eso sería maravilloso! –exclama mamá, encantada.

–¿Qué? –farfulla mi padre–. No entiendo. ¿A quién quiere que conozcamos? ¿A un chico, tú crees? ¿Puede alguna explicarme qué está pasando aquí? Malu, ¿tienes novio?

–¡Cálmate! –dice mamá, riéndose (es la primera vez que la oigo reír desde hace mucho tiempo)–. Lo más seguro es que esté hablando otra vez del gato, ya sabes, ese gato que está desnudo.

–¡¿George Clooney?!

–Exacto.

Suelto una risita en voz baja antes de revelar en tono conspiratorio.

–Papá, el chico de los tatuajes del que debería mantenerme alejada en realidad está bien. Creo que te gustaría.

–¿El tipo tiene tatuajes? Lo que faltaba. ¡Yo no quiero ningún yerno con tatuajes! Marie-Luise, ahora mismo reservas un billete de avión directo a Alemania…

–¡Ay, alégrate de que tu hija por fin se divierta un poco! –le interrumpe mamá, y desconecta el altavoz–. No te preocupes, yo me ocupo de su crisis.

–Gracias, mamá.

–Te llamo mañana y me lo cuentas todo, ¿de acuerdo?

Me invade un calor de lo más agradable.

–Sí, estaría bien.

–Nos volvemos a la cama. –Suspira, contenta–. Y por cierto, Malu: tú me haces feliz.

Me quedo durante un buen rato sentada en mi futón y sonriendo como una idiota. Finalmente, saco la capa de Kentaro de la silla y respiro su inconfundible aroma: madera de cedro, hojas cálidas y un toque de limón. Guau, nadie huele mejor que Kentaro. Nadie besa mejor que Kentaro. Cielos, ¡ya le echo de menos como una loca!

–Estoy enamorada, Bratto Pitto –digo, suspirando con deseo–. ¡Tan, tan, tan enamorada!

El gato me lanza una mirada de enfado extremo, justo antes de pavonearse en el centro de la habitación y vomitar una bola de pelo llena de flemas y restos de comida.

Cuando salgo al pasillo (ya es mediodía), Haruto y Otōsan se están poniendo los zapatos.

–¡*Konnichiwa*, Malu-chan! –exclama el pequeño, de buen humor–. ¿Pasaste una buena tarde de cumpleaños?

Asiento con timidez y me dirijo a Otōsan.

–Siento de nuevo no haber llegado a tiempo ayer. Gracias por haberme abierto la puerta tan tarde.

–*Daijōbu*, no hay problema, Malu-chan –responde Otōsan con una sonrisa amable.

–¿Adónde vais? –pregunto.

—Mi clase está preparando una obra para el festival de otoño. A partir de ahora ensayamos todos los sábados. —Haru muestra con entusiasmo el signo de la paz—. Voy a hacer de zanahoria.

—Guay. —Me río—. ¿Aya sigue en su habitación?

—Sí. Creo que se ha puesto mala.

—Vaya. ¿Qué le pasa?

—No tengo ni idea. Me ha pegado un berrido y me ha echado de su habitación.

Qué raro. Pero al menos eso explica por qué anoche no me esperó despierta.

—Tenemos que irnos. —Otōsan abre la puerta y hace una reverencia—. Nos vemos a la hora de cenar, Malu-chan.

—¡Apuesto a que vas a ser una zanahoria estupenda, Haru! ¡Pásalo bien! —le grito, despidiéndome con la mano.

Haruto corre por el pasillo y me da un fuerte abrazo.

—Nos vemos esta noche, Onee-chan. Te quiero.

Con cuidado, llamo a la puerta de Aya.

—¿Estás despierta?

—Sí.

Pongo la oreja, esperando.

—Eh…, ¿p-puedo entrar?

—Por mí, bien.

Al entrar en la habitación, Aya está de pie junto a la ventana, dándome la espalda.

—Oye —empiezo titubeando—, Haru me ha dicho que no te encontrabas bien.

—Me encuentro perfectamente. ¿Tuviste una buena cita?

A pesar de mis esfuerzos, mi voz es al menos dos octavas más aguda de lo habitual.

—Estuvo bien. Nada del otro mundo. Normal, diría yo. —Me aclaro la garganta—. Eh…, antes de entrar en más detalles, hay algo que tengo que decirte…

—¿Os habéis besado? —me interrumpe.

Una vez más, esa loca sensación de euforia me recorre por dentro. «*Keep calm*, Malu».

–Bueno, yo no lo llamaría un beso, más bien un pico o, como mucho, un morreo. Pero eso no importa, porque de verdad que hay algo que…

Me vuelve a interrumpir.

–A todo esto, ¿cómo se apellida?

–¿Quién?

–Kai –aclara con brusquedad.

De pronto, me siento completamente desprevenida.

–B-bauer.

–Kai Bauer. Ajá.

«*Shit, shit, shit*; ¡aquí hay algo que no encaja!»

–Kentaro ha cancelado nuestra cita esta mañana.

Mi pulso se acelera.

–Lo… lo siento mucho. Seguro que hay alguna explicación.

¡Maldita sea, lo estoy haciendo otra vez!

–Tienes razón, la hay.

–Espera… –balbuceo, casi sin voz.

En ese momento, mi hermana de acogida se vuelve hacia mí y siento como si me atropellara una apisonadora.

–Momo quedó ayer por la tarde con unos amigos en la puerta del Uniqlo.

–Oh, Dios.

–Eso es lo que pensé cuando me habló de sus increíbles observaciones: «Malu e Ikemen se abrazan apasionadamente», «Malu e Ikemen hablan de ir a un Love Hotel», «Malu e Ikemen desaparecen juntos en dirección a Kabukichō».

–Aya…

–He estado revisando tu expediente. Aparte de ti, otros dos estudiantes han sido seleccionados para el año en el extranjero en Japón: Leo Schmitt, que está en Osaka, y Benita Koller, que vive con su familia de acogida en algún lugar de Hokkaido. No se menciona a ningún Kai Bauer por ninguna parte.

Empiezo a sudar por todas partes.

–Por favor, déjame que te lo explique…

–¡No! ¡Estoy harta de tus mentiras! –me grita, dando un pisotón–. Esa capa negra que trajiste a casa el otro día lleva las iniciales K. K. Dime, ¿son las iniciales de Kai Bauer o de Kentaro Kawakami?

Me derrumbo por dentro y digo con un gemido:

–Lo siento muchísimo.

–Entonces es verdad. –Su tono se vuelve tan oscuro que se me erizan los pelos de la nuca–. ¿Cómo has podido traicionarme así? ¡Creía que éramos hermanas!

–Cuando sepas mi versión de la historia, entonces…

–¡Debería haberle hecho caso a Momo! ¡Enseguida me dijo que no se podía confiar en los *gaijins*! –dice gritando–. Tú y Kentaro…, ¡ja! ¿Tienes la menor idea de qué clase de familia viene? Su padre nunca te va a tolerar, y mucho menos aceptar.

Lucho por contener las lágrimas.

–Disfruta del tiempo que puedas siendo su pequeño y exótico juguetito. Pronto se dará cuenta de quién eres en realidad. –Me mira con sorna–. Y entonces te quedarás sola, *dojikko*.

–Es injusto que ni siquiera me des la oportunidad de explicarte las cosas –digo entre dientes.

–¿Injusto? –Una ira feroz ilumina sus ojos–. Si hay algo injusto es el hecho de que hayas fingido ser mi amiga. De verdad creía que podía confiar en ti, ¡pero te has estado aprovechando de mí todo este tiempo! Y encima de eso, ¡me has robado a Ikemen, el chico al que quiero! –Aprieta las manos en un puño–. ¡No quiero saber nada más de ti! ¡Ahora lárgate de aquí antes de que les diga a mis padres que Kaitarina no ha existido nunca! *Usero!*

El *shock* es tan profundo que me quedo mirando la pared durante varios segundos. Ya está. Se acabó. Fin del trayecto.

Entonces, por fin llega la ola.

Con pasos descoordinados, salgo de la habitación de Aya y avanzo a trompicones por el pasillo. Desde algún lugar, Okāsan me desea un buen día. La ola se hace más alta, más rápida, empieza a desatar todo su poder destructivo. Doy un portazo y me arrastro hasta mi futón. Invisible; me gustaría ser invisible. La ola rompe... y lloro con tanta fuerza como no he llorado desde que murió Maja.

Bratto Pitto es quien me devuelve al mundo unas horas más tarde. Se acurruca a mi lado y ronronea como el motor de un viejo barco. Me tumbo en medio de un torrente de mocos y lágrimas y gimo en voz baja. Debo de haberme dormido de puro agotamiento porque tengo los ojos pegajosos y estoy completamente deshidratada. Me duele todo.

Tengo la nariz hinchada y el diafragma me arde como después de una maratón. Al incorporarme, por un momento me encuentro muy mal. Si me metiera algo en el estómago, lo vomitaría en el acto.

Bratto Pitto se frota en mi tripa y me mira, parpadeando con ternura. Su comportamiento me deja perpleja.

—¿P-por qué estás tan mimoso de repente?

No me regaña, no me reprocha nada, ni siquiera me lanza una mirada asesina, sino que se tumba en mi regazo y olfatea de forma audible.

Esbozo una débil sonrisa y le rasco entre las orejas.

—No te preocupes, de alguna manera, todo va a salir bien.

Después de lavarme la cara y los dientes en el baño, entro de puntillas en la cocina. El salón contiguo está vacío, pero de la taza de té de Okāsan sale un poco de vapor. Lo más probable es que haya ido a la tienda de conveniencia a comprarse un bollo.

«¿Qué estará haciendo Aya?»

Pongo la oreja y escucho con atención: música desgarradora y conversaciones melodramáticas, lo que significa que está viendo un drama coreano.

Me rugen las tripas. Abro la nevera en silencio y descubro un bol de fideos *yakisoba* recién hechos. Mi nombre está escrito en una nota amarilla. Como no quiero llamar la atención, abandono la idea de calentar los fideos en el microondas. Cojo rápidamente una lata de agua Aloe Vera y vuelvo corriendo a mi habitación.

Estoy a punto de acabarme los últimos trozos de pasta del bol cuando me doy cuenta de que Bratto Pitto todavía no ha hecho ningún ruido. Lo normal es que baste el susurro lejano de una bolsa de patatas fritas para que el insaciable gato se convierta en la sirena de un camión de bomberos. Ahora, sin embargo, tiene la mirada fija en la luz del techo y sus orejas giran como radiotelescopios, en busca de algo.

–¿Acaso estás estableciendo contacto con tu nave nodriza? –pregunto masticando.

El gato se agazapa y emite unos chasquidos extraños.

–Diles que me guarden un sitio en el ovni.

«Disfruta del tiempo que puedas siendo su pequeño y exótico juguetito. Pronto se dará cuenta de quién eres en realidad». Aya se equivoca. Ella no tiene ni idea de lo que ha pasado entre Kentaro y yo. Por eso está tan enfadada. Si supiera cómo han sucedido las cosas, estoy segura de que me perdonaría. Tengo que hacer que comprenda que no he hecho nada con mala intención. Pero ¿qué puedo hacer para que me escuche?

–Todo esto se podría haber evitado, *dojikko*, si no hubieras sido una cobarde –digo, suspirando abatida.

Dojikko. Siento una terrible nostalgia por Kentaro. El recuerdo de anoche me produce escalofríos. La presión de sus labios, el tierno juego de su lengua, el deseo de sus besos… Me derrito en lava tan solo de pensarlo.

Y como si estuviéramos conectados por arte de magia, me llama en ese mismo momento.

Se produce un breve caos (Bratto Pitto comienza a correr por la habitación y yo empiezo a entonar un canto tirolés por alguna razón inexplicable), luego me acerco el móvil a la oreja y gruño con la nobleza de una rana bermeja:

–Ey, ¿qué pasa?

Se oye la inconfundible risa de Kentaro.

–Ey, ¿y a ti qué te pasa?

Mi cuerpo empieza a temblar como unos altavoces a todo volumen.

–Eh…, nada del otro mundo.

–¿Quieres que volvamos a empezar desde el principio?

–Sí, por favor –murmuro, avergonzada.

Se aclara la garganta con cortesía y habla:

–*Konnichiwa, dojikko*, ¿cómo estás en este día soleado?

–¡Quiero verte!

–Como siempre, vas directa al grano –me reprende divertido–. Yo también te echo de menos. Mucho, la verdad.

Una alegría de veinticuatro quilates fluye a través de mí.

–¿Cómo te ha ido con Aya? –pregunta.

–Fatal –respondo apagada–. Hemos tenido una pelea horrible.

–Era de esperar. Dale tiempo, ya verás como se le pasa. Si quieres, puedo hablar con ella.

–No, tengo que resolverlo por mi cuenta.

–Aya no puede seguir actuando como si yo fuera de su propiedad. –Hace una pausa significativa–. Tiene que aceptar que yo estoy enamorado de otra persona.

–Tendría que haber sido sincera con ella.

–¿Cómo ibas a serlo? No tenías manera de saber mis planes. –Kentaro ríe con picardía–. No he dejado piedra sin mover para besarte. Todo esto es culpa mía.

Mi sonrisa debería ser castigada.

–¿Ah, sí? Creía que nunca habías pretendido seducirme.

–Te necesito. –Se le oye respirar con mucha claridad–. Q-quiero decir, necesito verte.

Estoy a punto de despegar y, si no tengo cuidado, voy a acabar llegando hasta la luna.

–¿Sigues ahí?

–Sí –digo en voz baja–. Tengo tantas ganas de estar contigo…

–Si quieres, puedo coger el próximo tren y pasar a recogerte. Siempre que, por fin, me digas dónde vives.

–No sé qué dirían mis padres de acogida. Además, no quiero enfadar más a Aya.

–No te preocupes, *dojikko*, tenemos todo el tiempo del mundo. ¿A lo mejor podríamos vernos en el parque Yoyogi mañana por la tarde?

–Sí, estaría bien –digo con una sonrisa–. ¿En el muro donde nos vimos por primera vez?

–¿Te refieres a donde te reíste de mí por primera vez?

–Creo que simplemente me habías vuelto loca.

Él susurra con voz malvada:

–A lo mejor soy capaz de hacerlo otra vez.

–No me cabe la menor duda –respondo con fervor–. ¿Dónde estás ahora mismo?

–Estoy… –Se oye un estruendo–. ¿Qué ha sido eso?

–Bratto Pitto –respondo, sobresaltada–. Se ha… estampado contra la ventana.

El gato tiembla y maúlla, presa del pánico.

–¿Lo hace a menudo?

De repente, Kentaro suena lejano y la línea sisea de forma desagradable.

–Creo que estás en una zona sin cobertura –digo en alto, mientras trato de calmar a Bratto Pitto.

–*Dojikko*, apenas puedo oírte.

Los ruidos de fondo se hacen cada vez más fuertes.

–¿Hola? ¿Ahora mejor?

Me empieza a invadir un extraño malestar. Bratto Pitto hace un horrible ruido de gárgaras y se escabulle bajo el escritorio.

–¿Kentaro? ¿Sigues ahí?

–M…u, esc…me c… at…ión. T… que ponerte a sal…

–¿Qué has dicho? –Un pitido sordo me presiona la cabeza y un escalofrío sube a rastras por mis piernas–. Kentaro, ¿dónde estás?

–Doj…ko, v… a …r p… ti –sus palabras parecen jirones tras una tormenta de nieve–, e…ncont…te.

La llamada se interrumpe.

–¿Kentaro? ¿Kentaro?

Un oscuro velo de miedo se forma ante mis ojos.

De repente, se oye un estruendo en las paredes.

–¿Qué ha sido eso? –digo casi gritando.

Bratto Pitto maúlla de un modo tan penetrante que le miro automáticamente. Está intentando decirme algo… y por fin me doy cuenta. Como un rayo, atravieso la habitación a gatas y me deslizo bajo el escritorio.

Un monstruoso rugido surge de las profundidades: la madera cruje, el acero se quiebra, el cristal repiquetea, el hormigón retumba. Durante un breve instante, el tiempo se detiene; deslumbrante, tortuoso y con una promesa de amenaza tan grande que ahogo un grito agudo. Entonces, tras un temblor cuya duración ha sido similar a un segundero a punto de cambiar de posición, empieza: los muebles tiemblan, los libros caen al suelo, el yeso llueve del techo. El movimiento se intensifica. Los objetos saltan por los aires, los cajones se desprenden de sus rieles, oscuras grietas cubren el cristal de la ventana. El parqué se levanta bajo mis pies, el marco de la puerta retumba peligrosamente. El armario se cae, seguido de cerca por la estantería, luego la lámpara de pie y la silla giratoria. Los armarios traquetean por toda la casa, las tuberías revientan, los platos se hacen añicos. El terremoto es cada vez más violento. Tira sin piedad de los cimientos de los edificios y pronto el aire se llena de un murmullo hueco y estremecedor.

El suelo está a punto de abrirse. Está a punto de hacerse de noche. Estoy a punto de morir.

«¡No, no podemos hacerle eso a mamá y papá!».

«¡Ayúdame, Maja! ¡No quiero morir!».

«Kentaro».

El caballero Jedi está parado delante de mí y hace una reverencia. «No, esto no es un albornoz». «Yo…, eso ya lo sé». «Por cierto, también me parece bastante cuestionable el sombrero que has elegido». Sus ojos me escrutan, fijos: pequeños puntos del color de la tinta azul envueltos en un ámbar dorado. «Este es mi *kokuhaku*, mi confesión de amor hacia ti». Búscame, Kentaro, encuéntrame. «Me gustaría ser tu otra mitad… si tú quieres».

Un fuerte estruendo corta el aire: escombros rodando, un latigazo metálico, algo grande derrumbándose. El sonido parece venir de todas partes. De repente, en la habitación brilla una luz deslumbrante. En ese mismo instante, Bratto Pitto sale disparado de su escondite y es engullido por un haz de luz blanca. La desesperación me invade. Grito como una loca, grito hasta casi vomitar. Está ocurriendo algo tan irreal, tan incomprensible, que mi mundo se desmorona sobre sí mismo como un castillo de naipes.

Cuando la naturaleza contraataca, el ser humano pierde todo su poder. Ōnamazu está enfurecido y nadie puede hacerle nada. Todos salimos perdiendo.

14

Jishin

—¡Aya! –grito, y toso violentamente. Hay tanto polvo que no veo casi nada. Aparto los escombros y salgo de mi refugio. Tengo los brazos llenos de arañazos y me sangra la frente. Es probable que me haya golpeado con la pata de la mesa.

–¿Bratto Pitto? –digo con dificultad, y parpadeo buscando entre el difuso resplandor.

No hay ni rastro del gato.

Estoy mareada y me siento muy rara…, como vaga, desorientada, de algún modo insustancial. Estoy ahí, pero al mismo tiempo no, igual que el mundo que me rodea. Ya nada parece real.

Mi habitación recuerda a un campo de batalla; todo está destruido o se ha derrumbado. Los pocos objetos que aún se pueden identificar tienen un aspecto extrañamente descolorido, como si los hubieran despojado tanto del color como de los contornos.

El caos es tan abrumador que tardo un momento en ver el enorme agujero en la pared. Simplemente está ahí, como un fallo en la Matrix. De ella entra una luz verdosa, fantasmal, desagradable y penetrante.

Desvío la mirada e intento incorporarme, pero mi sentido del equilibrio está tan alterado que vuelvo a caer hacia delante. Un dolor agudo me sacude.

–¡Mierda! –digo gimiendo, y me arranco un fragmento de cristal de la palma de la mano derecha.

El corte no es profundo, pero me empieza a salir una sangre rojo oscuro. Me limpio la herida con la ropa y me pongo en pie.

–¿Aya? –grito tambaleándome, y noto que las lágrimas me corren por las mejillas.

¿Y si han muerto todos? Desorientada, giro en círculos con la cabeza palpitándome como un demonio. ¿Qué es lo que acaba de ocurrir?

–Eso ha sido un terremoto –digo en voz alta, obligando a mi mente entumecida a pensar–. Estás en Tokio y la tierra acaba de temblar.

–¡Malu!

La adrenalina recorre mi cuerpo y mis sentidos se agudizan al instante.

–¡Aya, ya voy!

Llena de un alivio febril, empiezo a correr, pero al hacerlo mil cuchillas calientes me atraviesan de nuevo. Esta vez, una de ellas se me clava en el dedo gordo del pie. Con la cara contorsionada por el dolor, me arranco el afilado trozo de metal. Debo tener más cuidado. Mis ojos revolotean sobre el desorden: libros, ropa, lápices –incluso mis bragas han salido despedidas por la habitación–, astillas de madera, piezas rotas y lo que parece oscura ceniza volcánica. Cojeo alrededor de la estantería volcada y empiezo a rebuscar. Poco después, en el pie derecho llevo puesto un botín y en el izquierdo una zapatilla de estar por casa.

Al enfilar el pasillo, se me corta la respiración: el salón se ha hundido, en la cocina suenan las alarmas de humo. Charcos de agua sucia se extienden por el suelo, el inodoro del baño ruge como un animal rabioso.

–¿Aya? –grito, y soy consciente de que el pánico hace que mi visión pierda fuerza.

Hay toda una carrera de obstáculos entre la habitación de mi hermana de acogida y yo: la silla de lectura de Okāsan, la aspiradora Roomba, sillas de cocina, libros, la tostadora, juguetes, una palmera de yuca volcada…

–¡Malu!

–¡Aya! ¡Aguanta!

Sin dejarme llevar por el pánico, me abro paso decidida hasta su puerta. La habitación está tan devastada que solo descubro a Aya al echar un segundo vistazo. Está agazapada junto a su cofre del tesoro y con la mirada perdida.

—¿Estás herida?

No reacciona.

Me balanceo entre los restos de sus pertenencias y la abrazo con fuerza.

—No pasa nada —susurro—. Ahora estás a salvo.

Aya apoya la cabeza en mi hombro y empieza a sollozar.

La abrazo todavía más fuerte y le acaricio el pelo mojado y sudoroso.

—Ya no tienes que tener miedo. Yo te protejo.

—¿Q-qué es lo que ha pasado? —dice gimoteando.

—Ha habido un terremoto —le digo despacio.

Su cuerpo se sacude con violencia.

—¿Dónde están mis padres? ¿Dónde está Haru?

—Haru está en el colegio con tu padre. Y lo más probable es que Okāsan haya salido a comprar algo.

Ella se libera del abrazo y saca su móvil.

—¡No tengo cobertura!

—Seguramente estén arreglando la red ahora mismo.

—¿Quiénes?

—Los técnicos —improviso.

—Pero ¿cómo voy a hacer ahora para contactar con mi familia? —gime histérica.

—Ya se nos ocurrirá algo.

Los motores de mi cerebro están que echan humo.

—¿Y si les ha pasado algo?

—Seguro que están bien.

—¿Y si no lo están? —grita desesperada—. ¿Y si están muertos?

Se me revuelve el estómago.

—Tonterías, ¡nosotras estamos vivas! Y tú misma dijiste que nada puede hacer daño a Tokio en tan poco tiempo.

Las paredes se resquebrajan de forma preocupante.

–¡Oh, Dios, vamos a morir! –grita Aya, mirando a su alrededor presa del pánico.

–¡Eh! –La sacudo ligeramente–. Hasta un *gaijin* sabe que las réplicas son normales. ¡Tienes que calmarte!

Mi hermana de acogida asiente aturdida.

–Aun así, deberíamos salir de aquí lo antes posible. No sé cuántos temblores más va a soportar la casa.

–P-punto de encuentro –suelta Aya.

–¿Punto de encuentro?

Poco a poco, los ánimos de mi hermana de acogida empiezan a llegar a cuentagotas.

–Si alguna vez nos separaba un terremoto, acordamos que nos encontraríamos en el parque.

–¿El parque del templo pequeño?

–Sí, Hatonomori Hachiman –confirma ella.

–¡Pues no perdamos el tiempo! –Levanto a Aya y le quito el polvo de los *leggins*–. ¡Necesitas zapatos! El suelo está lleno de cristales rotos.

Rápidamente, salto por encima de un cajón que se ha caído y le paso un par de botas UGG.

–Malú, te sangra la cabeza.

–Ah –le hago un gesto tranquilizador–, ya me ocuparé de eso cuando encontremos a tu familia.

Aya me mira preocupada.

–No sé, no tiene muy buena pinta.

–Pero no duele. –Intento sonreír–. ¡Vámonos!

–Espera, ¡no podemos olvidarnos de nuestras mochilas de emergencia! Puede que tengamos que dormir en otro sitio durante algunos días.

–Yo no tengo mochila de emergencia.

–Sí que la tienes. Mi madre la preparó antes de que llegaras. Las cinco están en el trastero junto a la puerta principal. Entre nosotras podemos llevar dos cada una. Dividiremos el contenido de la mochila para niños de Haru entre las mochilas grandes.

–Vale, ¡primero voy rápido a por mi bolso!

Ella asiente.

—Yo voy a buscar a Bratto Pitto y a meter algo de comida para gatos.

—Aya —digo titubeando—, Bratto Pitto estaba conmigo cuando ha ocurrido.

Mi hermana de acogida se queda pálida.

—¿Y?

—El terremoto ha abierto un agujero en mi pared y creo que se ha metido por él.

—¡Pero Bratto Pitto nunca ha salido fuera! —exclama horrorizada—. ¡Podría perderse! ¡O resfriarse! ¡O quemarse con el sol! ¿Al menos llevaba algo puesto?

—Por supuesto —le respondo—. Te aseguro que es el gato mejor vestido que se ha escapado nunca.

—¿Y si alguien lo secuestra?

—También es el gato más feo que se ha escapado nunca. Nadie lo va a tocar de forma voluntaria, no sin un par de pinzas.

—Bien —murmura Aya apenada—. Espero que tengas razón.

Rebusco frenéticamente en mi bolso y me aseguro de que todo esté en su sitio: pasaporte, tarjeta de crédito, cargador, el espejo de Maja, las pegatinas del PACHINKO LOVE y el sobre de Kentaro.

Kentaro.

Es como si hubieran pasado cien años desde que nos besamos. «Hace mucho tiempo, en una galaxia muy muy lejana...». Se me hace un gran nudo en la garganta. Espero que no le haya pasado nada.

Mi móvil está enterrado bajo trozos de yeso. Con cuidado, lo saco de ahí y paso los dedos por la pantalla. A pesar de la gran cantidad de arañazos, parece que sigue funcionando. Con el corazón acelerado, marco el número de Kentaro. Silencio. Cuelgo y llamo a mis padres. La línea está cortada. ¿Se habrán enterado del terremoto? Pensar en ello me revuelve el estómago.

> ¡Estoy viva! ¡Estoy bien!

Enviar.
Enviar.
Enviar.

Después de cada mensaje aparece un signo de exclamación rojo.
—¡Malu, date prisa!
—¡Un segundo!
Avanzo a trompicones a través del paisaje de cráteres y abro mi mesilla de noche. Ahí está el sombrero rosa. Me lo pongo y echo un último vistazo a la pequeña habitación que se ha convertido en mi hogar durante las últimas semanas. Me invade un profundo dolor. No soy capaz de asimilar lo que ha hecho Ōnamazu.

Cuando salimos de la casa de los Nakano con dos mochilas de emergencia cada una, me tengo que agarrar a Aya. La idea de que Tokio esté en ruinas es tan abrumadora que mis ojos se vuelven negros por un momento.
Mi cerebro no es capaz de procesar lo que estoy viendo y envía una avalancha de instantáneas distorsionadas: edificios derrumbados, torres de alta tensión dobladas, máquinas expendedoras caídas, coches aplastados, árboles partidos, calles destrozadas; entre todo eso, montañas de escombros, fuentes de agua sucia y personas que corren de un lado a otro con la cara contorsionada por el miedo.
De repente, oigo el clic de la cámara de un móvil a mi lado.
—Estamos muy jodidos —anuncia Aya, y vuelve a hacer clic—. Es como una película, pero mil veces peor.
—A-a lo mejor todo esto es un sueño —digo lamentándome.
Los gritos rasgan el aire.
—Esto no es un sueño —afirma Aya con voz hueca—. Esto

es el *daishinsai*, el gran terremoto. Hoy van a morir muchas personas.

«Kentaro», pienso de inmediato.

–Solo espero que mamá, papá y Haru estén bien. –Sus ojos vuelven a llenarse de lágrimas–. Y el pobre Bratto Pitto también. Debe de estar muerto de miedo.

Respiro hondo para reducir la velocidad de los latidos de mi corazón.

–Deberíamos irnos ya.

–¿Estás segura de que es una buena idea?

–Acordaste con tus padres que os reuniríais en el parque en caso de terremoto, así que ahí es donde tenemos que ir.

–Podrían estar heridos, o enterrados, o…

Cojo la mano de Aya y la aprieto con fuerza.

–Vamos a encontrar a tu familia, te lo prometo.

Las calles están repletas de trozos de chapa, pedazos de madera de obra y residuos de cubos de basura volcados. Pasamos junto a sofás rotos, colchones desgarrados, aparatos de aire acondicionado destrozados y televisores de pantalla plana rotos. Incluso hay una nevera tirada en medio de la acera. Los postes de electricidad se balancean de manera notable. De su maraña de cables cuelgan ropa, mantas, peluches, lámparas de pie y sillas de oficina. Se oyen gritos desesperados de auxilio prácticamente de forma constante. A lo lejos suenan las primeras sirenas y el rugido de un helicóptero sobrevuela por encima de nuestras cabezas.

Doblamos la carretera y llegamos a la estrecha avenida que conduce al parque Hatonomori Hachiman. Mi mirada se pasea por puertas de garajes abolladas, tiendas de conveniencia devastadas y escaparates rotos. En la vecina Shinjuku se alzan jirones de humo de color púrpura oscuro y una nube de polvo gris ceniza se ha formado delante del sol.

Aya no para de hacer fotos y de murmurar en voz baja. Parece un poco como si estuviera a punto de estallar. Las ruedas de algún vehículo chirrían a lo lejos y se oye un estruendo terrible en alguna parte. Alarmada, levanto la vista: uno tras otro, pedazos de fachada se desprenden de los edificios y se estrellan contra el asfalto.

—Aya —le digo siseando. Ella me ignora—. ¡Aya!

—¿Sí? —pregunta irritada.

—Será mejor que guardes el móvil y te concentres en que no te caiga ningún bloque de hormigón en la cabeza.

—¿Tenéis terremotos en Alemania?

—No —respondo, perpleja.

—En ese caso, prefiero prescindir de tu opinión de experta.

—¿Cómo dices?

Guarda el móvil en la mochila, no sin antes poner los ojos en blanco.

—Solo digo que…

—Sé que estás enfadada conmigo por lo de Kentaro, pero ahora no es el mejor momento para discutir.

—Mi familia está ahí fuera y hay muchas posibilidades de que no vuelva a verla —bufa Aya, furibunda—. ¡Ahora mismo no podría importarme menos si te has tirado a Ikemen o no!

—Solo quiero que tengas cuidado con esa estúpida cabeza hueca que tienes, nada más! —digo gruñendo.

—Sí, jefa.

—Eres una mierda, Aya.

—¡Solo puedo devolverte el cumplido! ¿Por qué te preocupas siquiera por mí?

—¡Porque no quiero perder a otra hermana!

Ella se detiene bruscamente.

—¿Qué quieres decir con eso?

—¡Olvídalo!

—¡Oye!

No le hago caso y sigo caminando, obstinada.

—¡¡¡Oye!!!

En un momento, Aya se lanza sobre mí y rodamos varios metros por el suelo.

—¿Estás loca? —le digo gimiendo—. ¡Eso ha dolido!

—Creo que «eso» te habría dolido mucho más.

Señala un gran trozo de escombros que acaba de caer del cielo.

—¡Santo cielo! —digo, faltándome el aire—. Esa cosa me habría hecho polvo.

—Digamos que ahora tendrías esa cabeza hueca tuya totalmente partida —dice refunfuñando, y me ayuda a levantarme.

—Gracias, Aya. Me has salvado la vida.

—No hace falta que nos pongamos sentimentales.

Caminamos una al lado de la otra en silencio durante un rato, luego me aferra el brazo y me pregunta en voz baja:

—Cuando encontremos a mi familia, ¿me dirás por qué has dicho que no querías perder a otra hermana?

Asiento despacio y apoyo la cabeza en su hombro.

—Lo intentaré.

Nos hemos dividido: Aya busca en la parte baja del parque y yo subo hasta el santuario. Nos mantenemos en contacto mediante los *walkie-talkies* amarillos que forman parte de nuestro equipo de emergencia. Saco de dormir, linterna, radio de manivela, herramientas, provisiones: las mochilas están repletas de utensilios útiles, pero también pesan lo suyo. Mientras subo las escaleras del templo Hatonomori Hachiman, el sudor me cae a chorros y son varias las veces en las que siento que me voy a desmayar.

Un hombre en calzoncillos y sandalias deportivas tropieza conmigo. Hace girar su móvil en el aire y grita sin cesar «jishin», la palabra japonesa para «terremoto». Varias chicas sostienen a una mujer a la que le sobresalen los huesos del muslo. Una pareja joven se acurruca sobre trapos empapados de sangre, ambos llorando con amargura. Un sinfín de heridos yacen en los bancos y en el prado. Algunos están paralizados por el *shock*, otros se revuelcan en el suelo de dolor.

Al llegar al templo, necesito sentarme durante un rato. Me

tiemblan las rodillas y el pecho me vibra por el esfuerzo. Bebo un gran trago de agua e intento, por un momento, bloquear el terrible ruido y la confusión.

El mutismo de la campana para la oración me reconforta.

Aquí es exactamente donde me senté con Aya la noche anterior a mi primer día en el instituto Kōtō. Es una locura todo lo que ha pasado desde entonces. Me invade la nostalgia, acompañada de una ardiente sensación de añoranza. Espero que Noda-sensei esté bien… y Rio, Momo, Hiroki y Motoki.

Me animo a hacer un esfuerzo y me pongo en pie.

—¡Hana! ¡Kiyoshi! ¡Haru!

No muy lejos de mí, un hombre y una mujer caen abrazados. Ella grita de alegría, él la levanta y la hace girar en círculos. Se me hace un nudo en el estómago. ¿Volveré a ver al caballero Jedi?

—¡Okāsan! ¡Otōsan! —Corro alrededor del santuario y continúo mi búsqueda en el jardín del templo—. ¡Haru! ¡Bratto Pitto!

De repente, suena mi *walkie-talkie*.

—Malu, ¿estás ahí?

—¡Sí! —grito por el altavoz.

—¡He encontrado a mi madre!

—¿Está bien?

—Sí, no le ha pasado nada.

Siento un alivio inmenso.

—¡Menos mal! ¿Qué hay de Haru y Otōsan?

—¡¿Malu?! Malu, ¿puedes oírme?

—¡Sí, te oigo!

—¡Estamos esperando en la salida! ¡Ven tan rápido como puedas! ¡Es cuestión de vida o muerte! Cambio.

—¿Qué? —digo jadeando—. ¿Aya? ¿Aya?

Empiezo a correr… e inmediatamente me tropiezo con un chico.

—¡Lo siento! —Alto, pelo negro, *yukata* verde—. ¿K-Kentaro? —digo en un suspiro, y me da un vuelco al corazón.

–*Baka gaijin!* –me increpa el chico (que de repente no se parece en nada a Kentaro), y pasa a mi lado dando pisotones, maldiciendo.

Cinco minutos después, llego a la salida del parque del Hatonomori Hachiman. Cuando veo a mi madre de acogida, lo primero que hago es ponerme a llorar porque me doy cuenta, con toda la fuerza del mundo, de lo importante que se ha convertido la familia japonesa para mí. No podría soportar que les pasara algo.

Nos abrazamos con fuerza y Okāsan me habla, tranquilizándome.

–¡Ya está bien! –exclama Aya–. ¡Haru está en peligro!

–¿Q-qué ha pasado?

–Hemos oído que su colegio se ha derrumbado –explica con voz gutural.

Okāsan me da unas palmadas en el hombro.

–Las mochilas son demasiado pesadas para Malu-chan.

–N-no, *daijōbu*.

–¡Escucha a mi madre! –sisea Aya–. ¡¿No ves que estás herida?!

–V-vale.

Me despojo apresuradamente de las mochilas de emergencia y se las entrego a mi madre de acogida.

–Malu-chan necesita ver a un médico –anuncia tras echarme una mirada preocupada a la frente–. Aya puede llevarte al hospital más cercano.

–¡Ni hablar! –grito, bajándome el sombrero rosa sobre la cara–. ¡Quiero ayudar a encontrar a Haru y Otōsan!

–¿Estás segura? –pregunta mi hermana de acogida.

–Segurísima. Os avisaré cuando no pueda más.

Okāsan cambia al japonés.

–Mis dos niñas son muy valientes. Cuando encontremos a Haru y a papá, haré un delicioso *karē raisu*. Con suerte, estaremos todos de vuelta en casa para cenar.

15

黄泉

Al llegar al colegio, Otōsan nos saluda entre sollozos. Está empapado en sudor y tiembla como una hoja. Con voz frágil, nos cuenta lo sucedido, y mientras habla, Okāsan cae de rodillas y Aya suelta un grito que hiela la sangre. Durante el terremoto, el colegio se ha desprendido del suelo y se ha desplomado unos metros por encima de las cabezas de los alumnos. Entre los cimientos expuestos del edificio y el lugar del derrumbe hay tierra recién removida. Contemplo las extrañas líneas que surcan su superficie e inmediatamente pienso en Ōnamazu.

Los padres cavan con las manos desnudas e intentan alcanzar a las víctimas enterradas. Sin dar crédito, observo a madres y padres escarbar entre los escombros, con los ojos fijos por el miedo, los brazos llenos de arañazos y cubiertos de sangre. Poco después, Okāsan y Otōsan trepan por los grandes trozos de hormigón y gritan el nombre de su hijo con desesperación. Aya les sigue, tambaleándose y llorando desconsoladamente.

Lenta y como en un trance, pongo un pie delante del otro. En cuanto piso los escombros, me invade un sentimiento de impotencia. Mi corazón pesa tanto que me arrastra hacia abajo como si fuera hierro fundido.

Los gritos llegan a mis oídos. Miro por encima del hombro y veo a una mujer acunando en sus brazos un cuerpo sin vida. Se me revuelve el estómago y me entran ganas de vomitar. Unos puntos negros zumban delante de mis ojos. Me doy cuenta de que no se puede confiar en nada en la vida. El control es una ilusión y el orden no es más que una gota insignificante en el ardiente caos de la entropía.

Empiezo a cavar y, de repente, la montaña de escombros empieza a moverse. Ruedan las piedras, cruje el hierro… y por un momento me parece ver el destello de una enorme aleta de pez. Asustada, me tambaleo hacia atrás.

—*Gaijin*, ¡cuidado! —grita alguien…, pero doy un paso hacia el vacío y empiezo a caer.

> Si cambias de opinión, estoy aquí.

El punto se desplaza a lo largo de la línea azul cada vez más río abajo. Echo un vistazo rápido y vuelvo a guardar el móvil. Hay algo que me resulta extraño. Cruzo la habitación, con poca gracia porque el esmalte de las uñas de mis pies aún no se ha secado del todo. Un amarillo yema moteado —Maja dice que es amarillo limón, el esmalte de uñas dice amarillo retama, hemos leído «amarillo decaca» y hemos decidido que solo por eso merecía la pena gastarse 1,99 euros en esa especie de arena de color azafrán—. Se me dibuja una sonrisa en la cara. Tengo que recordárselo a Maja cuando vuelva a casa.

Vuelvo a mirar el móvil lo más discretamente posible para no verme a mí misma haciéndolo. Todo el mundo tiene malos hábitos. El mío es quedarme en casa cuando mi hermana se embarca en una de sus famosas aventuras solo para terminar, de alguna manera, lamentando no haber ido con ella. «¡Te lo vas a perder, Malu! ¡Va a ser muy divertido! Tenemos mucha cerveza en el barco y Benno va a traer hierba». Una vez más, me arrepiento de no haber acompañado a Maja, porque en realidad me encanta pasar tiempo con mi hermana gemela. Pero desde que empezó a salir con ese dudoso Fritz-Wilhelm von Kartoffelstein (o algo así), mantengo las distancias. Ya desconfiaba de los amigos de Maja, pero él y su chusma de niñatos son, simplemente, el epítome de lo intolerable. Pero bueno, le doy otros dos meses, tres a lo sumo; después de todo, Maja es una verdadera Marie Kondo cuando se trata de deshacerse de los hombres que conoce.

Si cambias de opinión, estoy aquí.

El punto se mueve ahora más rápido, cada vez más y más en dirección norte. Eso no tiene sentido. ¿Qué se le ha perdido en el Jardín Inglés? Maja dijo que el viaje en barco debía terminar en el puente a la altura del zoo. Hago zoom. El punto está en algún lugar a orillas del Isar, al este del Eisbach. Las 22:23 h. No, nadie va a nadar tan tarde; hace demasiado frío y es demasiado peligroso.

Si cambias de opinión, estoy aquí.

Mamá y papá ríen en la cocina y brindan juntos. A los dos les encantan sus tardes de sábado. Una relación absolutamente modélica desde que tengo uso de razón. Nosotras también queremos algo así, Maja y yo, pero nuestra búsqueda del amor verdadero no podría ser más diferente: Maja se lanza a la vida y sale con chicos de carne y hueso; yo me lanzo a los libros y salgo con caballeros fantásticos de mundos lejanos que se pasean con túnicas extrañas.

Maja le ha dicho a mamá que hoy es el cumpleaños de Lena. Lena ya ha cumplido años dos veces este año, pero por suerte nadie se ha percatado de este extraño hecho. No creo que a nuestros padres les importe si se enteran de que Maja tiene novio —probablemente ya lo sospechan—, pero mi hermana no quiere poner en peligro sus noches tan agradables con Von Kartoffelstein.

Intento localizar a Maja otra vez y sigue sin contestarme. ¿Cómo iba a hacerlo? Según parece, está ocupada navegando por todo el sistema de ríos de Múnich. Me invade una extraña sensación de inquietud. Normalmente, mi hermana gemela y yo tenemos una conexión mágica. La siento incluso cuando no está conmigo. Esta sensación es casi comparable a un eco, una suave reverberación que me rodea de forma constante.

Pero ahora no siento nada en absoluto; y es esta ausencia radical de cualquier resonancia lo que me llena de miedo. Por mucho que escuche con atención, solo oigo silencio.

> Si cambias de opinión, estoy aquí.

El punto ha desaparecido y Maja sigue sin dar señales de vida. Las 23:47 h. Mis padres están a punto de irse a la cama. Supongo que dan por hecho que Maja va a pasar la noche en casa de Lena. Marco su número una y otra vez; todas las veces me salta el buzón de voz. Eso no es propio de Maja. Ella siempre me avisa cuando va a llegar tarde. Mi hermana no se olvida de mí así como así.

Estoy furiosa. Y muy preocupada. Como hechizada, me quedo mirando el último mensaje que me ha enviado:

> Si cambias de opinión, estoy aquí.

Después, reviso mis mensajes:

> **15:36 h:** No, hoy me toca estudiar japonés. (*Leído*)

> **17:00 h:** ¿Seguís montando bulla en el océano bávaro? Mamá dice que no deberías quemarte. Espera, está gritando algo otra vez: Ponte crema y bebe mucha agua. ¡Vuelve a llamarla! ¡No estoy de humor para jugar a ser el cartero! (*Leído*)

> **17:03 h:** PD: Conoces a Yomi de la clase paralela, ¿no? Acabo de aprender que yomi significa «inframundo» o «reino de los muertos» en japonés. ¿Lo sabrían los hipsters de sus padres? Aunque…, de alguna manera, le sienta bastante bien, jeje. (*Leído*)

19:00 h: ¿Vuelves para cenar? (*No leído*)

20:00 h: ¿Cuándo vuelves a casa? (*No leído*)

21:12 h: ¡Eh! ¡No mola! ¡Contéstame! (*No leído*)

22:00 h: ¿CÓMO de colocada estás? (*No leído*)

22:33 h: ¿Todo bien? Escríbeme... ¡YA! (*No leído*)

23:15 h: ¡¿HOLA?! ¿SIGUES VIVA? (*No leído*)

Las 23:53 h. Escribo el siguiente mensaje con la punta de los dedos helados:

Maja, te lo suplico, por favor, responde.

¡Estoy muy preocupada!

¿¿¿DÓNDE ESTÁS??? Por favor, por favor, responde.

Justo en ese momento, mi móvil empieza a vibrar. Gracias a Dios..., ¡es Maja! Me quito un enorme peso de encima.
—Por fin —le digo con tono de reproche—. ¡Me estaba volviendo loca!
—Ma-Malu, ¿eres tú?
Pestañeo, confundida. ¿Por qué me llama Fritz-Wilhelm desde el móvil de Maja?
—Sí, soy yo. ¿Va todo bien? Llevo un buen rato intentando localizar a mi hermana.
Se oye un llanto desesperado.
—¿Hola? ¡Oye! —De repente, me entra un calor increíble—. ¿Está Maja contigo?

–No… no la encontramos por ninguna parte.

–¿Qué? –Me cubro la oreja derecha–. No te oigo bien. ¿P-puedes repetirlo, por favor?

–Hemos estado buscando por todas partes.

Se me hace un nudo en la garganta.

–¿¡Buscando!?

–La policía está aquí, recorriendo el río…, pero está demasiado oscuro. No se ve nada. Acaban de enviar a un helicóptero.

Mamá llama a la puerta.

–¿Estás bien, cariño? ¿Está Maja al teléfono?

–¿Dónde está? ¿Dónde está mi hermana? –Me inunda el pánico–. ¡Quiero hablar con mi hermana ahora mismo!

–Malu, escucha: Haruto está bajo los escombros. Él está aquí. Haruto necesita tu ayuda.

–¿Qué?

Vuelven a llamar a la puerta.

–Malu-chan, ¿qué ha pasado? ¿Le ha pasado algo a tu hermano?

–¿Hola? ¡¿Hola?! –grito en el auricular.

Me responde la voz de Aya:

–¡Salva a Haru! Por favor, ¡salva a mi hermano!

Mi habitación empieza a dar vueltas cada vez más y más rápido. Cierro los ojos un momento. Al volver a abrirlos, parece que alguien ha rebobinado los últimos minutos: el móvil está a mi lado y empieza a sonar.

«¿Qué demonios? ¿Estoy a punto de perder la cabeza?».

Cojo el móvil; la pantalla parpadea en amarillo azafrán, amarillo limón, amarillo retama, amarillo yema…

–¿Hola?

–¡Estoy aquí! Por favor, ¡ven a buscarme!

–¿Haru? –digo jadeando, y me tiembla todo el cuerpo.

–¡Ven a buscarme! Por favor, ¡ven a buscarme!

–¿Dónde estás? –Las lágrimas ahogan mis palabras–. Haru, ¿dónde estás?

En ese momento, mi habitación se deshace en polvo y, antes de que pueda darme cuenta, estoy en un vacío sin fondo. A la *derecha y a la izquierda: el vacío. Hacia arriba: un negro azabache que se extiende hasta el infinito. Hacia abajo: la nada, negra, más profunda que la noche y más pesada que la oscuridad. El horror más puro se apodera de mí. Quiero gritar, gritar, gritar…, pero de mis labios no sale ningún sonido.*

«No, no puede ser. Mi cuerpo, ¿dónde está mi cuerpo?».

Sin manos que agarren, sin pies que caminen, sin pulmones que respiren, sin corazón que lata.

Yo ya no existo.

De repente, siento que me tocan; dónde, no lo sé. Es como si alguien quisiera penetrar directamente en mi alma. Me doy la vuelta… y lo que veo me hiela la sangre. Es Maja.

El agua le cae del pelo, su piel está pálida e hinchada. Lleva puesto un bañador y tiene las piernas llenas de arañazos y moratones. Emite un brillo blanco verdoso y, al levantar la cabeza y abrir los ojos, sé que estoy ante un espíritu. Un dolor indescriptible me quema por dentro. Delante de mí está el mismo cuerpo que sacaron del río. Delante de mí está el cadáver de mi hermana.

Ella me tiende la mano y sus pupilas, todavía lechosas y desdibujadas, se vuelven terriblemente afiladas.

–Sígueme, Malu.

Lo siento, desde lo más profundo de mi corazón. Debería haberte encontrado. Si hubiera estado contigo, podría haberte protegido. Si no me hubiera quedado en casa, podría haber tenido la oportunidad de salvarte. Querías que fuera contigo, querías que te encontrara, pero no estuve ahí para ti. Tuviste que morir completamente sola en aquellas aguas tan horribles. Nunca me lo perdonaré. Todo es culpa mía.

–No tenemos mucho tiempo.

Necesito hablar contigo, Maja. Hay tantas cosas que quiero decirte. ¿Por qué no puedo oír mi voz? ¿Por qué no puedo hablar?

–Porque no perteneces a este lugar.

¿Estás bien? ¿Te duele algo? ¿Por qué estás en ese estado?

–*Porque no pertenezco a este lugar.*
¿Dónde estamos?
Despacio, con el dedo dibuja un símbolo en la oscuridad: 黄泉.
Yomi, *leo, y las letras se desvanecen en un humo rojo. El horror se apodera de mí. Estamos en el reino de los muertos.*
Se lleva la mano a los labios, repletos de heridas.
–*Nadie debe saber que estamos aquí. Sígueme, Malu.*
Al verla caminar, no puedo evitar pensar en un zombi. Sus movimientos son rígidos y pesados. Cada vez que da un paso, oigo el chapoteo del agua.
No sabría decir si la estoy siguiendo. Ni siquiera sabría decir si estamos en un espacio con dimensiones y direcciones. Lo único que veo es a mi hermana: una figura demacrada y reluciente en el vacío.
–*Derecha.*
Lo dice por segunda vez.
–*Izquierda.*
¿Derecha, derecha, izquierda? ¿Qué quieres decir con eso? ¿Adónde me llevas?
–*Derecha, derecha, izquierda. No tienes mucho tiempo, Malu.*
No mucho tiempo, ¿para qué?
–*Derecha, derecha, izquierda. Tienes que acordarte.*
De repente, su silueta empieza a desvanecerse.
–*Vive bien, hermana.*
¿Qué? ¡No! ¡No me dejes sola!
–*No pertenecemos a este lugar.*
¡No puedo perderte otra vez! ¡Te echo tanto de menos!
–*Déjame ir, Malu. Déjame ir.*
Me vuelve a mirar y sonríe. Y mientras sonríe, vuelve a convertirse en la Maja que conozco; mi Maja. Su luz inunda toda mi conciencia.
Mi hermana está viva y más hermosa que nunca. Te lo suplico, ¡no te vayas! ¡Quédate conmigo!
–*Encuéntralo.*

Abro los ojos. Siento un pinchazo en las sienes, me palpita todo el cuerpo. El olor a tierra me inunda la nariz. Oigo un tintineo, estridente y mecánico, como el choque entre dos espadas. Nerviosa, me palpo el pecho, la barriga, las piernas. Luego levanto los brazos y me toco la cara.

Todavía estoy aquí.

Está tan oscuro que solo distingo sombras. El hueco en el que estoy recibe su luz de una pequeña fisura que se ha abierto entre dos losas de piedra. Al mirar hacia arriba, me doy cuenta de la suerte que he tenido. Una caída desde esa altura me podría haber partido el cuello.

Milagrosamente, mi móvil también ha salido ileso del impacto. Enciendo la linterna e ilumino mi entorno: así es como me imagino el interior de una madriguera, quitando los cables metálicos que sobresalen por doquier. En el aire flotan remolinos de polvo del tamaño de copos de nieve; en el suelo hay una espesa alfombra de barro y grava. A los pocos metros, la oscuridad se espesa tanto que el haz de luz rebota en vertical.

Con el móvil en la boca, avanzo a gatas por el túnel y lucho contra mi creciente claustrofobia. Aquí abajo hace, con toda seguridad, más de cuarenta grados. Intento dejar de pensar en el hecho de que me encuentro en las entrañas de un edificio derruido. También ignoro que podría morir aplastada en cualquier momento. Maja quiere que esté aquí. Tengo que confiar en ella.

El pasillo se estrecha y me obliga a arrastrarme boca abajo. Estoy sudando y los ojos me arden como el fuego. Me invade un repugnante olor a moho. Mi instinto de lucha o huida está tan alterado que mis músculos no dejan de contraerse por puro reflejo.

¿Ha sido mi encuentro con Maja producto de mi imaginación? Me lo pregunto al llegar al siguiente tramo. El túnel se ha estrechado tanto que siento el techo en la coronilla. Derecha, derecha, izquierda; eso es lo que me ha dicho. Pero ¿dónde está la derecha? Centímetro a centímetro, avanzo en línea recta. A estas alturas el aire es tan débil que la nariz me ha empezado a escocer y picar de forma terrible.

«¿Haruto?».

Me quito el móvil de la boca y escucho con atención, pues creo haber oído algo. Debido a toda la adrenalina, cada sonido, por pequeño que sea, adquiere una crudeza horrible. Seguramente solo ha sido el chasquido de alguna piedra. Escupo la arena que se me ha metido en la boca y vuelvo a colocar el haz de luz en su posición; entonces, lo vuelvo a oír:

–*Tasukete!*

Se me pone la piel de gallina.

–¡Haru! –grito con todas mis fuerzas–. Haru, ¿eres tú?

–*Tasukete!*

La voz es demasiado apagada para saber si pertenece a mi hermano de acogida, pero *tasukete* es una clara llamada de auxilio… ¡y ahora no debo dudar!

–¡No tengas miedo, enseguida estoy contigo! –grito, y vuelvo a meterme el móvil en la boca.

Gimiendo, me retuerzo a través del terrible aprisionamiento que me rodea por todas partes. Poco a poco, me empiezan a fallar las fuerzas. La piel de mi tripa está irritada y un terrible dolor se extiende por todo mi cuerpo.

«Sigue respirando, tienes que seguir respirando».

Se me está nublando la vista y noto cómo los ácidos calientes del estómago me suben por el esófago.

De repente, un suave aliento de aire me roza la cara. Sin dar crédito, muevo el cuello: a mi derecha hay una abertura en la pared. Derecha, derecha, izquierda: eso es lo que ha dicho. El miedo y la esperanza destellan en mi interior como dos llamas en la oscuridad.

El hueco del otro lado es mucho más amplio y, tras coger aire unas cuantas veces, la sensación de mareo en mi cabeza desaparece. Además, la oscuridad ya no parece estar tan a punto de engullirme. Incluso creo reconocer el pálido resplandor de la luz diurna en los bordes de las zonas más altas.

Poco después, la linterna del móvil encuentra la siguiente bifurcación del camino: de nuevo, a la derecha. Una brillante euforia fluye a través de mí. Fuera lo que fuese aquella extraña experiencia de antes…, mi hermana estaba ahí.

–*Tasukete!*

–¿Hahuho? –Me quito el móvil de la boca–. ¡Haruto, ¿puedes oírme?!

–¡Malu!

Un rayo me atraviesa por dentro.

–¡Haru, estoy aquí! ¡Estoy aquí!

–¡Malu! ¡No puedo moverme!

–¡Aguanta! ¡Ya voy!

La profecía de Maja se ha confirmado: derecha, derecha, izquierda. Aparto un tablón de madera suelto y serpenteo, o más bien me deslizo, hasta el espacio que hay detrás, pues el suelo aquí se precipita hacia abajo. Aterrizo con la cara en un agujero de tierra y el móvil cruje en tono funesto. Rápidamente, me incorporo y paso los dedos por la pantalla. Está intacta. Pero, entonces, ¿qué ha sido…? Noto un sabor metálico en la lengua y me entran arcadas. Tras escupir un espeso pedazo de saliva, me tanteo la hilera superior de dientes. ¡Oh, no! ¡Me falta un trozo del colmillo derecho!

–¡Malu!

Haruto ya debe de estar muy cerca. La sangre se me agolpa en los oídos mientras escudriño a mi alrededor: parece evidente que estoy en una de las aulas. Bajo los fragmentos de pared derrumbados alcanzo a distinguir pupitres y sillas.

–Haru, ¿dónde estás?

–¡Estoy aquí abajo! –responde con voz entrecortada.

Con cuidado, avanzo doblando las rodillas por la habitación devastada. Hay objetos afilados por todas partes y no quiero arriesgarme a ser empalada por algún hierro afilado.

Un segundo después, el haz de luz se pasea sobre una pierna. Suelto un gemido del susto… para romper a llorar de alegría enseguida.

–Haru, por fin…

Mi corazón frena en seco. Este no es Haru.

La imagen del chico sin vida me golpea como un puñetazo en el estómago. La forma en que yace ahí, indefenso y abandonado, mientras la oscuridad extiende sus garras asesinas sobre él… Me invade una pesadez de plomo. Esto no es justo. Él también es el hijo de alguien, el hermano de alguien, el mejor amigo de alguien…

Mi móvil vibra dos veces seguidas, lo que significa que le queda un diez por ciento de batería. Así que tengo unos cinco minutos para encontrar a mi hermano de acogida y escapar de este caleidoscopio del terror. Me obligo a apartar la mirada del chico y entrecierro los ojos, buscando en la penumbra gris.

–¡Haru, no te veo! –grito desesperada–. ¡Tienes que guiarme con tu voz!

–¡Aquí abajo!

Al iluminar un nicho, descubro un par de ojos que me miran a través de una estrecha rendija.

–¿E-eres tú?

–¡Sí! –exclama Haruto con voz ronca.

Alegría, alivio, gratitud…, las emociones explotan en mi interior como una enorme supernova.

–¡Te he encontrado! ¡De verdad que te he encontrado! –Jadeando, junto las palmas de mis manos–. ¡Gracias, Maja! ¡¡¡Gracias!!!

–¡No puedo salir de aquí! –El pánico resuena en la voz de Haruto–. ¡Es demasiado estrecho!

–¿Estás herido? ¿Te duele algo?

–Creo… creo que no. No lo sé. ¡Tengo mucho calor! –Respira agitadamente–. ¡Por favor, ayúdame!

–Tranquilízate, Haru-chan. ¡Juntos podemos hacerlo! –Paso el dedo meñique por el hueco–. Te lo prometo.

Él enrosca su dedo alrededor del mío y susurra:

–Gracias, Malu. Me alegro mucho de que estés aquí.

Después de enderezarme, hago brillar mi luz sobre los armarios que atrapan a Haruto en su interior como si fueran un sarcófago.

¡Piensa, Malu! ¡Piensa!

—Tengo buenas noticias —empiezo—. Ninguno de los armarios está sosteniendo la pared. Así que no corremos peligro de que el techo se nos caiga encima. ¿Puedes describirme el hueco en el que te encuentras?

—Madera —explica de forma escueta—. Mucha madera.

—Perfecto —murmuro, aunque no tengo ni idea de qué hacer con esa información.

Doy vueltas alrededor de los pesados muebles, tanteando. La luz del móvil parpadea. Maldita sea, ¡no me queda mucho tiempo!

—¿Ya tienes alguna idea? —pregunta Haru con voz quejumbrosa.

—Fuerza bruta.

—¿Qué?

—Voy a empujar los armarios con fuerza hasta que todo lo que esté atascado entre ellos empiece a moverse. Puede que así consigamos abrir una salida.

Oigo gemir a mi hermano de acogida, ansioso.

—Sé que no tienes mucho espacio ahí dentro, pero aun así quiero que salgas a patadas. Tienes que golpear con las piernas la barrera que hay detrás de ti, con todas tus fuerzas. —Dejo el móvil y me pongo en posición—. ¿Estás listo?

—¡N-no! —chilla.

—¡A la de tres! Uno…, dos…, ¡tres!

Hago fuerza contra las enormes cajas con todo mi peso y rujo:

—¡Vamos, Haru, tienes que dar patadas!

Él obedece y toda la estructura empieza a temblar.

—¡Bien! ¡Sigue así! —digo jadeando, y me inclino contra la madera—. ¡Sigue así! ¡Dale! ¡Dale! ¡Dale!

Me están empezando a hormiguear las extremidades por el esfuerzo.

–¡Creo que está funcionando! –me grita; poco después oigo el rodar de los escombros.

Hago un último esfuerzo y los músculos de mi espalda chasquean con fuerza.

–¡Ya casi estoy fuera!

Tengo la sensación de que se me van a salir los ojos de la cara. Siento un cosquilleo en el cuero cabelludo y los nudillos de las manos se me están poniendo blancos.

–¡Malu! ¡Malu! –Solo ahora me percato de que alguien tira de mi camiseta–. Ya puedes parar.

–¡Haruto! –grito, y caigo de rodillas por el agotamiento.

Él me rodea con sus brazos e inmediatamente nos ponemos a llorar.

–¿Cómo has conseguido encontrarme? –pregunta sollozando.

–Es difícil de explicar –respondo hipando, y le abrazo mucho más fuerte–. Alguien me ha señalado el camino.

–¿Eso ha sido un terremoto?

–Sí, uno muy fuerte.

Me mira, y su cara es una espiral de miedo.

–¿Mis padres siguen vivos? ¿Y Aya?

–Ellos están bien. –Le acaricio el pelo mojado–. Te están buscando. Seguro que ya se están empezando a preocupar.

–¿Dónde estamos?

Pienso en el signo que ha escrito Maja en el aire: 黄泉.

–En algún lugar bajo tierra. Y no tenemos mucho tiempo, estoy a punto de quedarme sin batería. Queda poco para estar a oscuras.

–¿Q-qué vamos a hacer?

Le tiendo el móvil y le digo:

–Ilumina el suelo delante de mí.

–¿Qué es lo que buscas? –pregunta Haru, después de que lleve unos minutos escarbando obsesivamente entre la tierra.

–¡Te lo digo luego! –Sostengo una barra de hierro en el aire–. Lo único que falta ahora es…

Agarro un trozo suelto de chapa y coloco ambos objetos al lado de mi hermano de acogida.

—¿Y ahora qué estás haciendo? —susurra Haruto, y me sigue con el haz de luz.

Cuando se da cuenta de lo que pasa, grita conmocionado.

—Lo siento —susurro—, pero no tengo valor para dejarle aquí.

—E-es amigo mío. Se llama Koki —balbucea—. ¿Está muerto?

No respondo, pero aprieto a Haruto y a Koki con fuerza contra mí. Luego echo un último vistazo a mi móvil y anuncio:

—Queda un uno por ciento.

Se va la luz.

No sé cuánto tiempo he estado aporreando la chapa con la barra de hierro y rezando para volver a ver la luz del día. No sé cuántas veces he pronunciado mentalmente el nombre de Kentaro para que no me invadiera la desesperación. No sé cuántas veces he pensado en nuestro beso mientras los *yōkai* de la oscuridad trazaban círculos cada vez más estrechos a nuestro alrededor.

Lo que sí sé es que el suelo sobre nuestras cabezas se ha abierto en algún momento. Lo que sí sé es que he llorado de felicidad mientras tiraban de nosotros hacia arriba en suaves camillas de tela. Lo que sí sé es que he estado todo el tiempo mirando al amplio cielo azul y pensando en la sonrisa de Maja.

16

Yūki

Tengo los ojos pegajosos y lo único que veo son manchas y borrones brillantes. Me los froto y bostezo con fuerza. El sol me hace cosquillas en la nariz. Mi cuerpo se siente ligero y de maravilla, como un algodón de azúcar en gravedad cero. La almohada es mullida y suave, el colchón en el que estoy tumbada, infinitamente cómodo. Me oigo gruñir a mí misma y me echo a reír.

–Vaya, sí que estás drogada.

–Maja, ¿eres tú? –digo.

–No, soy yo, Aya.

–Aya –balbuceo feliz–, ¿puedes por favor despertarme mañana a las diez y tres?

–Claro.

–Necesito ir urgentemente al parque Yo… Yoyo… Yoyogi.

–Primero necesitas dormir la mona. El médico te ha dado unos analgésicos muy fuertes.

–Pero si no me duele nada… ¡No tengo ropa que ponerme!

–Ese problema se puede resolver. Si es necesario, podemos pedir prestado un traje de enfermera sexi.

–Doctor Kai –suspiro anhelante–, quiero darte… tofu.

–¿Disculpa?

–Quiero desnudarte y… tofu.

–Vale, ahora sí que tienes que dormir.

Me río entre dientes.

–¡Puaj, Malu, lo estás babeando todo!

Kentaro. Nubes, nubes, nubes. Vuela hacia mí y me susurra al oído todo lo que quiere hacerme. Su beso es hambriento y apasionado. Hambriento. ¡Tengo un hambre de locos! Espero que Kentaro esté bien. Tengo que llegar a él, cueste lo que cueste. Solo cinco minutos más y me pongo a ello. Solo un descanso rápido y me pongo en camino. Ken-chan, ya voy. Enseguida estoy contigo…

Y me dejo llevar por un sueño profundo y comatoso.

Me despierta un gruñido parecido al de un oso. Abro los ojos y al segundo aparece la cara de Aya en mi campo de visión.

–¡Mira quién se ha despertado! –Lanza los brazos al aire y tararea como una cantante de ópera–. ¡La heroína de To- kio-o-o-oooooo!

–¡Ay, mi cabeza! –digo gimiendo.

–*Sorry* –dice en voz baja, y se pone a dar saltos de alegría–. ¡Es que estoy tan contenta!

Parpadeo, soñolienta.

–¿Qué día es hoy?

–Domingo.

–¿Domingo por la tarde?

Frunce el ceño.

–No, son las diez de la mañana.

Respiro aliviada. Entonces veo que estoy conectada a un monitor y pregunto asombrada:

–¿Estoy en el hospital?

–Sí –responde Aya, y se sienta en el borde de la cama–. Has sufrido una ligera conmoción cerebral. También te han tenido que dar puntos en la frente.

–Espera…, ¡el terremoto! –Los recuerdos caen como bombas aéreas en el gris tenue de mi conciencia–. ¡Oh, Dios! ¿Haruto está bien?

De repente, Aya me abraza tan fuerte que me deja sin aliento.

–Está bien y eso te lo debemos solo a ti. Si no hubiera sido por ti, Haru estaría muerto.

Le devuelvo el abrazo y me doy cuenta de que me embargan las emociones.

—Aya, lo siento muchísimo por todo. Debes de estar terriblemente decepcionada conmigo. Espero que puedas perdonarme de alguna manera.

—No, Malu, yo lo siento –dice con voz firme, y me sostiene la cara entre las manos–. Debería haber escuchado lo que tenías que decirme y, en lugar de eso, actué como una furia y te dije cosas horribles.

—Me has cuidado muy bien durante todo este tiempo. Me has organizado una fiesta sorpresa, me has hecho un vestido precioso, incluso has mentido a tus padres para que no me metiera en problemas…, y cuando descubriste la verdad sobre Kentaro, no me traicionaste –digo sollozando–. Me has tratado como a una hermana de verdad… y yo lo he estropeado todo. No te imaginas lo avergonzada que estoy de mi comportamiento.

—Las medicinas te están poniendo sentimental.

—¡No, hablo en serio! No me merezco tu amistad.

—Escucha, Ikemen y yo no estamos juntos. Él te ha elegido a ti, así son las cosas.

—Te prometo que nunca quise robártelo. –Las lágrimas me caen a chorros–. ¡Te lo prometo!

—Eso ya lo sé. Y te aseguro que ya no estoy enfadada.

Sacudo la cabeza sin comprender.

—Malu, has arriesgado tu vida para salvar a mi hermano. Te vi caer a lo más hondo con mis propios ojos. Todos te dábamos por muerta. Pero, de algún modo, conseguiste abrirte paso entre los escombros hasta el lugar exacto donde Haruto estaba enterrado. La gente cuenta que nadaste a través del magma a lomos de Ōnamazu, ¡ya ves si ha sido increíble! Si no lo hubieras encontrado, yo habría tenido que vivir para siempre en un mundo en el que mi hermano pequeño ya no existe. –Con cariño, me limpia las mejillas con un pulgar–. Dime, Malu-chan, ¿cómo puedo seguir enfadada contigo después de todo lo que has hecho por mi familia? De hecho, te estoy agradecida, y para toda la eternidad. –Sonrío, pero antes de que pueda replicar, se le escapa una risita ronca–. Además, ahora tienes un pequeño agujero entre los dientes, así que tu karma ha quedado limpio.

–¡Oh, no!

–Oh, sí. –Trata de disimular la risa–. No te preocupes, estás muy mona con él.

–¿Mona?

–Peligrosa –corrige.

–¡¿Peligrosa?!

–Atrevida. Dejémoslo en atrevida. –Me señala la frente–. De todas formas, lo primero que llama la atención es tu bonita cicatriz a lo Harry Potter.

–Genial, ¡ahora soy un bicho raro! –exclamo en tono melodramático, antes de que ambas estallemos en carcajadas.

En algún momento, nos duele la tripa de tanto reír y nos apoyamos la una en la otra, agotadas.

–Seguro que quieres ver a Haru –murmura Aya, mientras se quita restos de rímel de las pestañas–. Creo que están a punto de darle el alta. El hospital está muy saturado y no paran de ingresar nuevos pacientes. Es un completo caos.

–Sí, estaría bien. ¿Sabes dónde está mi ropa? Me preparo enseguida.

–¿De qué estás hablando? –Aya me empuja de nuevo a la cama–. El médico ha dicho que quiere tenerte aquí en observación hasta mañana.

–¿Qué? –Grito más alto de lo que pretendía–. ¿Y cómo voy a ir al parque Yoyogi entonces?

–Odio recordártelo, pero Tokio está…, cómo decirlo…, patas arriba.

–¡No me importa! Aunque haya un apocalipsis zombi causando estragos ahí fuera, ¡tengo que llegar a ese muro!

Aya me mira dubitativa.

–¿Y por qué necesitas ir con tanta urgencia a ese… muro?

Abro la boca, pero se me atascan las palabras.

–Kentaro, ¿verdad?

Asiento con la cabeza.

—¿Por qué no le llamas y ya está?

—¿Ya se puede?

—Sí, desde esta mañana. Las líneas están saturadas y es difícil comunicarse, pero al menos podemos volver a contactar con el mundo exterior.

Mi corazón empieza a acelerarse.

—¡Tengo que llamar a mis padres ahora mismo! Seguro que están preocupadísimos.

—No te preocupes, ya hemos contactado con tus padres. Saben que estás viva. —Dice la siguiente frase de la manera más despreocupada posible—. Y que estás en el hospital.

—¡Mierda! —maldigo—. ¡Apuesto a que ya están en el aeropuerto esperando el próximo vuelo a Tokio!

Aya cruza la habitación a toda prisa y vuelve con mi teléfono móvil.

—Toma. Te lo he puesto a cargar durante la noche. El hospital se alimenta de generadores de emergencia.

—Gracias.

—Voy a buscar a Haru mientras haces tus llamadas. —Aya levanta el puño en el aire—. ¡*Ganbatte*, Malu-chan!

Tengo dieciséis notificaciones nuevas.

La esperanza se enciende dentro de mí como una llamarada solo para apagarse en un instante: no hay ningún mensaje de Kai.

Haruto asoma la cabeza por la rendija de la puerta y, al instante, su sonrisa se transforma en una fina línea de incertidumbre.

Saludo con la mano y vuelvo a gritarle al móvil.

—¡No, no me estáis escuchando! ¡No puedo volver a Alemania! ¡No ahora, no en estas circunstancias! ¡Es imposible!

Mis hermanos de acogida entran de puntillas y contemplan los muebles con gran interés.

—Sí, me he enterado del terremoto… No, no se me ha pasado por alto que ha sido fuerte… Sí, me doy cuenta de que podría haber muerto… Dos veces, eso es… Sí, sé que puede haber réplicas… Me da igual lo que digan las noticias… ¡Pues claro que no vamos a tener que dormir en la calle!… No, papá, no me he escapado en secreto con el chico de los tatuajes.

Les hago señas a Aya y Haruto para que se sienten en mi cama y suspiro con frustración.

–Sé que estáis preocupados. Y lo siento. Pero no quiero dejar tirada a mi familia de acogida. Además, estoy en el hospital y el médico dice que tengo que quedarme aquí al menos otros cinco días… Claro que podéis hablar con el médico, pero me temo que solo sabe japonés.

Hago un gesto con el pulgar hacia arriba mientras Aya y Haru intercambian miradas de perplejidad.

–De acuerdo. Lo prometo. En cuanto me den el alta en el hospital, y si el aeropuerto sigue abierto, miraré vuelos… y reservaré… No, papá, no quiero colgar ya porque el chico de los tatuajes esté sentado a mi lado. –¡Aunque nada me gustaría más!–. Claro, os llamaré. Os quiero.

Y lo digo en serio. Me encantaría contarles toda la verdad a mis padres –sobre Tokio, Kentaro y Maja–, pero mi instinto me dice que este no es el momento adecuado. Están nerviosos y asustados y es probable que estén a punto de cruzar el océano remando en un bote de goma del Aldi.

Cuelgo y Aya exclama horrorizada:

–¡Dios mío, cuando hablas alemán parece que tienes una metralleta en la boca!

Haru levanta las manos.

–¡Por favor, no dispares! ¡Traigo ofrendas! ¡Traigo aperitivos!

Rodeo con mis brazos a mi hermano de acogida y le abrazo con fuerza.

–¡Me alegro tanto de que estés bien! De verdad, ¡no puedo expresar con palabras lo aliviada que estoy!

–Me estás aplastando, Onee-chan.

–Adelante, aplástalo –comenta Aya divertida–. Así me libraré por fin de este grano en el culo.

Le doy a Haruto un fuerte beso en la mejilla y trompeteo con acento alemán:

—¡Y, ahora, preséntame esos famosos aperitivos!

Saca un KitKat del bolsillo de su bata de hospital y hace una ligera reverencia.

—Aquí tienes, hermana mayor.

Mi estómago gruñe ante la escasa cantidad.

—¿Eso es todo? —inquiero—. He descendido a los infiernos por ti, he luchado contra *yōkai* sedientos de sangre y te he liberado de las garras de un siluro gigante... ¿y así me lo agradeces? —Empiezo a hacerle cosquillas—. ¿Con un trocito de chocolate mediocre? ¿Puedes imaginarte lo hambrienta que estoy? ¿Puedes imaginarte lo *pekopeko* que estoy?

—¿Malu-chan tiene hambre?

Me doy la vuelta y veo a Okāsan y Otōsan de pie en la puerta con caras de preocupación.

—¡Oh, no, no, no! —Levanto las manos en gesto apacigua-dor—. ¡Solo estaba bromeando!

Pero mis padres de acogida ya están en posición de salida.

—¡*Chotto matte*, Malu-chan, enseguida volvemos! —grita Okā-san con determinación guerrera, y tira de la camisa hawaiana de su marido.

—¡Te vamos a buscar algo rico para comer! ¡Aguanta un momento, Malu-chan! ¡Sé fuerte! *Chotto matte!* —Otō-san se inclina antes de ser arrastrado por mi madre de aco-gida.

—Madre mía —suelto—. Van a poner todo el hospital patas arriba, ¿verdad?

—Correcto. Van a saquear todas las tiendas y vaciar todas las máquinas expendedoras —explica Aya con naturalidad—. Van a recoger cada grano de arroz en un radio de cinco kilómetros y te lo van a traer. Así que más vale que te prepares.

—Y si tienes suerte, también te traerán un sombrero nuevo para el sol —añade Haruto con una sonrisa.

–¡Momo está bien!

Aya está sentada en una silla giratoria junto a la cama del hospital y envía tantos mensajes como puede.

–¿Todavía no se sabe nada de Rio? –pregunto.

–No, y tampoco consigo hablar con nadie más de nuestra clase. ¿Y tú?

Marco el número de Kentaro por enésima vez y por enésima vez salta el buzón de voz.

–¡No lo entiendo! –exclamo angustiada–. ¿Por qué tiene el móvil apagado?

–Puede haber muchas razones –responde Aya–. Puede haberlo perdido durante el terremoto. A lo mejor se ha roto. O se ha quedado sin batería y todavía no ha podido cargarlo. Recuerda que la luz se fue en todas partes.

–Espero que no le haya pasado nada –murmuro, rascándome la frente.

–¡Ya estás otra vez tocándote los puntos! –refunfuña Aya, dándole una patada al colchón–. Deja de hacer eso o se te va a infectar la herida. ¿O es que no has oído lo que te ha dicho el médico?

–¡Qué le voy a hacer si me pica tanto! –digo quejosa, dando vueltas en la cama.

–Dile a Lord Voldemort que estás ocupada.

–Muy graciosa. –Me muerdo las uñas, tensa–. Tengo hambre.

–¿Otra vez? –Señala la papelera, llena hasta los topes de envoltorios–. ¡Acabas de comerte quinientos sándwiches!

Miro el reloj de pared: 14 h.

Mis nervios están a flor de piel.

–Mamá está escribiendo –anuncia Aya, desplazándose expectante por el mensaje (a Haruto le han dejado salir del hospital con Okāsan hace dos horas, qué suerte)–. Dice que acaban de llegar los bomberos. Al parecer, las paredes de casa están estables. Ahora van a empezar a limpiar.

–¿Qué aspecto crees que tiene el mundo ahí fuera?

–Una mierda –responde ella–. En la radio informan que hay barrios enteros devastados.

–Debe haber muchos muertos.

–Sí, seguro.

Vuelvo a mirar el reloj, esta vez con lágrimas en los ojos: las 14:06 h.

–¿En qué quedasteis? –pregunta Aya, que se ha dado cuenta de mi creciente nerviosismo.

–¿De qué estás hablando?

Levanta la ceja izquierda.

–Sabes perfectamente de qué estoy hablando.

–Quedamos en vernos esta tarde en el parque Yoyogi, junto al muro donde nos conocimos –explico titubeante.

–Ah, ¿te refieres a donde os presenté?

Aunque no oigo ningún reproche en su voz, enseguida me invade la culpa.

–Lo siento, Aya. No pretendía ser insensible.

Ignora mi comentario y continúa:

–¿Quedasteis a alguna hora?

Sacudo la cabeza.

–El terremoto nos interrumpió.

–Ya veo. –Se lo piensa un momento–. Pero sabe dónde vives, ¿no?

–No, no quería que me llevara a casa. –Noto que me empiezan a sudar las axilas–. S-solo ha llegado a acompañarme hasta la estación de Yoyogi.

–Eso complica las cosas, desde luego –concluye Aya, pensativa–. Bueno, supongo que no nos queda más remedio que sacarte a escondidas del hospital.

–¿Qué? –pregunto sorprendida.

–A ver, ¿cómo puede tu cabeza estar tan mal cuando tu apetito está tan bien?

Grito, encantada.

–¿Y vas a ayudarme?

–Como es posible que esta sea tu última oportunidad de

perder la virginidad, voy a hacer una excepción y decir que sí.

—¿Por qué la última?

—Malu-chan, ¿de verdad tengo que recordarte cada dos minutos que tienes un agujero entre los dientes?

—¡Qué mala eres! —Le lanzo un beso al aire.

—¡Y la mejor!

Aya se levanta decidida de la silla y señala una cómoda pequeña.

—Tus cosas están en el cajón. Voy a ver si encuentro algo que te puedas poner. Tu camiseta estaba tan rota que tuvimos que tirarla. Y por nada del mundo puedes andar por ahí con ese horrendo camisón de hospital.

—De acuerdo. —Asiento enérgicamente—. Me lavo y recojo mis cosas.

—Pero sin llamar la atención —ordena mi hermana de acogida, y se despide con un guiño descarado.

Al secarme tras una ducha rápida y echarme un vistazo en el espejo de la pared, me detengo sorprendida. Realmente, parezco alguien al que le ha pasado por encima una manada de elefantes. Tengo el cuerpo lleno de moratones azules, verdes y morados. La piel de la tripa está llena de arañazos y en la frente se me ha formado un bulto bastante grande.

Sin embargo, no es mi aspecto lo que me deja perpleja, sino el hecho de que me veo a mí misma; no a Maja. Lo normal es que mi reflejo me transporte a un lugar de recuerdos, pero hoy no hay ni rastro de mi hermana gemela.

—¿Estás ahí? —susurro.

No hay respuesta.

Es extraño, pero no siento ni miedo ni tristeza, solo una especie de conexión conmigo misma que no había sentido antes. Despacio, trazo las líneas de mi cara y me maravillo. Qué cambiada estoy, casi como si fuera una persona completamente nueva.

En ese momento, llaman a la puerta.

Me vuelvo a poner el camisón de paciente y salgo del cuarto de baño.

—Pasa, ¡ya casi estoy!

Cuento los objetos que tengo sobre la cama: bolso, móvil, sombrero rosa para el sol, botín derecho, zapatilla de andar por casa izquierda. Todo listo.

—¿Aya? —Como sigue sin haber movimiento a mi alrededor, envuelvo mis cosas con la manta y lo intento en japonés—. ¿Quién es?

Una mujer y un hombre a los que no he visto en mi vida entran e inclinan la cabeza.

—¿En qué puedo ayudarles? —pregunto después de inclinarme con educación.

La mujer se endereza.

—Me llamo Natsuki y este es mi marido, Ichiro. Somos los padres de Koki.

El *shock* me golpea con tanta fuerza que me hundo en el borde de la cama.

—Hemos venido a darte las gracias, Malu-san. —Las lágrimas corren por sus mejillas—. Nunca olvidaremos lo que has hecho por nosotros.

—L-lo siento muchísimo. —Se me escapa un sollozo áspero—. Ojalá hubiera podido hacer algo para ayudarle.

El hombre frunce el ceño, sorprendido.

—Malu-san, Koki está vivo. Está herido, pero los médicos dicen que se va a recuperar.

—¿Q-qué? —Me falta el aire—. ¿De verdad?

Natsuki se sienta a mi lado y dice con voz temblorosa:

—Son muchos los hijos e hijas que se perdieron ayer en lo más profundo de la tierra. A la mayoría de ellos nunca los van a encontrar. Gracias a ti, hemos recuperado a nuestro Koki. Gracias a ti, nuestro hijo puede volver a casa con nosotros.

Estoy tan abrumada que río y lloro al mismo tiempo.

Finalmente, Ichiro saca una cadena de plata del bolsillo interior de su chaqueta y se la entrega a su mujer.

–Malu-san, nos gustaría darte este regalo como muestra de nuestra gratitud. –Natsuki abre el puño y revela una hermosa escritura en *kanji*–. El colgante ha pertenecido a nuestra familia durante muchas generaciones.

–¿Qué significa? –pregunto conmovida.

–Valor –responde con una sonrisa.

Enseguida niego con la cabeza.

–No puedo aceptar algo tan valioso.

–Nadie se merece este collar más que tú, Malu-san.

Ichiro hace una reverencia y vuelve a luchar contra las lágrimas.

–Si quieres, puedo ponértelo yo. –Natsuki me ayuda a ponerme en pie y tose con timidez–. Ah, Malu-san, eres muy alta. ¿Podrías agacharte un poquito para mí?

–Por supuesto –respondo, y me inclino hacia delante.

El colgante me da una agradable sensación de frescor y, al tocarlo, un hormigueo recorre todo mi cuerpo.

–Muchas gracias por este regalo tan especial. –Me inclino, llena de humildad–. Llevaré siempre el collar encima y pensaré en Koki.

–¿Quiénes eran? –pregunta Aya después de que Natsuki e Ichiro se hayan despedido.

Tengo que recomponerme un momento antes de responder.

–Eran los padres de Koki.

Ella comprende de inmediato y se frota los brazos.

–Vaya, se me ha puesto la piel de gallina. ¿Cómo te sientes?

–Bastante emocionada.

–*Yūki*, el símbolo del heroísmo. –Casi con reverencia, se acerca y acaricia la inscripción plateada–. ¿Es un regalo?

Asiento tímidamente.

–Una locura, ¿verdad?

–En absoluto. El collar te sienta bien. –La expresión de

sus ojos se torna escrutadora–. ¿Estás segura de que quieres seguir adelante con el plan? Podemos esperar hasta mañana por la mañana…

–Estoy segura –la interrumpo, y echo un vistazo inquieto al reloj–. ¿Has encontrado algo que pueda ponerme?

–En cuestión de ropa, yo siempre encuentro algo –responde, y de una bolsa de plástico saca dos monos azul oscuro.

–Pero eso no me parece de enfermera sexi –constato con desilusión.

–Bueno, tendrás que conformarte con la conserje sexi. –Se pone el mono sin forma y empieza a posar–. *Voilà!* El disfraz perfecto.

Intento meter mi pantorrilla alemana en el pantalón japonés y empiezo a resoplar.

–De perfecto nada, ¡esto es una tragedia!

–¡Qué dices! El mono queda como un guante. –Da una palmada de ánimo–. ¡Solo tienes que coger mucho aire!

–¿Y cómo va a hacer mi culo para coger mucho aire?

Hace falta un esfuerzo enorme, sudoroso y milimétrico para meterme en esta prenda demasiado ajustada, demasiado pequeña y demasiado corta. Cuando por fin la cremallera cubre mi piel lo suficiente, me miro al espejo y suelto un grito, asombrada.

–¡Genial! Ahora soy un bicho raro y una salchicha.

El hospital está tan abarrotado que nadie se fija en nosotras ni en nuestra pequeña escapada. Después de salir del edificio, Aya me choca los cinco débilmente y anuncia:

–Si nos damos prisa, llegaremos al parque Yoyogi en veinte minutos.

–¿Las dos? –pregunto, perpleja.

–No me gusta dejarte sola en este estado. En realidad, deberías estar en la cama descansando.

–¿Estás segura? Quiero decir, ¿no es un poco raro?

Mi hermana de acogida se encoge de hombros.

—Creo que lo «raro» es la nueva normalidad. Además, mis padres sospecharían si de repente aparezco en la puerta de casa sin ti. He jurado que no me iría de tu lado mientras tuvieras el cerebro hecho papilla.

Su elección de palabras me arranca una risa amarga.

—Entonces, prepárate para quedarte conmigo para siempre.

—Lo haré encantada, hermanita. Pero, por ahora, te voy a acompañar al parque y luego ya vemos qué hacemos. En cuanto llegue Ikemen, me largo.

Me aclaro la garganta.

—E-estoy segura de que esto no es fácil para ti.

—Tus lloriqueos sí que no son fáciles para mí. —Me guiña el ojo con descaro y se adelanta—. ¡Vamos, Malu! No queremos hacer esperar a tu cita en medio del apocalipsis.

17

La nueva Tokio

Brillantes columnas de humo se elevan en el cielo y sobre las calles pende una irrealidad fantasmagórica. La gente corre de un lado a otro, los servicios de emergencia gritan instrucciones a través de megáfonos y una orquesta de sirenas se mezcla con el ensordecedor traqueteo de los helicópteros de rescate.

Me deja estupefacta ver Tokio así. Tenemos que saltar obstáculos constantemente o evitar derrumbamientos. El asfalto está lleno de grietas y hendiduras y, en un momento dado, incluso pasamos junto a un auténtico minibarranco que se abre entre dos tiendas.

De alguna manera, me da la sensación de que se han superpuesto distintas realidades. Por un lado, los rascacielos, las multitudes, los muchos olores y sonidos siguen ahí, pero, por otro, ahora tienen un aspecto grotesco, extraño y de pesadilla. La autoridad del horror es omnipresente, y me pregunto si Tokio –la radiante ciudad del futuro– se recuperará algún día de este terrible desastre natural.

Media hora más tarde, al acercarnos a la explanada del parque Yoyogi, me paro en seco.

Aya camina unos metros más antes de volverse hacia mí, sorprendida.

–¿Qué te pasa?

–Estoy meganerviosa.

–Ni siquiera sabemos si va a estar ahí.

–Exacto. A lo mejor está enterrado bajo algún edificio, a lo mejor está herido, a lo mejor está...

–¡No me refería a eso! –exclama en tono apaciguador–. Lo más probable es que ya esté sentado en tu estúpido muro con diez rosas rojas y esperándote.

–¿Qué aspecto tengo? –Me manoseo frenéticamente el mono azul–. ¿Pensará que me acabo de escapar de alguna prisión?

Aya se queja con pesadez.

–Malu, por favor, ¡no hagas que me arrepienta de haberte traído aquí!

–Perdón –digo en voz baja, y miro al suelo, avergonzada.

–Después de todo lo que me has contado de él por el camino, creo que a Ikemen le gustas de verdad.

Levanto la vista, sorprendida; me daría una bofetada por haber sido tan desconsiderada.

–Seguro que lo único que le importa es que estés sana y salva.

–V-vale, dame un segundo.

Respiro con fuerza varias veces seguidas y cambio al alemán.

–Tres tristes tigres tragaban trigo en tres tristes trastos en un trigal. –A continuación, otro breve ejercicio lingüístico–: Cómo quieres que te quiera, si el que quiero que me quiera...

–¡Malu!

–¡Muy bien, estoy lista!

Pero Kentaro no está.

Camino lentamente a lo largo del muro y acaricio la hiedra caliente por el sol. La decepción es tan grande que me veo obligada a disimular las lágrimas.

–¿Y si nos lo hemos cruzado? –especula Aya; sus ojos se mueven escrutadores.

Examino las marcas fosilizadas de chicle en los ladrillos y niego con la cabeza.

–Seguro que me habría dejado algún mensaje.

–Oye, son solo las tres y media. En teoría, podría aparecer en cualquier momento. –Se apoya en la pared y me hace un gesto para que me siente–. Le esperaremos juntas.

Me siento a su lado y apoyo la cabeza en su hombro.

–No tienes por qué quedarte. Seguro que tienes cosas mejores que hacer.

–¡Me alegro de que digas eso! Por fin podré hacer todo lo que he escrito en mi diario para el fin del mundo. –Poniendo los ojos en blanco, rebusca en el bolsillo del pantalón y saca una golosina *dango*–. Aquí tienes, para los nervios. Pero no te lo comas entero. Yo también quiero un poco.

–No te prometo nada –digo entre dientes, y rompo el envoltorio.

–¿Puedo preguntarte algo?

–*Cwwlaaro* –respondo, masticando.

–¿Maja es tu hermana?

Me atraganto y Aya tiene que darme varias palmadas en la espalda.

–Perdona, no quería alterarte.

–Maja era mi hermana gemela.

Se queda congelada.

–¿Por qué «era»?

–Murió hace dos años.

–¿Qué? –Sus ojos se abren de par en par, horrorizados–. Yo… no tenía ni idea.

–No es tu culpa. No se lo había contado a nadie.

–¿Por qué no?

–Porque se suponía que Tokio iba a ser un nuevo comienzo. –Trago saliva–. Si quieres, algún día te lo contaré todo.

–¿Por qué no ahora? –pregunta–. Solo si tú quieres, claro.

Me gustaría decir que no, pero mi corazón se desborda y todo lo que he acumulado en los últimos dos años estalla como un maremoto. Le cuento a Aya que Maja se ahogó en el río. Le hablo de la noche en la que recibí la llamada, de los días de búsqueda y del momento en el que comprendí que mi hermana gemela había muerto. Le hablo de la culpa que me atormenta desde entonces; la culpa de estar viva mientras que para Maja ya no queda nada. También le confieso que a veces me pregunto si hoy las cosas serían diferentes si no hubiera dejado sola a mi hermana aquel fatídico día de verano.

–No saber si mi hermano seguía con vida ha sido la sensación más horrible que he tenido nunca. No puedo ni imaginar por lo que has pasado. –Aya pone su mano sobre la mía–. Lo siento muchísimo, Malu-chan.

–Llevo dos años aferrándome al pasado con tanta desesperación que el presente se me ha escapado por completo. Pero no quiero seguir escondiéndome detrás del dolor. Es hora de descubrir quién soy y quién puedo ser sin mi hermana. Quiero volver a vivir como es debido y ser feliz. –Dejo escapar un profundo suspiro–. Tengo que dejar ir a Maja, pero, de alguna manera, eso todavía me parece un reto imposible.

–¿Sabes? –comienza Aya en voz baja–, dejar ir a una persona no significa perderla, sino recuperar un poco de libertad; la libertad de decidir cómo quieres sentirte. Quieres volver a ser feliz, ¿y qué? No tienes por qué sentirte culpable. Tu hermana no hubiera querido que te torturaras el resto de tu vida.

–¿Puedo confesarte algo sin que creas que estoy loca? –pregunto dubitativa.

–Por supuesto.

–Fue Maja quien me mostró el camino hacia Haru.

–¿Qué quieres decir?

–Estaba en un extraño espacio de oscuridad y, de repente, ella estaba delante de mí –digo titubeando–. No paraba de repetir una secuencia aparentemente aleatoria de direcciones. Cuando volví en mí, había desaparecido, pero sus indicaciones me llevaron directa a tu hermano. Maja quería que lo encontrara.

Las lágrimas corren por las mejillas de Aya.

–Estabas en *yomi*.

–¿El reino de los muertos?

–Sí –dice en un susurro–. Los difuntos utilizan ese lugar para comunicarse con los vivos. Después, cada alma regresa a su propio mundo: los vivos al visible y los espíritus al invisible.

Se me pone la piel de gallina.

—Pero eso es solo una superstición, ¿no?

—Dímelo tú —responde Aya, cargada de significado—. Asumo que tu hermana no solo te habló de dónde estaba Haru.

—N-no —balbuceo.

Ella sonríe y me da un momento para procesar mis sentimientos.

—Cuéntame más sobre Maja. Y no te atrevas a comerte todo el *dango* tú sola.

Riendo, le tiendo el dulce y miro a las nubes.

—¿Qué quieres saber?

—¿Le gustaba más ver películas o leer libros? ¿Cuál era su color favorito? ¿Y tenía tanta hambre como tú?

—Esas son muchas preguntas —comento.

—Bueno, ahora somos tres hermanas, y las hermanas deberían saberlo todo las unas de las otras.

Miramos la pegatina redonda del PACHINKO LOVE en la que he escrito tanto mi número de móvil como la dirección de los Nakano.

—¿Así que tuvisteis una cita en un *onsen* que está en un *izakaya* que, a su vez, está en una sala de *pachinko*?

—Algo así.

—Tiene todo el sentido del mundo. —Aya arrastra los pies, indecisa—. ¿Qué tienes pensado hacer ahora?

Echo un vistazo a mi móvil y me alejo del muro de un tirón.

—Vámonos a casa.

—¿Estás segura?

—Son casi las diez. Ya no va a venir.

—¿Por qué no le llamas otra vez? —sugiere mi hermana de acogida.

—Ya le he dejado como mil mensajes —replico con voz forzada—. Eso no va a servir de nada.

—Si quieres, podemos volver a intentarlo mañana.

—Pero habíamos quedado en vernos hoy.

—Los planes cambian, ¡sobre todo con el terremoto del siglo de por medio!

—Lo sé, pero...

Me pongo mi sombrero rosa y me lo bajo sobre la cara.

Aya se lo piensa y chasquea los dedos con especial entusiasmo.

—¿Qué tal si de camino a casa repartimos unas cuantas pegatinas por la estación?

—V-vale —balbuceo, y dejo caer mis lágrimas.

Tras llenar la entrada de la estación de Yoyogi de pegatinas del PACHINKO LOVE, nos dirigimos a casa. El *skyline* es negro como el carbón y todo el infinito del universo parece reflejarse en las torres de cristal. Nunca había visto un cielo nocturno como este: millones y millones de estrellas titilan con intensidad y cada una de ellas posee una vitalidad inconmensurable. Por encima de los callejones sin luz de Sendagaya, se pueden distinguir incluso las vetas nebulosas de la Vía Láctea, sus vértebras irisando en místicos tonos de azul.

El resplandor cósmico debe tener un efecto embriagador en los insectos, pues oigo zumbidos y murmullos por todas partes; aparte de eso, la nueva Tokio está sumida en un silencio absoluto. La mayoría de los residentes han pasado la noche en las zonas de evacuación más cercanas y las calles están desiertas.

—Venga, una vez más: les decimos a mis padres que hemos estado buscando a Kaitarina —dice Aya, iluminando una parada de autobús desplomada. La oscuridad es tan impenetrable que estaríamos completamente perdidas sin las luces de nuestros móviles—. Has recibido el mensaje y hemos acudido a su llamada de socorro. Y, por supuesto, el médico ha dicho que no hay ningún problema en que salgas del hospital.

—Que no hay ningún problema en que salga del hospital —repito, apartando de una patada una lata de Coca-Cola vacía.

—Exacto, solo diles que hemos salido del hospital e ido a un club de *striptease*.

–Hemos salido del hospital e ido a un club de *striptease*…, vale.

–Uf, ¡vas a hacer que me castiguen sin salir de casa el resto de mi vida! –Se engancha a mí–. Malu-chan, ¡todo va a salir bien, ya lo verás! Seguro que Ikemen se pone pronto en contacto contigo. Quién sabe, a lo mejor mañana aparece delante de nuestra puerta.

–¿Y si no lo hace? ¿Y si no nos volvemos a ver?

De repente, se me hace un nudo en la garganta.

–¡Eh, tú no sueles rendirte con tanta facilidad! –me grita mi hermana de acogida, sacudiéndome con suavidad–. ¿Es por el golpe en la cabeza? ¿Tengo que llevarte de vuelta a urgencias?

–O a lo mejor simplemente se ha olvidado –añado con creciente abatimiento.

–¿De qué se ha olvidado?

–De mí. Y de que habíamos quedado.

–Ahora sí que estás siendo injusta –dice Aya con severidad–. Es posible que Ikemen esté haciendo todo lo posible por llegar a ti y tú le estás acusando de semejante tontería.

–Tienes razón. –Me paso la lengua por el agujero de los dientes–. *Cleo que olo eloy calaada.*

–¿Cómo dices?

–Creo que solo estoy cansada –digo refunfuñona, y echo una mirada triste a las estrellas.

Dos horas después, estoy tumbada en la habitación de mis hermanos de acogida, haciéndome constantemente las mismas preguntas angustiosas: ¿Por qué no ha ido Kentaro al parque Yoyogi? ¿Se encuentra bien? ¿Le ha pasado algo? ¿Nos volveremos a ver?

Quejosa, doy vueltas en mi saco de dormir de emergencia. El aire huele a rancio y tengo la boca pastosa de tanto polvo. Ahora mismo daría lo que fuera por una ducha fría o un aire acondicionado en condiciones, pero eso no son más que ilusiones de lo más atrevidas.

«¿Estará pensando en mí? ¿Vendrá aquí? ¿Intentará encontrarme?».

Haruto murmura algo en sueños y Aya masculle a modo de respuesta. Ahora mismo preferiría estar en mi propia habitación, pero mis padres de acogida no querían que durmiera al lado de un agujero en la pared.

«¿Dónde estará ahora? ¿Qué estará haciendo? ¿Por qué no contesta al móvil? ¿Estará herido? ¿Estará vivo?».

Aprieto la cara contra la almohada y suelto un grito ahogado. La intrusión de mis pensamientos es insoportable, ¡y encima estas bestias intrusas tienen permiso para vivir en mi cabeza sin pagar alquiler! Frustrada, intento dirigir mi atención hacia el exterior: las tuberías retumban, el agua gotea de las paredes y el retrete me recuerda con rugientes lamentos el calvario que ha tenido que soportar. Suspirando, ceso en mi intento. No tengo permitida ni una pizca de tranquilidad, solo ruidos molestos y agotadores.

«¿Me echará de menos tanto como yo a él?».

De repente, mil campanas de tormenta resuenan en mi cabeza al mismo tiempo. Salgo rápidamente de mi húmedo y sudoroso saco de dormir y busco mi bolso.

Ahí está: el sobre de color ocre.

Quiero dar volteretas y tocar la guitarra imaginaria de lo salvaje que me recorre la alegría por el cuerpo.

—¿Cómo has podido olvidarlo? ¡Eres una *dojikko* de verdad, Malu! —digo en voz baja, y le doy un beso enorme al sobre.

En casa de los Nakano reina el caos: hay bolsas llenas de basura, cubos y material de limpieza por todas partes. El suelo está cubierto de toallas y papel de periódico; cinta aislante negra sujeta los cristales de las ventanas. Tanto la cocina como el salón contiguo son inaccesibles y los bomberos han señalizado el marco de la puerta con un grafiti rojo en forma de X. Enciendo la linterna y la dirijo hacia la cocina improvisada que Okāsan ha montado en el pasillo. Me escabullo con cuidado y entro en mi habitación.

Aquí también reina el caos; un caos sucio, sofocante e infinito.

Pero no me importa, porque en mis manos tengo un tesoro que hace sombra incluso al Anillo de la Tierra Media. Me siento con las piernas cruzadas en mi futón semienterrado y miro la letra de Kentaro: «Un regalo de no cumpleaños».

Con los dedos fríos y húmedos, abro el sobre y despliego el papel tamaño DIN-A4. Los latidos de mi corazón alcanzan una velocidad supersónica. El regalo de no cumpleaños de Kentaro es el dibujo que me escondió en la tienda de uniformes… y la chica del dibujo soy yo.

Es increíble lo bien que puede dibujar el caballero Jedi: la alternancia de líneas suaves y duras le da a mi cara tanto vulnerabilidad como fuerza. Mis ojos brillan tras un misterioso sombreado. Sonrío con suavidad, una sonrisa que alberga miles de historias. Que Kentaro me perciba así, que vea belleza donde yo nunca he podido encontrarla, me llena de un dolor agridulce. Cómo me gustaría poder demostrarle lo mucho que su regalo significa para mí con un beso infinito.

Al menos ahora sé que Kentaro no me ha olvidado. Simplemente, lo sé. Cuanto más miro el dibujo, más segura estoy de que habría ido al parque Yoyogi si hubiera podido. Algo ha debido de interponerse en su camino; de lo contrario, nunca me habría fallado.

–¿Qué ha pasado, Ken-chan? ¿Estás ahí fuera esperándome? –susurro, apretando el papel contra mi pecho–. Por favor, dame una señal.

En ese momento, se escucha un crujido.

Sobresaltada, doy un respingo y me giro en redondo.

–¿Ho-hola?

Vuelvo a oír ese ruido espeluznante y esta vez localizo su origen: el agujero de la pared.

El corazón me da un vuelco.

–¿K-Kentaro? –digo jadeando, y miro fijamente la cartulina negra que Otōsan ha pegado para tapar el agujero. Fuera, las ramas crujen y vuelvo a oír fuertes chasquidos y rasguños–. Kentaro, ¿eres tú?

Mi voz no es más que un susurro. ¿Es posible que el caballero Jedi se haya topado con una de las pegatinas del PACHINKO LOVE?

La cartulina se mueve y se abulta. Alarmada, retrocedo y grito en inglés:

–¿Quién es? ¡Identifíquese ahora mismo!

Y entonces, de repente, un adiposo objeto volador sale disparado por el agujero y aterriza a mis pies con un desgarrador «Miiiaaauuu».

–¡Bratto Pitto! –grito, sin dar crédito–. ¡Estás vivo!

El gato se revuelve y grita indignado.

–¡Aya! ¡Haru! ¡Despertad! –Levanto al gato y empiezo a bailar de felicidad–. ¡Rápido, venid todos! ¡Mirad quién está aquí!

Bratto Pitto abre mucho sus ojos de loco e indica con un bufido histérico que tiene hambre.

–Gracias –digo en voz baja, y acurruco mi cara contra su cálida y gruñona barriga–. Te encontraré, Kentaro.

18

Tadaima

−¿Por qué me miras así? −Me rasco la nuca, avergonzada−. ¿Tengo algo en la cara?

Kentaro sonríe y la luz de la luna se pierde en la oscuridad de sus pupilas.

−¿Q-qué? −pregunto, riéndome−. Me estás poniendo nerviosa.

Su mirada cae hasta mis labios y adopta esa expresión tan especial: intrépida, seductora, irresistible. Me acerco un poco más y cierro los ojos, esperando a que vuelva a robarme el aliento.

−Tienes una pestaña, dojikko −comenta, y suelta una risita divertida.

−Oh… −respondo aturdida, esperando que no note mi decepción.

Sonríe y me acaricia la mejilla con el dedo. Me apoyo en la barandilla de la azotea del rascacielos y contemplo las hipnóticas luces de neón de Tokio. Estoy tan sumamente feliz que es probable que ahora mismo brille más que cualquier edificio.

Él traza una línea en el contorno de mi labio superior y luego me acaricia la barbilla con ternura. En ese momento, me doy cuenta de que su caricia significa algo más y me recorre un escalofrío.

Sigue moviéndose a lo largo de mi cuello y una cautivadora oscuridad se instala en su rostro.

−No hay ninguna pestaña, ¿verdad? −le susurro.

Mi clavícula, mi hombro, mi omóplato… No hace ningún esfuerzo por detenerse, sino que se desliza por mi espalda con un objetivo claro. La idea de que pueda llegar a tocarme así en

*algún momento sin ropa casi hace que pierda la cabeza. Cuando
su mano llega a mi cadera, tiemblo y suelto un suave suspiro.*

*Pero, en el momento en el que el deseo que siento por él se
hace insoportable, retira el brazo y me pasa el dedo por debajo
de la nariz.*

—Aquí está.

Miro la pestaña con incredulidad.

—Pide un deseo, dojikko.

Me guiña un ojo y sonríe con descaro.

—¡Espera! —le siseo—. Deseo que me…

*No me deja terminar, sino que me agarra de la cintura y tira
de mí hacia él.*

*—Tus deseos son órdenes para mí —susurra, y junta sus labios
con los míos.*

Su beso es brusco y lleno de deseo.

El edificio del PACHINKO LOVE *se disuelve y lo único que nos
acompaña es la aterciopelada luz de las estrellas…*

—Onee-chan, Onee-chan. —Haruto me sacude con suavidad—.
¡Si sigues así, vas a borrar toda la pintura de la estantería!

Me sobresalto y me pongo roja.

—Lo siento, estoy un poco dispersa.

Mi hermano de acogida saca a Bratto Pitto de una caja y
pregunta con cuidado:

—¿Va todo bien?

—Por supuesto, solo quiero poner la casa en orden lo más rápido posible —digo resoplando, y saco a Bratto Pitto del cajón
de los calcetines que estaba ordenando antes.

—¿Estás preocupada por tu novio? —sigue preguntando Haru,
que pesca a Bratto Pitto de una bolsa de basura.

—¿M-mi novio?

—Yo también estoy preocupado por mi novia —confiesa,
liberando a Bratto Pitto de una tira suelta de cinta adhesiva.

Parpadeo sorprendida.

—¿Tienes novia, Haru-chan?

—Fuiste tú quien me dijo que fuera a por ella. Solo te he hecho caso. —Sonríe con picardía y susurra—. Es un año mayor que yo. Ella ya tiene once.

—Eso es impresionante —Me río, y salvo mi caja de cosméticos del arrugado culo de Bratto Pitto—. ¿Estaba ella en el edificio del colegio cuando se derrumbó?

—No, por suerte, no —responde Haru, y aparta a Bratto Pitto de la manta que está doblando—. Aun así, vive en Shinagawa.

—¿Qué pasa con Shinagawa?

Mis palabras resquebrajan el aire como latigazos, y tanto Haruto como Bratto Pitto se sobresaltan.

—Bueno, toda la bahía de Tokio ha quedado destruida por un tsunami. Shinagawa se ha llevado la peor parte.

Rocío el cristal de la ventana con limpiacristales y me concentro en no llorar de inmediato.

—¿Tu novio también vive en Shinagawa?

—Sí —susurro, y limpio con tanta dedicación que la ventana chirría en señal de protesta.

—Eso no tiene por qué significar nada —dice Haru enseguida—. Tokio es enorme. Quién sabe dónde estaba cuando se produjo el terremoto.

—Eso no es muy reconfortante —murmuro.

—Es mucho mejor suponer que podría estar en un millón de sitios que en ninguno, ¿no?

Miro a Haruto sorprendida y asiento con la cabeza.

—Estoy seguro de que vas a encontrar a tu novio. Tienes un talento extraordinario para localizar a la gente.

—Suena como si estuvieras describiendo a un acosador peligroso, pero gracias —respondo, y sonrío débilmente—. A mí tampoco me cabe duda de que vas a volver a ver a tu novia.

—¿Novia? —grita Aya con un estruendo, y entra en la habitación con la escoba en alto.

Bratto Pitto, que de forma espontánea decide que el palo de madera supone un peligro mortal, salta bramando de su silla y huye hacia el armario.

–Eso es, Haru-chan tiene novia –informo–. Ya tiene once años...

Haruto me pisa bruscamente el pie y realiza una serie de devotas reverencias.

–¡Aya-chan, trabajas demasiado! Por favor, ponte cómoda y descansa. Yo limpiaré por ti a partir de ahora. Pero antes, permíteme que te traiga un refresco. Lo tienes más que merecido, clemente, honorable y sabia hermana.

De repente, Aya luce terriblemente imperiosa con su escoba.

–¡Ve y prepara nuestras provisiones!

–¿Provisiones? –pregunto, llena de esperanza.

–¡Mete también bebida suficiente, que hoy tenemos muchas cosas que hacer! ¡Y no te olvides de los dulces!

–Pero si nos hemos quedado sin dulces –murmura Haruto, con la parte superior del cuerpo desplomada.

–¿De verdad crees que no sé lo de tu escondite secreto? –Aya agita su escoba y deja escapar un fuerte silbido–. ¡Le ocultas tantos secretos a tu pobre, pobre hermana!

–Está bien. –Cruza las manos delante de la cara–. ¡Os daré todos los que tengo!

–Anda. –Ella le empuja hacia la puerta–. ¡A trabajar! Los mayores tienen que hablar. Así que una novia, anda que...

Haru le da las gracias y se escabulle de puntillas.

–Llevo mucho tiempo esperando la oportunidad de hacerme con esos dulces –explica Aya con una sonrisa socarrona–. El tacaño este los lleva escondiendo debajo de su colchón desde Navidades.

–¿Vas a contarme lo que te ha dicho Okāsan? –pregunto impaciente.

–Ah, es verdad. Tenemos permiso para buscar a Kaitarina siempre que nos quedemos cerca y estemos de vuelta en casa a las cinco. También tenemos que llevarnos los *walkie-talkies*.

Me pongo a celebrarlo y le doy un fuerte abrazo a Aya.

–¡Eres la mejor!

–Me lo dicen todo el tiempo –responde, guiñándome un ojo–.

Yo también quiero pasarme por casa de Rio más tarde. Sigo sin tener noticias de ella y estoy empezando a preocuparme.

—Por supuesto —le digo, y me calzo las zapatillas en un santiamén—. ¡Ya estoy lista!

—¿Qué te ha hecho cambiar de opinión?

—¿Hum?

—Ayer parecía que querías rendirte —explica Aya.

—Bueno, es que me ha enviado una señal.

Ella parpadea, escéptica.

—¿En forma de mensaje?

—En forma de gato sin pelo.

—Malu-chan, ¿has vuelto a merodear por el reino de los muertos?

Me río a carcajadas.

—Bratto Pitto era la señal.

—Uh, qué sexi. —Se estremece, incómoda—. Muy bien, salimos en diez minutos. ¿Qué te parece si empezamos por Shibuya? Creo que la estatua de Hachiko es perfecta para unas pegatinas.

—No, primero tengo que ir a Kabukichō. El PACHINKO LOVE fue el último lugar donde estuvimos juntos. A lo mejor está intentando encontrarme allí.

—Bien, entonces vamos primero a Kabukichō.

Inmediatamente, el miedo se apodera de mí.

—Esperemos que esté allí.

—No pienses en lo que os separa, sino en todo lo que os une. Solo así tu corazón podrá mostrarte el camino.

—L-lo intentaré. Gracias, Aya.

Se detiene en la puerta y mira hacia atrás con una sonrisa triste.

—Ojalá yo también tuviera algo así, un amor que me emocione tanto.

—¡No puede ser verdad! —grita frustrada mi hermana de acogida—. ¿De verdad que no hay nada en Tokio que no haya destruido este estúpido terremoto?

Con un nudo en el estómago, miro las letras de hojalata y plata: PA NK LOV . La entrada está enterrada bajo escombros de hormigón, la fachada perforada recuerda a un queso suizo. Por encima de la maraña de cables, alambres y fragmentos de acero, un hilo de espumillón ondea solitario en la brisa.

Solo la planta de aloe vera ha sobrevivido indemne al infierno y permanece erguida como una deidad salvaje en su trono de terracota roja. Recojo del suelo una figurita de Tanuki y sacudo la cabeza, desconcertada.

–Hace tres días estaba aquí mismo y todo iba bien en el mundo. Es increíble lo rápido que pueden cambiar las cosas.

–Malu, ahí hay un tipo raro… ¡y viene directo hacia nosotras! –exclama Aya, tirando de mi camiseta–. Creo que es un *yakuza*. Vale, mantén la calma. Es mejor que me dejes hablar a mí.

–¡Eh, Sombrero Rosa!

Me doy la vuelta y un brillante sentimiento de felicidad burbujea en mi interior.

–¡Tasuku!

El chico se detiene ante nosotras y hace una reverencia informal.

–Me alegro de que hayas sobrevivido tan bien al terremoto… ¡Vaya! –Me señala el agujero entre los dientes–. ¿Eso es nuevo?

Mi sonrisa se apaga y aprieto los labios.

–¿Y tú eres? –Aya le mira despectivamente–. ¿Takku?

–Tasuku –corrige, con una sonrisa confiada–. ¿Y tú cómo te llamas, querida?

–Me llamo Y-A-Ti-Qué-Te-Importa –responde ella con frialdad.

–Qué bonito.

–Ella es Aya –explico, y le lanzo una mirada de advertencia a mi hermana de acogida–. Estamos buscando a Kentaro.

–¿Estamos? ¿Ahora el sinvergüenza tiene a dos titis detrás de él?

–Yo estoy buscando a Kentaro, Aya me está ayudando –especifico, mientras Aya da un fuerte suspiro, molesta–. ¿Por casualidad no lo habrás visto?

–No, no desde nuestra última borrachera. Yo tampoco soy capaz localizarle. Pensaba que lo estabais haciendo en algún *Love Hotel* y que ni siquiera os habíais enterado del terremoto.

–¿Tienes idea de dónde puede estar? –insisto.

Tasuku enciende un cigarrillo.

–¿Habéis estado ya en su casa?

–Por desgracia, no conozco su dirección –respondo–. Solo sé que vive en algún lugar de Shinagawa.

–¿Shinagawa? Mierda. –Hace una mueca–. La bahía entera ha quedado totalmente destruida. Puentes caídos, carreteras agrietadas, casas patas arriba…

–Nadie te ha pedido que nos recites un poema –se burla Aya, rodeándome con el brazo–. Vámonos, Malu-chan.

–Aun así, gracias –digo apretando los labios, y hago una reverencia rápida.

–Yamamoto sabe dónde viven los Kawakami. Si queréis, os puedo llevar hasta él.

–¿Está ahí dentro? –pregunto sobresaltada, señalando los restos en ruinas del PACHINKO LOVE.

–No, nos hemos instalado en la tienda de uniformes de Akamura.

–Eso está bastante lejos de aquí –comenta Aya.

–Yo tampoco me muevo a pie. –Tasuku sostiene las llaves de su coche en el aire–. Nuestros hombres han despejado la carretera principal. Llegaremos en diez minutos.

–Gracias, pero pasamos –responde secamente Aya.

–Eso me rompe el corazón.

Le echa un humo azul a la cara y se da la vuelta.

–¡Espera! –grito, y Aya, que acaba de maldecir y abanicarse con la mano, me mira alarmada–. Vamos contigo.

Tasuku se echa una chaqueta negra de cuero sobre los hombros y responde con indiferencia.

–Por mí, vale, pero el *pitbull* va atrás.

–Perdona, engreído de…

Agarro a mi hermana de acogida por el brazo y pongo cara de súplica. Después, ella se pone sus gafas de sol Wayfarer negras y dice por lo bajo:

–Como quieras.

El *yakuza* da un golpecito en su *smartwatch* y al momento se abre una trampilla oculta a nuestros pies.

–Esperad aquí. Tengo que hacer una cosa, será rápido. –Me entrega el cigarrillo–. Sujétame esto, Sombrero Rosa.

–C-claro –respondo perpleja, y lo observo descender por una empinada escalera de hierro.

Una vez que ha desaparecido en el suelo, Aya me pellizca en el costado y me sisea.

–¿Has perdido la cabeza? ¡Es un *yakuza*! No podemos ir a dar un paseo con él así como así.

–¿Por qué no? –pregunto, tosiendo y tratando de alejar el humo del cigarrillo de mí.

–¡Porque lo más probable es que ahora mismo esté cogiendo sus pistolas, sus drogas, sus cadenas –se hace con el cigarrillo y le da una profunda calada– y su rata monstruosa de tres cabezas de las alcantarillas! Estos tipos son peligrosos.

–Es el tatuador de Kentaro –comento, intentando calmar su pequeño arrebato de ira.

–¿Criminal y tatuador? ¡¿Por qué no lo has dicho antes?! ¡Eso me tranquiliza muchísimo!

–Los dos son buenos amigos –continúo–. Kentaro confía en él.

–¿Supongo que ese tal Yamamoto también es un *yakuza*?

Asiento con la cabeza.

–¿Desde cuándo se mueve Ikemen por círculos tan turbios? ¿Y cómo demonios ha conseguido meterte en ellos?

–No me ha metido en nada. Solo quería que me divirtiera un poco en mi cumpleaños. Además, todo el mundo fue muy amable conmigo.

–¿Celebraste tu cumpleaños con un puñado de *yakuzas*? –pregunta encogida.

–Solo estuvimos cantando juntos en el karaoke.

La postura de Aya cambia.

–¿Fuiste al karaoke con ellos?

–Sí –digo con un quejido, preparándome por dentro para una enorme tormenta.

–¿Y fueron… simpáticos?

–¡Mucho, la verdad! –aseguro efusivamente.

–¿Ese también? –Señala hacia abajo.

–Tasuku también. Bueno, a su tosca manera.

Se frota la barbilla, pensativa.

–Muy bien, vayamos a por la dirección de Kentaro.

–¿En serio? Entonces, ¿no tienes ningún problema con ir? –pregunto con suspicacia.

–Oh, sí, tengo un gran problema con ir –explica Aya, apagando el cigarrillo con la suela de su bota–. Pero al menos ahora sé que mis riñones no van a acabar en el mercado negro.

–¿Porque fui al karaoke con él?

Ella asiente y añade como algo natural:

–Las personas muestran su verdadera cara cuando cantan en el karaoke. Es una ley de la naturaleza.

Aparecen las puntas del pelo de Tasuku y poco después el joven deja una cubeta grande a nuestro lado.

–¡Esta maldita cosa pesa mucho! –jadea, forzando y estirando los músculos–. ¿Dónde está mi cigarro?

Aya le pone la colilla en la mano y pregunta con voz afilada:

–¿Qué hay ahí dentro?

Las comisuras de sus labios se tuercen hacia arriba.

–Sombrero Rosa, tu amiga es de las peligrosas.

–¡Será mejor que respondas a mi pregunta! –le advierte ella.

–¿O qué? –Levanta los brazos con una sonrisa–. ¿Vas a arrestarme?

Aya se ríe burlona.

–No, te puedo hacer cosas mucho peores.

–Soy todo oídos. Y no te dejes nada.

Los dos discuten en japonés y yo me doy la vuelta con un suspiro. Me arrastro lentamente hacia la planta de aloe vera y siento que una tristeza como el cemento se apodera de mí.

–¿Te encontraré alguna vez, caballero Jedi? –susurro colocando unas cuantas pegatinas del PACHINKO LOVE en la maceta de terracota roja.

Aya me pone la mano en el hombro.

–Malu-chan, ¿estás bien? Podemos irnos ya si quieres.

Me enderezo.

–¿Y la cubeta?

–Está llena de fiambreras –exclama Tasuku, amasándose la frente con fastidio.

–Es verdad. Me ha dejado mirar.

–¡Después de amenazarme con la mutilación y la castración! –ladra el joven *yakuza*.

Logro esbozar una débil sonrisa.

–¡Vámonos ya! No puedo hacer esperar a Yamamoto todo el día.

Levanta la cubeta y se marcha.

–Estoy deseando ver qué tipo de «coche» conduce este tipo –refunfuña Aya, con los dedos formando comillas en la palabra coche–. Seguro que no es más que un carrito de la compra con un volante de plástico hinchable y un patito chirriante a modo de claxon. ¡Ja! Y el motor son las piernas. Aunque… sería una pena con las botas tan chulas que lleva. Lo admito, el mono de pintura ese tiene estilo. Bueno, debes tener algo de calidad como ser humano incluso cuando eres un completo idiota. Me pregunto si todavía va al instituto. Quiero decir, ¿cómo puedes ser un completo idiota a tiempo completo y aun así ganarte la vida con ello? Esos pantalones tan ajustados parecen caros. Tiene un culo bien apretado, ¿no crees? Hum, eso serían dos cualidades aceptables…

Desconecto de la charla de Aya y miro hacia arriba con nostalgia. Un avión vuela entre volutas de nubes inundadas de luz dejando tras de sí estelas de vapor rosado. Me pregunto si ahora mismo Kentaro estará viendo este cielo y pensando en mí.

–¿De verdad tu coche es este? –vocifera Aya, contemplando asombrada el deportivo verde neón.

–Correcto –responde el *yakuza*, chasqueando la lengua con descaro–. El juguete favorito de papá.

–¡Bah, seguro que es robado!

–No soy ningún aficionado, cariño.

–Permiso de conducir y papeles –exige ella con brusquedad.

–¿Por qué no me haces una lista de todas las cosas que quieres que te enseñe? –replica con una sonrisa lasciva.

–¡Basta! –digo gritándoles a los dos–. Aquí nadie va a escribir listas ni a enseñar nada. Ya hemos perdido demasiado tiempo. ¡Meted vuestros beligerantes culos en el maldito coche y pongámonos en marcha!

Aya y Tasuku callan y se suben obedientes.

–Pues supongo que ahora el *pitbull* soy yo –bufo, y me subo en el asiento trasero.

Me parece completamente surrealista correr por las devastadas calles de Tokio en un rugiente deportivo, y no sé si reír o llorar. Bajo la ventanilla y dejo que el aire impregnado de finales de verano penetre hasta lo más hondo de mis pulmones. Ahí está otra vez; esa punzada en el corazón que me recuerda lo mucho que echo de menos a Kentaro.

Mi mirada se pierde en el paisaje: barrios enteros se reúnen para ayudarse mutuamente a reconstruir las casas. Los jubilados barren las aceras, los niños recogen la basura con pinzas. Incluso los perros se muestran útiles transportando provisiones a los incansables trabajadores de la calle, bomberos y policías.

La nueva Tokio es un lugar de humanidad desbordante y,

aunque las luces de neón de la megápolis se han apagado, la esperanza brilla con más fuerza que nunca.

El *yakuza* se detiene junto a una extensa fila de máquinas expendedoras.

–Pero esta no es la tienda de uniformes –comenta Aya, confusa.

–Si me ayudáis, iremos más rápido. Vosotras decidís –dice Tasuku con un pitillo en la boca, y se baja.

–Este tío tiene el encanto de una escobilla –gruñe mi hermana de acogida, y se desabrocha el cinturón.

Le seguimos hasta las máquinas expendedoras de bocadillos e intercambiamos miradas indecisas mientras juguetea con uno de los campos numéricos.

–¿Necesita cambio, señor deportivo? –pregunta Aya con condescendencia.

–Introducid la secuencia 060903 y pulsad la tecla de la almohadilla –murmura, y se dirige a la máquina de Coca-Cola de al lado.

–¿Y por qué íbamos a hacer eso?

–Porque así desbloqueamos las máquinas expendedoras –responde secamente.

Aya cruza los brazos delante del pecho.

–¿Estás robando?

Tasuku hace una pausa y le lanza una mirada severa.

–Escucha, yo no robo coches ni chocolatinas. Estas máquinas expendedoras pertenecen a Yamamoto. Quiere que todo el mundo tenga acceso a bebida y comida. La mayoría de las tiendas del barrio se han incendiado. La gente de aquí lleva días sin comer nada en condiciones.

Aya se sonroja.

–No te tomes las cosas tan en serio.

Desbloqueo una máquina de *onigiris* y oigo rugir mi estómago.

–Tasuku-san, ¿puedo coger una bola de arroz?

—No hace falta que me preguntes algo así, Sombrero Rosa. ¡Eres de la familia! Sírvete tú misma —me dice Tasuku, y sonríe.

—No me había dado cuenta de que ahora eras una *yakuza* —refunfuña Aya con amargura.

—¡Chist, no digas esa palabra! —susurro, y muerdo un sustancioso *onigiri* de calabaza—. Además, creo que lo que está haciendo es genial.

—Cualquier cosa que implique comida te parece genial.

—¡Eso no es verdad! —protesto con las mejillas llenas, escupiendo a Aya sin querer.

Soberbia, se limpia los granos de arroz de la frente.

—Malu-chan, por favor, rocía tus palabras en otra dirección. *Ferdón*.

—¡Esta gente son criminales, no lo olvides! —dice para concluir, y grita sorprendida cuando Tasuku se para de repente justo detrás de ella.

—Malu-san, ¿podrías darle esto a tu amiga? —Pasa junto a Aya y me tiende una caja de bombones con forma de corazón que ha cogido de la máquina expendedora de dulces—. A lo mejor esto le pone de mejor humor.

—¿Por qué no se los das tú mismo? —pregunto, desconcertada.

—Bueno, dice cosas muy desagradables de mí. Empiezo a tener la impresión de que no le caigo bien —explica malhumorado.

Aya le arrebata la caja de bombones de la mano y sisea.

—¡Dios mío, qué dramático eres!

Él sonríe con picardía y me parece ver un atisbo de sonrisa en la cara de mi hermana de acogida.

Después de descargar las fiambreras y distribuirlas junto a las máquinas expendedoras, retomamos el camino a la tienda de uniformes de Akamura. Por pura rutina, saco mi móvil y llamo a Kentaro.

—Aya… —le susurro.

Ella se vuelve hacia mí y, cuando capta mi mirada, exclama conmocionada:

—¿Ha pasado algo?

Sin mediar palabra, le tiendo el móvil.

Se acerca el teléfono a la oreja y escucha atentamente.

—Pero si no se oye nada.

—Exacto —digo hipando, y se me saltan las lágrimas.

Ella mira la pantalla y comprende lo que intento decirle.

—¿Qué ha pasado? —pregunta Tasuku.

—Antes, cuando Malu marcaba el número de Kentaro, siempre saltaba el buzón de voz —explica Aya con voz entrecortada—. Pero ahora no hay conexión.

—¿Y qué? —dice el *yakuza*—. Podría ser por varias razones.

—¿En serio? ¿Como cuáles? —pregunto desesperada.

—Espera un momento… ¿Crees que está muerto?

—¡Oye! —Aya le da un puñetazo en el brazo—. ¡No seas tan insensible!

—Dime, ¿crees que está muerto?

—N-no lo sé.

Tasuku insiste.

—¿Crees que Kentaro ha muerto en el terremoto?

—¡No! —grito enérgicamente.

—Bien, porque yo tampoco. —Asiente con decisión—. Confiemos en nuestros instintos y concentrémonos solo en encontrarle, ¿de acuerdo?

—D-de acuerdo —balbuceo en voz baja.

Aya sonríe asombrada.

—Vaya, eso es mucha sabiduría para alguien tan…

—¿Tan guapo? —la interrumpe, y se pasa los dedos de forma seductora por el pelo—. Me lo dicen todas.

La fortaleza de Akamura se alza misteriosa e inquebrantable en la penumbra resplandeciente de los gigantes de hormigón. Con su tejado a cuatro aguas de cuento de hadas, sus borrosas paredes color pastel y su salvaje melena de hiedra, no parece encajar en absoluto en este mundo. Sobre todo ahora, ya que su entorno está bañado en un blanco y negro enfermizo y parece más caprichoso y mágico que nunca.

Aunque los edificios de la zona han quedado muy afectados, el terremoto no ha doblado ni una viga de la casita. Incluso el arco de madera sigue en pie y las letras talladas brillan como piedras preciosas mojadas.

Sonriendo, subo los escalones de la entrada mientras la ventana redonda, parecida a la de un submarino, me mira con curiosidad. Se oyen ladridos de excitación. Al momento, la puerta se abre y una nube de nieve se precipita hacia mí.

—¡Más despacio, Pompom, más despacio o volverás a cagarte por todos lados!

El caniche gigante salta sobre mí y me lame la cara, gimoteando de felicidad. Entonces descubre a Tasuku y suelta un ladrido de alegría.

—¡Oh no, Pompom, mi corazón, mi amor, estás siendo demasiado efusivo! —Hai Granto pasa a toda prisa por delante de mí en su elegante bata y el olor a perfume de rosas me llena la nariz—. ¡Tranquilo, por Dios, tómatelo con calma o te volverá a dar diarrea!

Se oye un pedo largo y húmedo y Tasuku empieza a maldecir en voz alta.

—¡Malu-chan, estaba tan preocupada! —Chiyoko se acerca haciendo cabriolas y se inclina con una sonrisa radiante. Hoy también lleva un precioso kimono, esta vez de un delicado color lila—. ¡Me hace muy feliz ver que estás bien!

—Yo también me alegro mucho de verte, Chiyoko-san, ¡más de lo que imaginas! —respondo con una reverencia.

—Aunque todavía falta alguien.

—Por eso estoy aquí.

Ella asiente comprensiva y mira brevemente a mi lado.

—No has venido sola.

—No, esta es mi amiga Aya. Estoy viviendo con su familia.

—¿Confías en ella?

–Sí, de todo corazón.

–Bien, entonces os acompañaré dentro. Seguro que quieres hablar con el *oyabun*. –Me coge de la mano y se da la vuelta–. Tasuku-san, ¿tú también vienes? Oh. Bueno, quizá sea mejor que nos adelantemos.

Miro hacia atrás y la imagen hace que pierda el aliento de la sorpresa: Tasuku está tirado en el suelo con los pantalones llenos de caca de perro, Hai Granto le está limpiando el culo a Pompom con un pañuelo de tela y Aya se parte de risa.

Antes de entrar en la tienda de uniformes, hago una pausa y susurro:

–*Tadaima*.

Los japoneses utilizan esta palabra cuando regresan a un lugar especial. A grandes rasgos, significa «he vuelto», pero tiene un significado mucho más profundo: *tadaima* se refiere a la armoniosa simultaneidad de llegar, regresar y ser bienvenido de nuevo.

–*Okaeri* –responde Chiyoko, y se pone a mi lado.

Okaeri es la contrapartida de *tadaima* y describe la interrupción de la ausencia y la llegada simultánea de la alegría del reencuentro.

Sonrío con nostalgia y recuerdo cómo Kentaro me esperaba detrás de esta puerta el día que recogí mi uniforme. Su mirada hizo que me quedara sin aliento.

Cómo me gustaría poder volver atrás en el tiempo y revivir aquel momento tan mágico.

19

Kaito Kawakami

—Los Kawakami viven en el ático de un rascacielos ultramoderno. Dudo que haya sufrido daños importantes. El problema es que Shinagawa está inundada, así que será difícil llegar al edificio.

Yamamoto está sentado en un sillón Chesterfield y, detrás de él, las faldas de los uniformes ondean con el olor metálico de los ventiladores. Lleva una mascarilla facial de color marrón barro y se ha hecho un nudo en la barba. Lleva almohadillas refrigerantes en las pantorrillas tatuadas y tiene los pies en un masajeador que zumba.

Chiyoko me da un vaso de limonada y me guiña un ojo discretamente.

—Queridísimo, ya sabes cómo son los jóvenes. Nuestra Malu va a buscar a su príncipe con o sin nuestra ayuda. —Le dirige una mirada llena de significado—. Con nuestra ayuda, por supuesto, tendría muchas más posibilidades de encontrarlo. Y todos sabemos lo aliviado que te sentirías si lo hacemos.

Está a punto de rascarse la nariz cuando recuerda que lleva una mascarilla hidratante. Gime de frustración.

—¡Estoy muy estresado!

—Tan estresado… —subraya la *geisha*.

—Y es verdad que sería un alivio averiguar de una vez dónde se ha metido ese maldito mocoso.

Ella asiente con simpatía.

—Después de todo, es como un hijo para ti.

El rinoceronte se baja de su masajeador y arrastra los pies descalzos hasta las estanterías altas.

–Iría yo mismo, pero ese maldito Kawakami haría que me llevaran preso en el acto.

Los ojos de Chiyoko brillan provocadores.

–Por suerte, siempre tienes preparado un plan B.

El jefe *yakuza* se vuelve hacia mí y, aunque apenas reconozco su rostro bajo la pasta pegajosa, emana más respeto que nunca.

–¿Así que quieres a ese chico?

–¡Oh, Yamamoto, siempre con esa florida elección de palabras! Estás avergonzando a nuestra pobre Malu…

Interrumpo a la *geisha*.

–Sí, le quiero.

Yamamoto vuelve a sentarse y emite un arrullo pensativo.

–¿Y crees que está en Shinagawa?

–No sé nada de él desde el terremoto. El hecho de que Shinagawa esté aislada del resto de la ciudad podría ser una posible explicación. E incluso si no está en casa, su padre podría decirme dónde encontrarle.

–Son argumentos convincentes –murmura el *oyabun*, palmeándose la barriga con vigor–. Bien, entonces está decidido. Te ayudaré.

Aya, que ha encontrado su sitio entre las plantas, me dedica una sonrisa triunfal.

–Sabía que no defraudarías a nuestra Malu. –Chiyoko le da un beso en la calva–. ¡Eres todo un romántico!

–Humm… Yamamoto ama el amor –anuncia el temido jefe *yakuza*, riéndose como una niña pequeña. Pero entonces se le cae toda la tontería de encima y ruge con rudo estilo gansteril–. ¿Dónde está ese mierda de Tasuku cuando se le necesita?

–Se está cambiando de ropa –dice Aya.

–Akamura, ¿estás ahí?

De repente, la reliquia prehistórica aparece a mi lado y exclama con vigor militar:

–¡Presente, señor!

Es tal el salto que pego que casi me caigo del sofá.

–¿De dónde ha salido así de repente?

El fósil sonríe con descaro y mueve sus pobladas cejas.

Yamamoto cambia al japonés.

—Akamura, por favor, prepara el bote para las damas.

—Sí, señor. —El anciano saliva ruidosamente.

—¿Un bote? —pregunta Aya, inquieta.

—Con el coche no vamos a llegar muy lejos, querida —interviene Chiyoko.

El jefe *yakuza* señala con el dedo.

—Y no te olvides de los chalecos salvavidas.

Como Akamura no responde, lo miro con desconfianza…, pero el mágico reptil prehistórico ya ha desaparecido.

Yamamoto se pone unas extravagantes gafas de lectura y garabatea algo en un papel.

—Aquí tienes la dirección de los Kawakami.

—Te estoy muy agradecida, *oyabun*.

—Niña, escucha. —Apaga el masajeador de pies y se inclina hacia mí—. El padre de Kentaro es…, cómo decirlo…, apestosamente mezquino. No te tomes como algo personal las tonterías que te pueda soltar por despecho. —Asiento con debilidad—. *Ganbatte*, Malu-san. —El rinoceronte se levanta y las tablas del suelo crujen bajo su peso—. Déjame que encuentre los planos del edificio en un momento.

Aya y Chiyoko se ponen a mi lado y hacemos una reverencia hasta que el jefe *yakuza* desaparece en la trastienda.

—Malu, ¿no deberíamos pensarlo primero con tranquilidad? —dice Aya de inmediato—. Shinagawa está lejos y no deberíamos salir del alcance de los *walkie-talkies*. Además, todo esto suena muy peligroso.

—No os preocupéis, Tasuku os acompañará —dice Chiyoko en tono desenfadado—. Y yo también iré. Conozco Shinagawa como la palma de mi mano —se mete la mano bajo el kimono y saca una pequeña porra puntiaguda— y puedo defendernos de cualquier enemigo.

La miramos con los ojos muy abiertos.

—Cuando me haya cambiado, nos pondremos en marcha.

La *geisha* nos dedica una sonrisa pícara y se aleja a toda prisa entre los percheros de ropa.

–No podemos andar por Shinagawa así como así. La bahía ha sido arrasada por un tsunami –grazna Aya, histérica–. Una misión como esta requiere de una planificación precisa.

–Lo siento, pero no puedo esperar más. La incertidumbre me está volviendo loca. Han pasado más de cuarenta y ocho horas desde el terremoto y aún no sé qué le ha pasado a Kentaro. Si existe la más mínima posibilidad de que pueda encontrarlo en Shinagawa, tengo que intentarlo. No puedo dejar de pensar que Kentaro podría necesitar mi ayuda. Podría estar herido y solo en un hospital. O algo peor. Su dirección es la única pista que tengo. Y Kaito Kawakami es su padre, debe saber algo. –La tensión en mí se libera brevemente con un violento temblor–. Pero si no quieres venir conmigo lo entenderé. Ya has hecho mucho por mí. Y no espero que vuelvas a mentir a tus padres para cubrirme.

Mi hermana de acogida suspira con agonía.

–Jefes de la *yakuza*, botes, *geisha*s con porras…, ¡estas cosas solo huelen a problemas! Por qué no pudiste enamorarte de Hiroki, o de Motoki… ¡Dios mío! –Se interrumpe y se queda con la boca abierta.

Sigo su mirada y me río con incredulidad. Tasuku está delante de nosotras con una minifalda plisada muy ceñida.

–¡Controlaos! –suelta, frotándose las piernas con nerviosismo–. Ninguno de los pantalones para chicos me quedaba bien. ¿Qué otra cosa me iba a poner? Ese estúpido chucho y su maldita caca…

–Está bien, hermanita, iré contigo. –Aya pone una sonrisa diabólica–. Pero solo porque quiero ver a este payaso peludo hacer el ridículo delante de todo el mundo.

El viaje en coche hasta Shinagawa es una tortura de lo más agotadora. A cada minuto tenemos que parar para retirar objetos de la calzada. Tasuku debe hacer arriesgadas acrobacias, y cada vez que lo hace parece un pequeño milagro que sigamos vivos. Cuando por fin aparece ante nosotros la bahía de Tokio, estamos agotados, sucios y empapados de sudor.

Chiyoko, que ya no viste como una *geisha* sino como una expedicionaria profesional en la jungla, nos echa aire con su miniventilador y nos dice:

–Estamos a punto de salir del alcance de los *walkie-talkies*. Además, gran parte de Shinagawa sigue con el apagón.

Aya, que está sentada a mi lado en el asiento trasero, asiente y saca su *walkie-talkie* de la mochila.

Tasuku atraviesa un puente a paso de tortuga y oigo el chapoteo del agua contra los neumáticos. Estoy tan nerviosa que se me revuelve el estómago. Ha sido un gran error comerme la bola de arroz. Las situaciones de amenaza existencial y los tentempiés no son una buena combinación.

–Hola, ¿hay alguien ahí? –pregunta Aya en japonés por el *walkie-talkie*, y escuchamos con atención.

Al momento se oye un zumbido y Otōsan responde con su habitual voz alegre:

–Aya-chan, ¿va todo bien?

–Sí, estamos bien.

–¿Pudisteis encontrar a la amiga del instituto de Malu?

–No, hemos parado la búsqueda por hoy. Aun así, ahora mismo vamos de camino a Shibuya para ver cómo está Rio.

–Aya, apenas puedo oírte. –El altavoz ruge como un monstruo de aguas profundas–. ¿Estás todavía dentro del radio que acordamos?

–¿Estás sordo? Estamos en S-h-i-b-u-y-a. Pregúntale a mamá, ella sabe dónde vive la familia Satō.

Escucho el tictac del detector de mentiras interior de Otōsan… y superamos la prueba.

–Muy bien, pero os quiero en casa a la hora de la cena. Hoy tu madre está preparando *karē raisu* especialmente para vosotras.

–Sí, sí –refunfuña mi hermana de acogida, y noto que le echa una mirada furtiva a Tasuku–. ¿Algo más?

—Cuidaos la una a la otra. —Hace un fuerte sonido de beso—. ¡Hasta luego, princesa!

—¡Uf, papá! ¡No seas tan cursi!

Apaga el *walkie-talkie* con rapidez.

—¿Princesa? —Tasuku se ríe y sus ojos brillan en el retrovisor—. ¡Si él supiera!

—Perdona, ¿has dicho algo? —sisea—. Me ha distraído tu minifalda.

Quiero darle las gracias a Aya, pero está tan absorta discutiendo que ni siquiera lo intento. En lugar de eso, cierro los ojos e imagino cómo va a ser enfrentarme al temible Kaito Kawakami. ¿Estará Kentaro con él?

—Fin del trayecto —anuncia Tasuku, y saca la llave del Range Rover—. A partir de aquí, tenemos que seguir con el bote.

Me sacudo un poco para recuperar la compostura y miro por la ventanilla, entrecerrando los ojos: un muro de bloques de pisos azul noche se extiende ante nosotros, ominoso e inquietante. Velos de humo cuelgan como capuchas demoníacas sobre las cabezas de los gigantes, sus cuerpos de acero parecen atraer la materia más oscura. Un único rascacielos se eleva desde el centro de la penumbra, imponente y amenazador como el Olimpo del mal. No sé por qué, pero enseguida me doy cuenta de que ese horrible edificio es el destino de nuestro viaje.

Chiyoko levanta el brazo y señala el punto más alto del edificio.

—Los Kawakami viven ahí arriba, en el ático de la Torre Raion.

Trago saliva audiblemente.

—No querrás echarte atrás, ¿verdad, Sombrero Rosa? —pregunta Tasuku.

—C-claro que no.

—Bien, entonces voy a sacar el bote. —Abre la puerta del coche y suena un chapoteo—. Tened cuidado cuando salgáis. El agua…

—Llega hasta las rodillas —explica Aya después de salir del coche con confianza.

La mirada de Tasuku se pasea por el turbio caldo a sus pies.

—Está llena de muerte y desgracia.

Vapores pegajosos y húmedos se dirigen hacia nosotros, el aire está impregnado del terrible hedor de la descomposición. El agua recuerda al aluminio fundido y el pequeño bote inflable corta la superficie lisa como un bisturí. El silencio es tan denso que engulle casi al instante cualquier sonido.

Tasuku ha tomado el timón, Chiyoko está de rodillas en la proa del bote con un largo palo de madera y aparta los obstáculos del camino. Aya y yo estamos sentadas en el centro, con el ceño fruncido ante el caldo gris ceniza. Una y otra vez, extrañas siluetas pasan por debajo de nosotros y siento escalofríos al preguntarme qué veríamos si el agua se desprendiera de su oscura máscara de hierro.

–No mires demasiado, Sombrero Rosa –dice Tasuku en voz baja–. Mucha gente ha muerto ahogada en estas aguas.

–¿No puedes dejar de hacer esos comentarios? –sisea Aya, frotándose los brazos y temblando.

–No son los muertos los que deberían preocuparte, sino los vivos –anuncia Chiyoko en tono siniestro–. La gente de aquí lleva atrapada en sus casas desde el terremoto y espera con desesperación que lleguen alimentos y suministros de socorro.

–Tiene razón –confirma el *yakuza*–. Si alguien nos roba el bote, tendremos un verdadero problema.

Miro con preocupación las paredes curvas del edificio. Parecen gigantescos ojos de insecto con innumerables facetas, cada una de ellas orientada hacia nosotros.

–¡Tasuku, cuidado! –grita la *geisha*, ante lo cual el *yakuza* vira rápidamente hacia la izquierda.

–¿Qué ha sido eso? –pregunta Aya, asustada.

–Un pulpo gigante devorador de hombres –responde Tasuku con voz escalofriante.

Ella hace una mueca.

–¿Seguro que no has visto tu propio reflejo?

Miro hacia atrás y reconozco el contorno borroso de una furgoneta.

—El agua es muy profunda —mascullo—. ¿De verdad que un tsunami ha hecho todo esto?

—Sí —responde Chiyoko—. En realidad, la ola ya debería haberse retirado al mar, pero el agua no se mueve. Sospechamos que la bahía se ha hundido como consecuencia del terremoto.

—¿Hundido?

La *geisha* asiente.

—La población de Tokio crece cada día. Sin una constante recuperación de tierras, sería imposible hacer frente a la falta de espacio. La mayoría de las zonas de Shinagawa y alrededores están construidas sobre suelos artificiales. Un gran error, como puedes ver.

—Eso significa que toda la región costera será inhabitable a partir de ahora —farfullo horrorizada.

—Los desastres naturales son un recordatorio constante de lo patéticas que son nuestras ambiciones. —Suspira, abatida—. Esta ciudad era un símbolo del control y la innovación humana. Ahora su cuerpo está frío y nos recuerda, de la forma más brutal posible, que no controlamos este planeta.

—¿Crees que Tokio se recuperará algún día?

—Estoy segura —dice Chiyoko—. En 1923, el gran terremoto de Kantō lo destruyó todo y durante la Segunda Guerra Mundial Tokio fue bombardeada hasta los cimientos. La ciudad es como un ave fénix, caerá y resurgirá hasta el fin de los tiempos.

—Ya hemos llegado —anuncia Aya, y en el mismo momento el bote inflable se sumerge en la tenebrosa sombra de la Torre Raion.

Tasuku se sube el cuello de su chaqueta de cuero.

—¿Estás lista, Sombrero Rosa?

—Estoy lista —respondo, y siento que el corazón me late cada vez más deprisa.

Cada línea de la Torre Raion es afiladísima, cada arista hiperdefinida e inflexible. Absolutamente todos los aspectos del rascacielos encierran un orgullo y una grandeza radicales. Y mientras los demás rascacielos se mantienen en tonos azules mates, la Torre Raion brilla en un negro absoluto.

—El edificio debe de tener doscientos metros de altura —digo con voz entrecortada—. ¿C-cómo se supone que voy a subir?

Tasuku señala una escalera casi invisible que se confunde con la torre.

—Sube por la escalera de emergencia hasta el sexto piso. Allí encontrarás un centro comercial con un ascensor privado que te llevará directamente al ático.

—En caso de emergencia, estos ascensores se desbloquean y cualquiera puede utilizarlos —explica Chiyoko—. Debería llevarte hasta los Kawakami.

—¿Cómo sabéis todo esto? —pregunto dubitativa.

—Yamamoto nos ha enseñado los planos del edificio —responde Tasuku.

—¿Y el corte de luz? —murmura Aya, mordiéndose las uñas con nerviosismo.

—La Torre Raion tiene sus propios generadores de emergencia. Tasuku y yo tenemos que quedarnos en el bote, pero si necesitas ayuda puedes hacernos una señal con esto. —La *geisha* me entrega una lámpara de señales del tamaño de un bolígrafo—. Apunta la luz a una de las ventanas e iremos enseguida.

—Tenemos armas —explica Tasuku.

—Gracias.

Decidida, me abro el chaleco salvavidas. Cuando Aya también empieza a juguetear con sus hebillas, le digo con urgencia:

—No, tengo que hacerlo sola.

Para mi sorpresa, no opone resistencia.

—De acuerdo. Pero si percibes el más mínimo peligro, das media vuelta o nos avisas, ¿entendido?

—Entendido.

Como el bote se balancea demasiado y no podemos abrazarnos, formamos corazones con las manos.

Tasuku dirige el bote junto a la escalera y mira hacia arriba cerrando un poco los ojos.

—Por culpa de toda el agua, no puedo decir exactamente en qué planta estamos, pero, en cuanto veas la primera señal de SALIDA, sabrás que has llegado a la planta correcta.

—El cristal de la ventana debería ser fácil de abrir haciendo palanca —añade Chiyoko—. Ten mucho cuidado al entrar en el edificio. Seguro que los peldaños resbalan.

Aya respira hondo y me agarra las manos.

—Kentaro tiene mucha suerte de tener una novia como tú. *Ganbatte*, Malu-chan. Por favor, ten mucho cuidado.

—¿P-puedo hacerte una pregunta estúpida?

—Claro.

—¿Crees que le daré una buena primera impresión al padre de Kentaro? Estoy pálida y mi ropa está sucia. También tengo una cicatriz enorme en la cara… ¡y además tengo un agujero horrible entre los dientes!

Tasuku interviene de improviso.

—Eh, llevas esto. —Señala el colgante que me regalaron los padres de Koki—. Kawakami sabrá enseguida que tiene delante a una persona muy especial.

—No puedo creer que esté diciendo esto, pero Tasuku tiene razón —dice Aya con un guiño.

—¡Ánimo, querida! —dice Chiyoko, ayudándome a levantarme—. Ahora concéntrate en tu misión y no pienses en nada más.

Me agarro al primer peldaño y empiezo a subir por la escalera.

—Y hagas lo que hagas…

Temblando, espero las siguientes palabras de la *geisha*.

—No mires abajo.

Ciento cincuenta escalones después, mientras estoy en el lujoso ascensor privado de la familia Kawakami, veo un mosquito zumbando sobre mi cabeza. Debe de estar completamente intoxicado por mi sudor, porque no parece interesarle lo más mínimo el movimiento de mis manos para espantarlo.

—Pues espera –gruño, preparándome para la última maniobra de destrucción.

Luego vacilo.

—¿Me has acompañado hasta arriba?

El mosquito zumba extasiado.

—A lo mejor no me vendría mal un amuleto de la suerte a mi lado. Así no tengo que enfrentarme sola a Darth Vader.

El ascensor sube cada vez más y con él mi nerviosismo. Me muerdo el interior de las mejillas y me balanceo adelante y atrás de los talones a las puntas de los pies.

Las puertas del ascensor se abren y es tanta la adrenalina que recorre mi cuerpo que me entran ganas de gritar. Pero, en lugar de un grito de guerra, todo lo que consigo es un manso «guau».

Delante tengo una alfombra de seda rojo rubí y, al final del pasillo, una imponente puerta doble.

Miro indecisa mis zapatillas mojadas y decido quitármelas en el ascensor.

En calcetines y con música de fondo, me acerco a la puerta. En cuanto pulso el timbre, tengo la sensación de que me voy a morir de la emoción.

El timbre suena fuerte en el silencio del pasillo.

Pasos.

Kaito Kawakami es tan guapo como Kentaro, pero tiene un aspecto tan cansado que no puedo evitar pensar en un vampiro. Miro boquiabierta al hombre alto que sostiene un vaso de *whisky* en una mano y un puro en la otra. Su bata color azul real parece más cara que cualquier cosa que yo haya tenido nunca.

—¿Qué quieres?

Se me abren los ojos: suena igual que Kentaro.

El humo fresco de su puro llega hasta mí: un buqué de aromas boscosos y acerbos.

—Si estás buscando comida, te has equivocado de sitio. Y diles a esos amigos gorrones que tienes que no soy ni un banco privado ni un restaurante de comida rápida. Eres la última persona a la que le abro la puerta hoy.

Mi cerebro por fin reanuda su funcionamiento normal.

—Por favor, disculpe las molestias. —Hago una profunda reverencia—. Me llamo Malu. Encantada de conocerle.

Mi saludo en japonés le deja frío y no hace ningún esfuerzo por devolverme la reverencia.

—V-voy a la clase de Kentaro —añado.

Me escruta de pies a cabeza y suelta una carcajada despectiva.

—Mi hijo está intentando castigarme de verdad.

Se me revuelve el estómago.

—¿Está en casa?

—No, no le he visto.

—¿No le ha visto desde el terremoto? —pregunto, sorprendida.

—Conozco ese acento —comenta Kaito Kawakami, y cambia al alemán—. Mi mujer también es alemana.

—Entiendo.

Le da una calada a su puro y le sale un humo blanco por la nariz.

—Ahora mismo está en un viaje de negocios.

Miro hacia abajo para que no se dé cuenta de que sé la verdad.

—¿Por casualidad no habrá recibido una llamada o un mensaje de Kentaro?

—No. —Su tono se vuelve áspero y despectivo—. Sospecho que anda con esos viejos otra vez.

Me da un vuelco el corazón.

—¿Se refiere a Obāchan y Ojīsan?

—¿Obāchan y Ojīsan? —repite con desprecio—. Le da la espalda a su propia familia y llama abuela y abuelo a unos desconocidos. Qué patético.

Apura el vaso de un trago y chasquea la lengua.

—No te hagas ilusiones, chica, Kentaro solo se preocupa por sí mismo. Ni siquiera le importa si su padre sigue vivo; de lo contrario, se habría puesto en contacto conmigo hace tiempo. Es probable que incluso quiera que me pudra en un sucio agujero en la tierra para destruir todo lo que he construido con sudor y sangre. Eso es lo que está esperando, ¡ese maldito bastardo! —Por un momento, parece olvidar que estoy delante de él. Da un sorbo a su vaso de *whisky* vacío y maldice en voz baja—. He perdido tanto tiempo en él, ¡en un hijo que nunca me ha mostrado ni una pizca de respeto! Nadie se puede imaginar todo lo que he tenido que sufrir por su culpa. —Entonces, sus ojos oscuros me miran de nuevo y, con una dureza que podría convertir los corazones en piedra, continúa—: Mejor déjale en paz y búscate un chico que conozca el significado del amor y la lealtad. Mi hijo no merece la pena.

Me muerdo tan fuerte el labio inferior que saboreo la sangre.

—Gracias por su consejo, pero prefiero confiar en mi propio criterio. Y por lo que a mí respecta, Kentaro es absolutamente maravilloso. Usted, en cambio, es despreciable.

Parpadea, incrédulo.

—¿Cómo dices?

—Estoy segura de que, si pudiera, Kentaro tendría la madurez suficiente para ponerse en contacto con usted, algo que difícilmente podría esperarse de su parte.

—Mírala, cómo intenta defenderle. Qué mona. Y yo que pensaba que mi chico prefería lo bonito a lo chillón.

Vuelve a meterse el puro en la boca, pero esta vez no para fumar. Mi mosquito de la suerte aterriza en el marco de la puerta y Kaito Kawakami lo aplasta sin piedad.

—No tienes ni idea de lo que estás hablando, chica. ¿Qué sabes tú de Kentaro?

—Por ahora, sé dónde encontrarlo —replico desafiante—. ¿O acaso sabe usted dónde viven Obāchan y Ojīsan?

—¿Y-y por qué debería?

—Eso lo dice todo.

Su párpado derecho se agita nervioso.

—Vete a casa. Me haces perder el tiempo.

Le sostengo la mirada y, antes de darme la vuelta para marcharme, digo con voz firme:

—Gracias por su paciencia, señor Kawakami.

–¡Espera!

Me quedo quieta.

–Si ves a mi hijo –y, de repente, el poderoso Darth Vader parece solitario y perdido en su reino de oscuridad–, por favor, dile que venga a casa.

Bajo por la escalera de emergencia lo más rápido posible.

–¡Más despacio, Malu-chan! ¡Ten cuidado!

Los gritos de Chiyoko se desvanecen en el estruendo de mis pensamientos.

Bajo y bajo mientras los latidos de mi corazón hacen temblar toda la Torre Raion.

–¡Sé dónde está! –grito–. ¡Sé dónde está Kentaro!

–¡Ten cuidado, no te vayas a resbalar!

–¡He estado buscando en la familia equivocada! –Mis gritos resuenan con fuerza en las paredes de cristal–. ¡Esta no es la casa de Kentaro! ¡He sido tan estúpida!

Cuando llego abajo, me detengo, sobresaltada.

–¿Qué ha pasado?

–Primero, siéntate –dice Chiyoko con suavidad, tendiéndome la mano.

Mi hermana de acogida llora con tanta violencia que hace que pequeñas olas choquen con el bote. Tasuku la abraza con fuerza y hunde la cara en su pelo.

El pánico se apodera de mí.

–¿Qué ha pasado?

–Aya acaba de recibir una noticia muy triste –murmura la *geisha*, bajando la cabeza–. Vuestra amiga Rio… ha muerto en el terremoto.

El *shock* me golpea como una bola de demolición.

Me muevo frenéticamente en dirección a Aya, pero Chiyoko me sujeta del brazo.

–Déjalos tranquilos. No creo que se hayan encontrado sin motivo. –Mira las formas fantasmales que hay en el agua–. Será mejor que cojas un remo y salgamos de aquí. Este lugar es infernal.

20

Kizuna

Estoy sentada en mi futón y miro fijamente en la oscuridad. En la casa de los Nakano no se oye ni una mosca. Por fin. Bratto Pitto, que se ha apoderado de mi almohada, bosteza de forma tan clara que le cruje la mandíbula.

–Lo siento, pero esta noche tendrás que dormir sin mí –le susurro, y le acaricio la barriga.

Se estira, gruñe… y, de repente, un hedor bestial se cuela por mi nariz.

–¡Cielos! ¿Qué has cenado esta noche? –digo ahogándome–. ¿Estofado de lentejas con huevos podridos y puré de col?

Salgo de la cama y saco mi mochila totalmente preparada de detrás del armario.

Son las doce y media.

Con el estómago revuelto, me pongo el *yukata* de verano que me regaló Aya durante mi primera semana en Tokio. Desodorante, crema facial, un poco de maquillaje para disimular las ojeras moradas. Luego me pongo la capa de Kentaro y mi sombrero rosa.

Lista.

Tímida, sostengo el espejo de bolsillo de Maja delante de mi cara.

–Sé que estás en otro lugar, pero te necesito ahora. Somos más fuertes cuando estamos juntas. Sabes lo importante que es Kentaro para mí. Tengo que encontrarlo, aunque eso signifique ponerme en peligro. –Mi aliento empaña el espejo–. Kentaro me ha besado de una forma que creía que solo existía en los libros y las películas. Sigo sin poder creerme lo que me han hecho sus besos. Todas esas sensaciones... quiero más de ellas, quiero sentir a Kentaro, mucho más. –Sonrío con tristeza–. Cuando estábamos en la azotea del rascacielos, dijo que todo le parecía un milagro: nuestro encuentro, Tokio, las luces... Dijo que los milagros están hechos para momentos así. Yo no entendía lo que quería decir con eso, pero creo que ahora sí: vivimos en un mundo en el que nada es imposible. Si somos valientes y nos atrevemos, si creemos en nosotros mismos y no nos rendimos, podemos hacer que ocurran milagros. Yo creo plenamente en nuestro milagro. Y tú eres parte de él, Maja. Por favor, ayúdame a encontrar al caballero Jedi. Este capítulo no debe ser el último. Nuestra historia acaba de empezar. –Me miro a los ojos, buscando–. ¿Por qué no respondes?

–¿Estás hablando con Maja? ¿Por qué no le das un respiro, Onee-chan?

Pego un respingo, asustada.

Haruto está de pie en la puerta, vestido y saludándome.

–¿Q-qué? –balbuceo boquiabierta.

–Aya me ha contado lo de tu hermana gemela.

–No me refiero a eso. ¿Qué haces aquí vestido con esa ropa?

Muestra el signo de la paz y una sonrisa.

–Bueno, te voy a acompañar a Asakusa.

–¿Cómo sabes...? –Gimo con frustración–. Déjame adivinar. Aya también te ha hablado de esto.

El chiquillo asiente.

–Ayer estaba demasiado triste para darse cuenta, pero a mí no se me pasó por alto que preparabas tu mochila a escondidas. Mi hermana va a flipar cuando vea que te has ido sin ella.

–Aya ha perdido a su mejor amiga –digo en voz baja–. Debería estar pasando tiempo con su familia y sus amigos, no vagando por Tokio conmigo. Además, Asakusa está al otro lado de la ciudad. Nadie sabe lo que nos espera. Podría ser peligroso.

Haru aprieta su mochila con determinación.

–Si quieres ser considerada con Aya, por mí vale. Pero yo voy contigo.

—Ni hablar.

—Soy tu hermano. Mi deber es protegerte.

—Voy a ir sola. Punto.

—Onee-chan, ¿has oído alguna vez hablar de *kizuna*? —pregunta, sonriendo con dulzura.

—No. Y estoy deseando que me cuentes todo sobre el tema…, pero ahora no.

—¡Por favor, déjame ir contigo! —Junta las manos—. ¡Por favor, por favor!

Trato de invocar la severidad de Aya y exclamo:

—¡Ya basta! Como tu hermana mayor, ¡te ordeno que vuelvas a la cama inmediatamente! Esta conversación nunca ha existido, ¿entendido?

Se inclina con rigidez.

—Sí, entendido.

—¡Y no te atrevas a despertar a Aya!

Abatido, sale de la habitación…, y a mí me invade la mala conciencia.

Suspirando, decido que ha llegado el momento de marcharme.

Es la una de la madrugada y Tokio me pertenece.

Las calles están vacías, no hay ni un alma en kilómetros a la redonda. Nadie sabe dónde estoy, nadie intenta encontrarme. Ahora, en este momento, solo estamos la ciudad y yo.

El cielo está nublado y mi linterna perfora parpadeantes agujeros de gusano en la espesa oscuridad. Alturas misteriosas y profundidades insondables me rodean. Sin sus millones y millones de luces, Tokio es como un reino de sombras. El silencio es tan envolvente que mi sola existencia parece ruido. El eco de mis pasos se multiplica sobre los tejados de los edificios, los latidos de mi corazón zumban en el asfalto.

Sin embargo, este abandono repentino me parece extrañamente poético, casi como un poema que lees y no entiendes, pero sí sientes. Empiezo a correr con exuberancia infantil e imagino que estoy de nuevo en el tejado del PACHINKO LOVE.

En vez de coger el ascensor, bajamos corriendo por las escaleras de emergencia. Él me persigue, riendo, y yo tengo miedo a caerme, de alegría, de exuberancia, de felicidad. Me alcanza, se desliza a mi lado y se precipita como un cometa hacia el mar de luces. Empiezo a bajar de dos en dos, temerosa de que el hermoso caballero se me escape. A estas alturas estoy segura de que estamos en otro mundo; un mundo de zorros mágicos de nueve colas, mapaches vagabundos con ganas de beber y brujas de las nieves devoradoras de hombres.

Reduce la velocidad. «Ya te tengo», pienso, pero en ese momento se detiene bruscamente y se gira para mirarme. Choco con su pecho y él me rodea con sus brazos con la misma intensidad. Al segundo, me aprieta contra la fría pared del edificio. Coloca las manos a derecha e izquierda de mí y me mira profundo a los ojos.

—Me muero por besarte ahora mismo.

—Pero si acabas de besarme —susurro, mientras el eco de su cercanía hace vibrar todo mi cuerpo.

—No es suficiente. —El oro de sus iris empieza a arder—. Nunca va a ser suficiente. —Acerca su rostro al mío—. Cuando estoy contigo, todo me parece un milagro.

—¿Qué quieres decir? —pregunto sin aliento.

Me coge la mano y la levanta en el aire.

—Nuestro encuentro, Tokio, las luces…

Señala las motas brillantes que cubren nuestros brazos.

—La presión de nuestros labios cuando se tocan…

Me suelta la mano, solo para pasarme los dedos por el pelo y besarme apasionadamente.

—Tu corazón latiendo contra mi pecho… —susurra con deseo—. Todo esto son milagros para mí. Los milagros están hechos para momentos como este.

Me pongo de puntillas…, pero su boca escapa a mis labios y empieza a besarme el cuello. Sorprendida, me agarro a sus hombros, respiro el seductor aroma de sus rizos y siento que me invade un deseo feroz, increíblemente hermoso e increíblemente tentador.

Ya no pasa ni una pizca de aire entre nuestros cuerpos. Sus be-

sos se vuelven más tormentosos, más entregados, los míos más
exigentes, más ardientes; y todo un nuevo mundo de sensaciones
se abre ante mí.

—¿Qué estás haciendo, dojikko*? —pregunta de repente, haciendo*
una pausa, perplejo.

—¿Eh? —Mi mirada se desvía hacia mis manos, que seguían en
el proceso de desatar su yukata*—. Yo…, eh…*

Le brillan los ojos.

—¿Quieres hacerlo en medio de las escaleras? ¿Delante de
todas estas ventanas?

Mi cara se convierte en una plancha incandescente.

—No quería…

—¿Arrancarme la ropa? Porque eso es lo que parece.

Una sonrisa peligrosa.

—No era mi intención —balbuceo.

—Yo sé que en el onsen *querías verme desnudo.*

Aparto la mirada y resoplo indignada.

—Bah, qué engreído. Ya te gustaría.

Se inclina hacia mí y susurra con voz perversa:

—Si quieres, podemos ir a un Love Hotel.

—¡No empieces otra vez con eso! —le amonesto, mientras él
echa la cabeza hacia atrás y se ríe a carcajadas.

Cruzo los brazos delante del pecho, pero no puedo evitar una
sonrisa.

—Yo también lo estoy deseando, dojikko*. Muchísimo. —Me*
mira, intenso y tierno—. Pero primero te voy a demostrar que
los preliminares no están sobrevalorados.

—Deja de reírte de mí, eres…

Me besa y continúa bajando, riendo.

Al llegar al cruce de Shibuya, es justo la una y media. Tengo
miedo de despertar a todo el mundo si aparezco por la *yakuza* a
esta hora tan inhóspita. Pero esa no es la única razón por la que
he venido al cruce. De repente, he sentido añoranza por este
lugar tan especial. Aquí es donde empezó todo. Aquí, por pri-

284

mera vez, ya no me sentí como una extraña, una *gaijin*, sino como alguien que por fin había encontrado un hogar tras una larga búsqueda. El famoso megacruce yace oscuro y desierto frente a mí. Las calles están muy deterioradas y hay piezas de coches y escombros por todas partes. Cruzo el paso de cebra y me siento extrañamente abrumada. Es probable que no haya otro lugar en el mundo donde la ausencia de sonidos, luces y personas parezca más surrealista que en el cruce de Shibuya.

Todavía recuerdo con exactitud cómo caminaba con Aya, Rio, Momo, Hiroki y Motoki por este paso de cebra siempre colorido, siempre ruidoso, siempre parpadeante, y la profunda alegría que sentí.

Rio. Sus palabras se me han quedado grabadas en la memoria: «Si buscas a alguien, ven aquí. Si quieres que te encuentren, ven aquí. Todos los caminos se unen en el cruce de Shibuya: es la ley natural de Tokio».

Mi mente se resiste con todas sus fuerzas a creer que la alegre chica ninja esté muerta. Mi conciencia me engaña haciéndome creer que todo es temporal, una pesadilla de la que pronto voy a despertar. ¿Es posible comprender realmente que no vas a volver a ver a una persona nunca más, en ninguna circunstancia? Que no se trata solo de una ausencia temporal, sino de una realidad irreversible que nunca se va a poder deshacer ni anular. Probablemente no. Creo que el corazón nunca deja de anhelar el regreso de un ser querido. No somos capaces de imaginar la muerte, así que la persona vive en nosotros y seguimos esperando por ella hasta la eternidad.

Pero en algún momento la espera se hace más fácil, en algún momento la falta se hace más ligera. Entonces podemos hacerles recordar con cuidado a nuestros corazones que, a pesar de la oscuridad, todavía queda lugar para el amor.

Llego a la estatua de Hachiko y enseguida se me llenan los ojos de lágrimas. Alrededor del perro *akita* hay cientos de hojas con los nombres de las víctimas del terremoto escritos en ellas; seres queridos cuyo regreso se espera en este lugar simbólico de lealtad eterna. Entre los nombres arden las velas, sumergidas en sus huecos de cera roja.

Apago la linterna y contemplo la imagen: inquietantemente bella y horriblemente triste.

Sollozando en silencio, dejo la mochila y me inclino ante el perro de bronce. Entre sus patas encuentro papel, lápiz, velas y un mechero.

–Nunca os olvidaré –susurro, antes de dejar mis propios papeles.

«Maja».

«Rio».

De repente, mi mirada se topa con un nombre… y me golpea una frialdad mortal.

«Kentaro Kawa…».

–N-no –digo jadeando. Siento como si me estuvieran arrancando el corazón de raíz–. ¡No! ¡No! ¡No!

Mis gritos ahogan el silencio y lo impregnan de puro horror. Me muevo a cuatro patas hacia el papel, que brilla débil a la luz de las velas.

–No, por favor, no, por favor –gimoteo, raspando la cera endurecida de la vela en la parte de atrás del apellido.

«Kentaro Kawami».

Tardo un rato en volver a respirar en condiciones. Estoy temblando, tiemblo con tanta violencia que aprieto la mandíbula hasta hacerme daño.

«Kentaro Kawami», leo una y otra vez hasta que la letra se ha disuelto por completo bajo las lágrimas. El alivio es inconmensurable, pero sigo sin poder dejar de llorar. Unos pocos caracteres han estado a punto de arrebatarme a Kentaro para siempre. Y ahora sé que yo me habría hecho añicos como el cristal bajo un martillo de acero.

En algún momento me pongo en pie y coloco una pegatina del PACHINKO LOVE en la base de la estatua. Luego acaricio a Hachiko y le susurro:

–Por favor…, por favor, ayúdame a encontrarlo.

Estoy agazapada en uno de los escalones frente a la tienda de uniformes de Akamura, vencida por un inquieto medio sueño, cuando la puerta de madera se abre con una salmodia encantada.

–¡Sombrero Rosa, estamos en mitad de la noche! –se queja Tasuku, con el cigarrillo saliéndosele de la boca por el susto.

Bostezo y respondo entrecortadamente.

–Lo siento, no quería despertaros tan temprano.

–¿Qué ha pasado? –pregunta alarmado–. ¿Aya está bien?

Sonrío un poco.

–No te preocupes, está en casa, en su cama.

–Bien. –Coge el cigarrillo y lo enciende–. ¿Te has escapado?

–No puedo volver a poner en peligro a mi hermana de acogida –respondo, asintiendo.

–¿Cómo está ella?

–No muy bien.

Suspirando, toma asiento a mi lado.

–¿Y qué hay de ti? ¿Tú cómo estás?

–Todavía sigo sin creerme lo que ha pasado –confieso en voz baja–. Ojalá nunca hubiera ocurrido este terremoto. Ojalá Rio siguiera viva y Kentaro estuviera… aquí conmigo.

–Todos deseamos eso. Pero los tiempos excepcionales hacen personas excepcionales. Este terremoto, por terrible que haya sido, era nuestro destino. A cambio, ahora tenemos la oportunidad de ganar una fuerza que solo se les concede a muy pocas personas. Créeme, Sombrero Rosa, estás a la altura del desafío.

–Gracias, Tasuku-san –murmuro, conmovida.

Le da una calada a su pitillo y mira hacia la oscuridad.

–Está todo listo. Nos pondremos en marcha en cuanto salga el sol. Llevaremos tres coches: mi deportivo y dos Land Cruiser. Yamamoto ha enviado algunos hombres más. Es un largo camino hasta Asakusa y nadie sabe lo que nos espera en las carreteras. Pero, si tenemos suerte, lo conseguiremos.

–¿Tú has perdido a alguien en el terremoto? –pregunto con cautela.

Su respiración se entrecorta un instante.

–Sí, a mi tío y a mi tía. Mi primo pequeño está gravemente herido en cuidados intensivos. –Se aclara la garganta y me doy cuenta de que está conteniendo las lágrimas–. Bueno…, y mi mejor amigo sigue desaparecido.

Aunque sé que en Japón no es algo habitual, abrazo al *yakuza* con fuerza.

–Vamos a encontrar a Kentaro, te lo prometo.

–Vagar sola de noche por las calles de Tokio es peligroso –dice Tasuku, aclarándose cohibido la garganta–. La próxima vez, llama a uno de nosotros, ¿entendido?

–Entendido.

–Pero no estaba sola.

Grito, sobresaltada, cuando Akamura aparece a mi lado de la nada.

–¿Estás loco, viejo? –sisea Tasuku–. ¿Cuántas veces tengo que decirte que no te acerques así a hurtadillas? –Se oyen ladridos airados dentro de la tienda de uniformes–. ¡Genial, por tu culpa ya podemos volver a limpiar la mierda de Pompom!

La reliquia prehistórica barbuda nos dedica una sonrisa desdentada.

–Entremos y durmamos un poco antes de ponernos en marcha –refunfuña malhumorado el *yakuza*, ayudándome a ponerme en pie–. Tú también vienes, Akamu…

Sigo su mirada y suelto un grito de estupor. No queda ni rastro del viejo.

A las siete y media, Pompom salta al sofá Chesterfield y me despierta con insistentes besos de perro. Me estiro y bostezo… hasta que la lengua del caniche gigante se desliza en mi boca. Escupiendo, me incorporo y le riño.

–¡Pompom, yo no soy Hai Granto! ¡Siéntate!

El perro me mira moviendo la cola y, cuando me doy cuenta de que lleva pañales, suelto una ronca carcajada.

–¡Buenos días, Malu-chan! –exclama Chiyoko entre los estantes de calcetines y corbatas, acercándose con una bandeja–. Te he preparado algo para que cojas fuerzas. Arroz con sopa de miso.

–Gracias, suena estupendo –digo con una sonrisa.

Quién me iba a decir que me alegraría tanto por un desayuno japonés.

Chiyoko lleva un traje negro de una sola pieza y parece una versión más peligrosa de Catwoman.

–¿Vienes con nosotros? –pregunto masticando.

–Por supuesto, vamos todos –responde la *geisha*–. Cuantos más seamos, más posibilidades tendremos de llegar enteros a Asakusa. Además, por principios no podríamos dejarte ir sola.

–¿Por principios?

–*Kizuna* –responde de forma significativa. De repente, Pompom agudiza las orejas y lanza un ladrido escéptico–. Anda, no sabía que esperábamos a alguien más.

El caniche gigante decide que vale la pena armar un escándalo y sus ladridos de excitación se mezclan con los mantras tranquilizadores de Hai Granto y las maldiciones de Tasuku.

–Come tranquila, amor, voy a ver quién ha venido –dice Chiyoko, y se aleja sobre sus botas *overknee* notablemente altas.

Mientras me sirvo la sopa de miso caliente, miro el móvil. No hay mensajes nuevos, lo que significa que Haru no me ha delatado. Marco el número de Kentaro, que ya me sé de memoria, y escucho con el corazón palpitante.

Silencio.

Suspiro, me levanto y me aliso el *yukata*. ¿Encontraré al caballero Jedi en Asakusa o me encamino hacia mi próxima gran decepción?

¿Qué voy a hacer si mi búsqueda fracasa?

De repente, me doy cuenta de que varias voces gritan mi nombre. Frunzo el ceño y me abro paso entre el batiburrillo de curiosidades.

En cuanto veo quién está en la puerta, salto por los aires pegando un gritito.

–No os confundáis –refunfuña Aya, y cruza los brazos delante del pecho–. Solo intenta hacerme la pelota porque sabe muy bien que estoy cabreada.

–Hola, Malu-chan, me alegro de volver a verte –dice Motoki alegremente, y hace una reverencia.

–¡Lo mismo digo! –exclamo–. ¡Momo, Hiroki, vosotros también estáis aquí!

–Aya nos ha dicho que necesitabas ayuda –responde Momo con una sonrisa.

Hiroki hace el signo de la paz con los dedos y añade con una sonrisa:

–¡Y nosotros nunca te defraudaríamos, Malu-chan!

Me vuelvo hacia Yamamoto.

–Estos son mis amigos, Momo, Hiroki y Motoki. Vamos a la misma clase.

El jefe *yakuza* asiente.

–¿Y el enano quién es?

–Bueno –digo en tono de reproche–, este es Haruto, mi hermano pequeño, que nunca hace lo que se le dice.

–Lo siento, Onee-chan, pero no he podido evitarlo –anuncia el niño con teatralidad–. Mi deber es protegerte.

Aprieto los ojos con fuerza, pero mi corazón estalla de gratitud.

–Me hace gracia que pensaras que podías ir a Asakusa sin nosotros –comenta Aya, frunciendo los labios.

–Y-yo pensaba que…, bueno…, por lo de Rio… –tartamudeo.

–*Kizuna!* –exclama con vehemencia–. En tiempos como estos, lo más importante es que permanezcamos unidos. Todos somos uno, unidos por nuestro destino y nuestra amistad. *Kizuna* significa unidad, solidaridad, la confianza de que no estamos solos cuando la vida se vuelve turbulenta. Rio hubiese querido que fuéramos hoy a Asakusa contigo.

–Pero no os quiero poner en pelig…

Aya forma una X con sus dedos índices.

—Es mucho más peligroso estar separados. Cuando estamos juntos, podemos cuidarnos los unos a los otros. Juntos somos fuertes.

—Me cuesta decirlo, pero Aya tiene razón —murmura Tasuku, de pie junto a Yamamoto mientras, como en los peores clichés, mordisquea un palillo de dientes.

—Deja que tus amigos te acompañen, Malu-chan —dice Chiyoko, radiante—. Necesitamos toda la ayuda posible.

—De acuerdo. —Rodeo el cuello de Aya con los brazos y también abrazo a Haruto, Momo, Motoki e Hiroki—. Gracias. Estoy muy feliz de teneros a mi lado.

—¡Cuántos amigos nuevos, Pompom, sí, sí, sí! —exclama Hai Granto con entusiasmo, cogiendo al caniche gigante como si fuera un bebé—. ¡Cuántas orejas nuevas para lamer y mordisquear, sí, sí, sí!

De repente, Haru se zafa de mi abrazo y se planta delante de Yamamoto, entrecerrando los ojos con nerviosismo.

—¿E-es usted el gran *oyabun*?

El rinoceronte gruñe asombrado.

—Ese soy yo, hombrecito.

Haru abre la boca estupefacto y hace una profunda reverencia.

—¡Se lo ruego, haga de mí un *yakuza*! —Deja al descubierto su barriga, llena de tatuajes y garabatos pintados con rotulador—. ¡Soy el más rápido y el más fuerte de mi clase! También tengo novia, ¡y ya tiene once años! ¡Mi destino es convertirme en un samurái de la gran ciudad!

Aya se ríe burlona y le da una pequeña patada en el trasero.

—¡Primero déjate crecer algo de pelo en el pecho, cara culo!

—¡Eh! ¡Me estás avergonzando! —aúlla Haruto, frotándose la nalga dolorida.

Yamamoto estalla en carcajadas.

—Muy bien, enano. Si quieres, hoy te voy a dar un curso intensivo de cómo ser un *yakuza*.

21

Kuchisabishii

Nos dividimos en tres coches: Yamamoto, Chiyoko, Motoki, el ferozmente decidido Haruto y yo encabezamos el convoy en un enorme todoterreno. Detrás de nosotros, en el no menos enorme Land Cruiser, van Hai Granto, Akamura y tres hombres que Yamamoto ha reclutado para nuestra misión: Takao, Daiki y Kyōhei. Por supuesto, Pompom también se encuentra a bordo. El caniche gigante saca la cabeza por la ventanilla y sus rizos ondean como tirabuzones al viento. El tercer coche es el deportivo verde neón de Tasuku. El joven *yakuza* gesticula salvajemente al volante, Aya agita las manos en el asiento del acompañante. No tengo ni idea de si los dos discuten o tontean sin parar, pero está más claro que el agua que ahora son inseparables. Los asientos de *pitbull* de la parte de atrás han sido asignados a Hiroki y Momo, que observan el ardiente vaivén entre sus dos acompañantes con la vigilancia propia de un *pitbull*.

Cuanto más nos alejamos de Shinjuku, más veces tenemos que parar. Entre los distritos de Iidabashi y Suidōbashi, nos encontramos con un tramo de carretera cubierto de andamios increíblemente pesados. Empleamos toda la mañana en retirar las voluminosas piezas de hierro de la calzada.

Poco después, un camión volcado nos impide continuar el viaje. Yamamoto decide tomar un desvío, pero nos conduce al borde de un enorme socavón insondable.

De vuelta al camión, utilizamos cadenas de hierro para tirar el vehículo, que pesa varias toneladas, con los dos todoterrenos. Mientras Yamamoto y Hai Granto pisan el acelerador a fondo, los demás empujamos con todo lo que podemos. Tras varias horas de sudoroso trabajo, por fin conseguimos desplazar el monstruo medio metro hacia la derecha. Atravesamos el paso que acabamos de abrir con tanto esfuerzo entre vítores eufóricos y fuertes ladridos.

—¿Qué tiene este tío que lo hace tan especial? —pregunta Motoki, agotado y algo amargado, mientras volvemos a poner rumbo a Asakusa.

Antes de que pueda responder, Haru contesta con picardía:

—Kentaro ha besado a Malu de una forma que creía que solo existía en los libros y en las películas.

—Ah. —Motoki ríe por lo bajo—. Eso explica muchas cosas, claro.

Me atraganto con mi propia saliva y noto que me estoy poniendo roja.

—¿Desde cuándo entiendes alemán?

—La aplicación del traductor —responde Haru, sonriendo con orgullo.

—Si te vuelvo a pillar escuchando a escondidas, ¡te vas a enterar!

—Lo ve, gran *oyabun*, soy silencioso como una sombra y además un auténtico maestro espiando las conversaciones de mis hermanas. ¡Podría usarme como espía!

El jefe *yakuza* se ríe divertido.

—¡Es una idea maravillosa, enano! ¿Qué tal si empiezas mañana?

A Haruto casi se le salen los ojos de la emoción.

—¿De verdad? ¿Puedo hacerlo?

—¡Claro que puedes! Necesitamos urgentemente un espía en Corea del Norte.

—¿C-corea del Norte? —repite el chico, de pronto con la voz delgada como un hilo.

—Eres pequeño, es fácil pasarte de contrabando por la frontera.

Me vuelvo hacia él con una sonrisa.

—Así es, eres pequeño. Y tan silencioso…

—Como una sombra —añade la *geisha*, riendo.

—A lo mejor me espero unos años más —murmura Haru malhumorado—. Mis padres me echarían demasiado de menos.

—Tus hermanas también, por cierto —añado, y le pellizco la pierna.

—¡Y tu novia también! —dice Motoki riendo—. ¿Cuántos años tenía?

—¡Once! —gritamos todos como balas.

Nos detenemos para hacer un descanso en el barrio de Ochanomizu, al noreste. Normalmente, el Kandagawa fluye por el animado laberinto de casas, puentes y vías de tren, pero, para desilusión de todos, lo único que queda del pintoresco río de la ciudad es una fina capa de barro. Los edificios están pintados de vivos colores y el puente arqueado que se alza sobre la estación de tren recuerda a piezas verdes de Lego. Aunque Ochanomizu se ha visto menos afectado por el terremoto, aquí los trabajos de limpieza también están a pleno rendimiento.

Nos sentamos a la sombra de un ginkgo y comemos arroz con rollitos de huevo fritos. Aya, Momo, Motoki e Hiroki se reparten una cerveza Asahi y hablan de las experiencias que compartían con Rio. Haruto entretiene al jefe *yakuza* con torpes movimientos de kárate y Hai Granto canturrea mientras lima las garras de Pompom. A mi lado, Chiyoko, Tasuku y los demás hombres *yakuza* estudian un mapa de la ciudad. El viejo Akamura está agazapado un poco lejos del grupo y mira fijamente a lo lejos. Lo más probable es que esté vigilando.

Me cuesta concentrarme en las conversaciones porque hace tiempo que mis pensamientos están ocupados en Asakusa. Pienso en nuestra noche del baile *butō* e intento reconstruir en mi cabeza las rutas que siguió Kentaro por entre la confusión de callejones. El reto hasta el momento había sido llegar a la ciudad del templo, pero, ahora que nos vamos acercando, me pregunto si seré capaz de encontrar la casa del revés de Obāchan y Ojīsan.

Ensimismada en mis pensamientos, mastico mi comida. El único sabor que se filtra a través de la espesa niebla de mi conciencia es el de la ausencia. Daría cualquier cosa por saborear una vez más el beso de Kentaro en mis labios. *Kuchisabishii*, como lo llaman aquí; esa boca solitaria que come y come sin sentir hambre porque el corazón de quien la carga está a rebosar de deseo. Y mi boca desea a Kentaro más que a ninguna otra cosa.

Antes de ponernos en marcha, Aya levanta su vaso y grita solemnemente:

—¡Por Rio!

Los demás la imitan e inclinan la cabeza con reverencia. Los observo a todos ellos; estas personas tan maravillosas no podrían ser más diferentes y, sin embargo, comparten el mismo objetivo, que no es otro que ayudarme. Lágrimas de emoción asoman por mis ojos. Sin duda, no hay amistad más profunda y desinteresada en este mundo que la de los japoneses.

Poco antes de llegar al distrito de Akihabara, nos topamos con un control de carretera custodiado por una docena de policías. Un hombre nos hace señas con expresión estresada y Yamamoto responde con un rápido *flash* de luces. El policía lleva un uniforme azul oscuro, botas de combate con cordones y una gorra negra de visera. Enseguida advierto que va bien armado.

Aún con la ventanilla del coche bajada, comienza a hablar de forma frenética con el jefe *yakuza*. Solo entiendo algunos fragmentos, pero —junto a una cantidad nada desdeñable de saliva— la palabra *abunai*, que significa «peligroso», aparece una y otra vez. Yamamoto no dice nada durante un buen rato, pero escucha el acalorado discurso del policía, después se aclara la garganta y pronuncia únicamente dos palabras: su nombre y su apellido. El efecto es colosal. El policía se inclina con fervor y temo que su frente esté a punto de dejar una abolladura en el coche. Se inclina una y otra vez pidiendo perdón de manera sumisa. El jefe *yakuza* hace un gesto hacia delante con la mano y el policía enseguida se apresura a volver a su pelotón.

Cuando una policía de más edad se acerca a nuestro Land Cruiser, Yamamoto se baja y la recibe con los brazos abiertos. La mujer le pone la mano en el hombro y sonríe amistosamente. Lleva el pelo blanco plateado recogido en una apretada coleta y su chaqueta negra está decorada con insignias doradas. Agudizo el oído, pero Chiyoko se inclina hacia delante y cierra la puerta del coche con discreción.

—¿Qué está pasando ahí fuera? —susurro, sin apartar los ojos de la policía.

—Pronto lo sabremos —responde la *geisha*.

—Pareces preocupada.

—Ten fe en Yamamoto. Él siempre sabe qué hacer.

Cinco minutos después, el jefe *yakuza* nos ordena salir de los coches. Nos reunimos frente a una improvisada casa de plexiglás con la palabra KŌBAN («comisaría» en japonés) escrita en ella.

—Tengo una mala noticia y una muy mala noticia —comienza Yamamoto con voz seria—. Primero, la mala noticia: todas las carreteras de los distritos circundantes que conducen a Asakusa están bloqueadas. Tendríamos que tomar un desvío de varias horas e intentarlo un poco más allá de Ueno. Sin embargo, en estos momentos la comisario jefe Nishi-san no tiene conocimiento de la zona, por lo que es muy posible que también nos encontremos con dificultades bastante considerables allí.

—¿Y cuál es la muy mala noticia? —pregunta Tasuku con frustración.

—Bueno, la comisario jefe Nishi-san ha tenido la amabilidad de darnos permiso para entrar por Akihabara.

Aya frunce el ceño.

—Pero esa es una buena noticia.

–¿Están despejadas las carreteras? –pregunta Chiyoko.

–Sí –responde Yamamoto–, la zona ha quedado relativamente indemne.

–¡Pero esa es una noticia excelente! –exclama exultante mi hermana de acogida.

Se me hace un nudo en el estómago.

–Entonces, ¿cuál es el problema?

–Desde el terremoto, Akihabara está controlada por la banda de los Otaku.

Hai Granto lanza un jadeo audible.

–¡Oh, qué desgracia! Pompom, querido, ¿has oído eso? ¡Esos Otaku sarnosos no nos gustan nada de nada! –El caniche gigante se mea en la cabaña de policía–. ¡Son unos embusteros! ¡Bárbaros brutales, sí, sí, sí!

–La comisario jefe Nishi-san dice que, aunque han puesto a los habitantes a salvo, su escuadrón debe esperar a que lleguen los refuerzos. Los Otaku les superan en número y son extremadamente agresivos.

–Buen trabajo, comisaria jefe Nishi-san –dice Chiyoko, inclinándose con cortesía–. ¿Para cuándo espera la ayuda?

–En estos momentos necesitan a mi gente con urgencia en todas partes. Así que puede que tarde un poco –responde la policía.

–¿Significa eso que tenemos que cancelar la misión? –pregunta Momo en tono reservado.

–No –responde el rinoceronte con determinación firme–. Si Kentaro está realmente en Asakusa, no tiene ninguna posibilidad de salir de allí. Mi deber es ayudarle.

–¡Voy contigo! ¡Por supuesto! –balbuceo con un exceso de entusiasmo–. ¡Esos Otaku no podrían importarme menos!

–¡Pues deberían! –me espeta la policía–. Han matado a dos de mis mejores hombres.

Me doy cuenta de que he metido la pata hasta el fondo y murmuro:

–L-lo siento.

–Mi decisión está tomada –anuncia el jefe *yakuza*, y primero se dirige a Chiyoko–. El enemigo sabe que eres mi único punto débil. Quédate con la comisario jefe Nishi-san hasta que regrese. Y ocúpate del enano. Le necesito para Corea del Norte.

Haruto salta a los brazos de la *geisha* y ambos asienten con obediencia.

–Hai Granto, te confiaría mi vida. Por favor, cuida bien de Chiyoko.

–Sí. –Hai Granto hace una elegante reverencia.

–Momo-san, Motoki-san, Hiroki-san, Aya-san, esperad aquí con los demás. Voy a dejar a Takao con vosotros. Si llega a haber problemas, él os protegerá.

Mis compañeros asienten débilmente mientras Takao se pone en posición de firmes y saluda.

–Los demás pueden acompañarme. –El tono de Yamamoto se vuelve enérgico y combativo–. Malu, Daiki, ¡vosotros conmigo! Tasuku, Kyōhei, ¡vosotros al deportivo!

–No tan rápido –exclama mi hermana de acogida, y se pone a mi lado–. Nosotras vamos en *pack*.

–El riesgo es demasiado grande –explica Daiki, pero una mirada de advertencia de Aya es suficiente para callarlo.

–Si ese puede ir –señala con la cabeza en dirección a Tasuku–, podéis llevarme con toda tranquilidad. Puede que no sea tan fuerte como él, pero soy mucho más inteligente. Y más cruel.

–Yo solo puedo confirmar lo último –comenta Tasuku con una amplia sonrisa.

–Haced lo que queráis –dice suspirando el rinoceronte.

–¿Y Akamura? –Miro a mi alrededor, sorprendida–. ¿Dónde se ha metido?

–Seguro que ya está en el coche –responde Tasuku.

–¿Va a venir con nosotros? –pregunto incrédula.

–Pues claro. Akamura es nuestro mejor luchador.

Con expresión muy concentrada, Yamamoto dirige el Land Cruiser a través del universo de letreros de vivos colores de Akihabara. Solo conozco esta parte de la ciudad por las guías de viaje, pero me imagino el aspecto que debían tener las calles antes del terremoto. Los edificios están claustrofóbicamente juntos y parecen desgastadas tiras de chicle. Los escaparates de las tiendas que no han sido destruidas están repletos de electrodomésticos, consolas, peluches y figuras de acción de anime. En cada esquina hay cafés de *cosplay*, salones recreativos, tiendas de cómics y extravagantes restaurantes temáticos. Carteles antiguos y descoloridos anuncian bebidas energéticas y videojuegos.

—¿No significa *otaku* algo así como *nerd*? —susurro.

Es tal la tensión que se respira en el ambiente que hablar a un volumen normal me parece una locura.

Aya, que esta vez viaja con nosotros, asiente con gesto ominoso.

—Correcto, ellos se llaman a sí mismos *nerds* —explica Daiki en un inglés entrecortado—. Pero con esta gente no se juega. Los Otaku son nuestros archienemigos.

—¿Por qué?

—Porque son una banda de criminales primitiva que no se rige por reglas ni códigos —interviene Yamamoto—. Nosotros, la *yakuza*, nos dedicamos a mantener el orden, mientras que los Otaku quieren el caos y la anarquía.

—¿De verdad son tan peligrosos como dice la comisario Nishi? —continúo preguntando.

—*Hai* —confirma Akamura.

Está sentado delante con Yamamoto y sostiene la porra de Chiyoko en la mano. Resulta desconcertante ver a la reliquia prehistórica con un arma, pero a estas alturas mi cerebro está tan sobrecargado de impresiones que se niega a seguir analizando la situación.

Aya se vuelve ansiosa hacia la ventanilla trasera.

—No te preocupes, Tasuku y Kyōhei están detrás de nosotros —murmuro, volviendo a mirar por la ventanilla.

Pasamos por delante de un edificio rojo sangre con túneles

de escaleras mecánicas de cristal que suben por los laterales. El nombre SEGA está escrito en letras de imprenta azules. Frente a la entrada del centro de juegos hay una máquina de gancho volcada y al lado… Un grupo de hombres fumando.

–¡Mierda! –grita Akamura–. ¡Nos han visto!

Daiki se asoma a la ventana y saca una pistola. Tasuku toca el claxon y nos adelanta haciendo chirriar los neumáticos.

–¡Preparaos para la batalla! –ordena el jefe *yakuza*.

–¡Entendido! –grita Daiki–. ¡Chicas, agachaos! ¡Vamos!

Como me he quedado petrificada, Aya empuja mi cabeza hacia abajo. Entonces oigo a Yamamoto gritar «¡Agarraos bien!» antes de que un violento empujón me presione contra el asiento.

Prácticamente a cada segundo pasamos por encima de conos y delimitadores, chocamos con vallas y rozamos quitamiedos. El motor del Land Cruiser ruge y el humo de los neumáticos se eleva a nuestras espaldas. Aya grita como una condenada y yo cierro los ojos con tanta fuerza que empiezo a ver puntos blancos.

Los disparos estallan como látigos en el aire.

Yamamoto gira bruscamente y grita:

–¡Saben adónde vamos!

–¿Qué hacemos? –chilla Daiki–. ¡Son demasiados!

Oigo coches acercándose por todos lados. Y de nuevo: ¡Bang! ¡Bang! ¡Bang!

Menos de un segundo después, el retrovisor derecho se hace añicos y varias balas atraviesan la carrocería.

El *walkie-talkie* situado junto al volante empieza a crepitar.

–¡Saben que queremos ir a Asakusa! –grita Tasuku con voz tensa–. ¡Están bloqueando los accesos!

–¡Cada vez son más! –grazna Yamamoto, atravesando a toda velocidad una zona peatonal a ciento treinta kilómetros por hora–. ¡Deberíamos dar la vuelta!

–¡No! ¡Tengo que ir con Kentaro! ¡Por favor! –grito presa del pánico.

Tasuku vuelve a hablar y se oye una lluvia de balas de fondo.

–¡Creo que he encontrado una manera de atravesar su barricada!

–¿Cuál es el plan? –Yamamoto esquiva una señal de *stop* y maniobra con el todoterreno entre los coches aparcados. Al chocar con un puesto de comida, pierde el control por un momento y se ve obligado a maniobrar en dirección contraria–. ¡¿Cuál es el plan?! –grita con insistencia.

Frenamos ante un aparcamiento de varias plantas y Daiki nos sisea con premura.

–¡Fuera! ¡Vamos, fuera!

Cuando comprendo que sus palabras van dirigidas a mí, me quedo mirándole sin comprender.

Yamamoto salta del coche y abre la puerta de un tirón.

–¡Vamos, Malu! ¡Rápido!

Justo ahora me doy cuenta de que el bólido verde está a nuestro lado.

–¡No tenemos tiempo! ¡Van a llegar en cualquier momento! –El jefe *yakuza* me agarra del brazo y me saca del Land Cruiser–. ¡No! ¡Tú no! –le grita a Aya.

–¡Yo me quedo con Malu! –le grita ella de vuelta.

–¡Lo que queráis, pero daos prisa de una maldita vez!

Yamamoto nos empuja hacia el deportivo.

–¡Vamos, más rápido!

Ya se oye el rugido de los coches que se acercan. Kyōhei pasa corriendo a nuestro lado y se sube al Land Cruiser. Yo me siento junto a Tasuku y Aya sube al asiento trasero.

–¡Tenéis que iros ya! –Tasuku asiente y enciende el motor–. ¡Llámanos por radio cuando lleguéis al otro lado!

Una lágrima brilla en la mejilla del jefe *yakuza*.

–Malu, encuentra a Kentaro. Encuéntralo y tráelo a casa.

–Lo haré –digo, temblando y respirando con dificultad.

Cuando Yamamoto cierra la puerta del coche y Tasuku pisa el acelerador, son tantas las emociones que me atraviesan por

301

dentro que me pregunto si, después de todo, una bala me habrá alcanzado el corazón.

—¿Qué estamos haciendo aquí? —Aya se desliza ansiosa hacia delante y hacia atrás en su asiento—. ¿Por qué estamos en este aparcamiento?

—¿Lleváis puesto el cinturón? —pregunta Tasuku, y acelera.

Tiro de mi cinturón y echo un vistazo hacia atrás para comprobarlo.

—Sí, llevamos puesto el cinturón.

—¿Es que nos quieres llevar directamente a los Otaku? —El horror resuena en la voz de Aya mientras nos persigue un fuerte rugido de motor—. ¡Oh, Dios! ¿Oís eso?

—Nos están pisando los talones —dice el *yakuza*, y vuelve a acelerar.

—¡No lo entiendo! —grazna desesperada mi hermana de acogida—. ¿Qué demonios estás tramando?

Tasuku sube la rampa cada vez más rápido. En las curvas, pone el coche de lado y derrapa.

—¿Adónde nos llevas? —digo jadeando, con la voz apenas convertida en un susurro.

Tasuku no contesta, sino que mira al frente con expresión concentrada.

El velocímetro marca ahora ciento cuarenta kilómetros por hora.

—¡Mierda, ahí están! ¡Están justo detrás de nosotros! —grita Aya—. ¡¡¡Estamos jodidos!!!

—No lo estamos. —Una sonrisa confiada se dibuja en la cara del *yakuza*—. Porque puedo hacer algo que estos perdedores, definitivamente, no pueden hacer.

Llegamos a la azotea del aparcamiento y el trallazo del motor hace que me piten los oídos.

Ciento treinta…, ciento cincuenta…, ciento noventa…

—¿Has perdido la cabeza? —Aya tira y sacude los asientos delanteros como una loca—. ¡Nos vas a matar!

Doscientos…, doscientos diez…

De repente, entiendo lo que está tramando Tasuku, pero me doy cuenta demasiado tarde. El suelo se eleva ligeramente, el sonido de los neumáticos se desvanece… y empezamos a volar por encima de Tokio.

Al aterrizar unos segundos después en el tejado del aparcamiento de enfrente, la tensión se libera en un desenfrenado arrebato de alegría. Los frenos de los Otaku chirrían a nuestras espaldas y vitoreamos y rugimos en una euforia ciega. Tasuku baja zumbando por la rampa cuesta abajo y estoy convencida de que nunca me he sentido viva con tanta intensidad.

—¡Guau, cásate conmigo! —grita Aya, y se inclina hacia delante para darle un beso en la mejilla.

—Eso ha sido increíble —balbuceo, pues siento el cuerpo convertido en gelatina.

Tasuku se encoge de hombros con indiferencia y enciende un cigarrillo.

—Ya os había dicho que no nos iban a coger.

El resto del viaje transcurre tranquilo y, cuando pasamos el límite oriental de Akihabara, la policía nos recibe entre aplausos. Nos avisan que el grupo de Yamamoto ha conseguido ponerse a salvo y nos espera con los demás en la base. Después de que Tasuku se informe sobre el estado de la carretera, nos despedimos del comando y proseguimos el viaje hacia Asakusa.

Por fin estamos cerca de Kentaro. Por fin, nada se interpone en nuestro camino. Con todo lo que soy y todo lo que tengo, con cada latido de mi corazón y cada aliento, rezo para encontrar al caballero Jedi en Asakusa.

Llena de esperanza, me apoyo en la ventanilla, cierro los ojos y, por un breve instante, me permito soñar.

Doko desu ka?

–No, no, no, no…
Me abandonan todas las fuerzas.

Ya no puedo respirar, ya no puedo pensar, solo queda el vacío y donde no hay vacío hay un dolor indescriptible.

–No, no, no –digo sollozando, y caigo de rodillas. Tengo la sensación de estar metida en una trituradora–. No, no, no.

–¿Estás completamente segura de que estamos en la casa correcta? –pregunta Aya, y me pone la mano en el hombro.

No soporto su contacto y me aparto. Mis lágrimas salpican el suelo con manchas oscuras. Todo me da vueltas, una terrible fuerza me arrastra hacia abajo. Me rindo. Mi búsqueda ha sido en vano. He estado persiguiendo una fantasía. Kentaro está muerto.

Mi hermana de acogida sigue intentándolo.

–Todas estas casas me parecen iguales. A lo mejor te has confundido.

Mi mirada se pasea por la casa del revés, destruida.

–No, aquí es exactamente donde vivían Obāchan y Ojīsan.

–Todavía no ha anochecido del todo –dice con suavidad–. Es posible que esté en alguna parte.

–¡No estaba en el parque Yoyogi! ¡No estaba en Kabukichō! ¡No estaba en Shinagawa! ¡Ni su padre ni Yamamoto han sabido nada de él! Asakusa era mi última esperanza, ¡pero en Asakusa ya no queda nada! –grito desesperada–. ¡Kentaro está muerto! ¡He fracasado! ¡He vuelto a perder a una persona a la que quiero! ¡Lo he perdido todo!

Lloro con tanta amargura que me atraganto con mis propias lágrimas. La pena, fría como el invierno más crudo, se extiende a través de mí y me lame el corazón con sus lenguas heladas y hambrientas. No puedo más. Simplemente, no puedo más.

—«PACHINKO LOVE, 18 H». Hum, qué raro.

La voz de Tasuku resuena a nuestras espaldas.

—¿Qué es lo que acabas de decir? —jadea Aya con incredulidad.

Como a cámara lenta, me doy la vuelta para mirarle.

Está apoyado en una farola y parpadea, confuso.

—Solo he leído lo que pone aquí. —Da unos golpecitos en una pegatina redonda pegada al poste que tiene al lado—. ¿P-por qué me estáis mirando así?

—Dios mío —susurra Aya.

Me levanto como un rayo y tropiezo con el *yakuza*. Siento un cosquilleo en las piernas, el suelo tiembla de forma peligrosa. Tengo la sensación de estar montada en la montaña rusa más rápida y salvaje del mundo.

—Es… Es…

—¡Es la misma pegatina que tienes tú! —exclama Aya, atónita—. ¡Es una pegatina del PACHINKO LOVE!

—¿N-no será u-una coincidencia? —tartamudeo.

—No, no puede ser una coincidencia.

Unos soles brillantes se levantan en mi interior.

—¿Eso significa…?

Aya suelta un fuerte grito de alegría.

—¡Kentaro está vivo! ¡Y está en Asakusa!

—Me está buscando —digo suspirando, y rozo la pegatina.

Me cuesta ver a través de las lágrimas.

Al momento, Tasuku nos rodea con sus brazos y los tres nos ponemos a dar saltos en círculos de alegría.

—¡Vale, vale, tenemos que calmarnos! —sisea Aya, sacudiéndome un poco—. Doy por hecho que Kentaro viene aquí todos los días a las seis. ¿Qué hora es?

Tasuku echa un vistazo a su *smartwatch*.

—Las siete y media.

—Nos lo hemos perdido —digo, con la sonrisa más grande del mundo—. No pasa nada, esperaré. Todo lo que haga falta.

Aya activa el modo detective.

—Es posible que haya repartido varias pegatinas, igual que tú. ¿Hay algún otro lugar en Asakusa que os conecte de alguna manera?

Pienso un momento.

—¡Claro que lo hay! ¡El Tanuki!

Ella frunce el ceño.

—¿El qué?

—Un momento —exclama Tasuku con entusiasmo—. ¡Conozco ese bar! Kentaro me ha llevado allí un par de veces.

—¿Te acuerdas del camino? —pregunto sin aliento.

El *yakuza* asiente y señala hacia delante.

Me invade una energía que nunca había sentido antes. Cada fibra de mi cuerpo brilla, cada parte de mí rebosa de ilusión.

—Te encontraré —digo en un susurro, y echo a correr.

Poco después, estamos frente a los lamentables restos del bar Tanuki y, de repente, mi hermana de acogida suelta un grito de rabia.

—¡No puede ser! —Lanza un pedrusco a través del cristal roto de la ventana—. ¡Este terremoto de mierda no ha dejado piedra sin mover!

Se oye un estruendo en el interior del edificio y una lluvia de yeso color púrpura cae sobre nosotros.

—Lo mejor es que demos unos pasos atrás para que no se nos caiga el maldito cobertizo en la cabeza —refunfuña Tasuku, apagando el cigarrillo sobre una figura de Tanuki decapitada.

Soy incapaz de apartar los ojos de la pegatina del PACHINKO LOVE, pegada sobre el desgastado cartel de la entrada como una majestuosa obra de arte. Trazo la letra de Kentaro con dedos temblorosos: «19 h». El anhelo me desgarra. Si ha estado en el Tanuki a las siete, debería seguir en el barrio. No me lo puedo creer. El caballero Jedi está muy cerca.

–*Doko desu ka?* –suspiro en japonés–. ¿Dónde estás?

–Quiero decir, ¿por qué tenía que ser el terremoto del siglo? –Aya sigue despotricando detrás de mí–. ¡Todo, quiero decir, todo está destruido! La ciudad no es más que un montón de escombros. Enséñame un sitio que no haya sufrido daños. ¡Enséñame un sitio que se haya salvado de Ōnamazu!

–Es una verdadera pena –gruñe Tasuku–. Me habría encantado invitarte algún día a comer aquí.

–¿Qué? –Aya hace una pausa, sorprendida–. ¿Como una cita?

–Por qué no.

–¿Me estás invitando a salir?

–No eres mi tipo, pero… sí.

–¡Tú sí que no eres mi tipo! –dice ella, antes de que una tranquila alegría se cuele en su voz–. Pero, por mí…

–Guay.

Tasuku carraspea nervioso.

Mi hermana de acogida tose tímidamente.

–Guay.

No me queda otra que sonreír ante su conversación. Pero, de repente, un recuerdo golpea mi conciencia como un cometa incandescente.

–¡Aya! –Me giro hacia ella con un movimiento rápido–. ¿Qué es lo que acabas de decir?

–Lo sé, lo sé, es un *yakuza*… ¡Pero también es tatuador!

–No, eso no. ¡Lo de antes! El terremoto lo ha destruido todo, ¿excepto…?

Me mira sin comprender.

–Lo ha destruido todo… y punto. No he dicho nada más.

La voz del caballero Jedi resuena en los altos salones de mi corazón: «El templo lleva aquí más de mil años. Ha sobrevivido incluso al gran terremoto de Kantō y a la Segunda Guerra Mundial».

–PACHINKO LOVE, 18 H; PACHINKO LOVE, 19 H; PA-CHINKO LOVE, 20 H –me digo como una fórmula mágica.

–¿Se ha vuelto loca? –pregunta Tasuku dubitativo.

–No. –Aya entrecierra los ojos–. Creo que sabe dónde está Kentaro.

Una supernova gigantesca estalla en mi pecho.

–Tasuku, ¿qué hora es?

–Eh…, casi las ocho.

–¿Qué hora es exactamente? –grito con voz agitada.

–Las ocho menos tres minutos –apura el *yakuza*.

–¡Tengo que darme prisa! –digo jadeando–. El templo Sensō-ji, ¿dónde está?

Tasuku piensa unos segundos, luego señala hacia el norte y anuncia:

–¡Derecha, derecha, izquierda! ¡Deberías llegar en cinco minutos!

Me recorre un escalofrío por la espalda.

«Derecha, derecha, izquierda».

–¡Esperadme aquí! –grito, y río mientras me sumerjo en la brillante puesta de sol.

Al cruzar la puerta de madera y llegar al estrecho pasaje comercial, todo me parece un milagro: la luz dorada del sol poniente, el suave frescor en mi piel, el aroma especiado del aire de finales de verano y el templo que me aguarda como una hermosa imagen de ensueño al final del camino.

Es imposible saber si mis pies tocan el suelo o si estoy volando. Formas y colores se precipitan ante mí y una fuerza mágica me empuja hacia delante. Puedo ver cómo Kentaro y yo bailamos juntos, corremos bajo una lluvia torrencial, yo tumbada sobre él y él a punto de besarme. Mi cuerpo se abre paso a través de este recuerdo como un satélite resplandeciente que por fin regresa a su amada estrella.

Los *niō*, los poderosos guardianes del templo, me observan. Han negado la entrada a Ōnamazu porque, contra toda razón, este lugar especial ha permanecido intacto tras el terremoto.

Me permiten pasar.

Me detengo ante los escalones que conducen al sombrío interior del templo y grito el nombre de Kentaro.

Y, de repente, algo se agita entre los misterios del centelleo. Pasos.

El sonido de un *yukata* que roza el suelo durante un instante.

—¿Kentaro?

Detrás del sonoro retumbar de los latidos de mi corazón, oigo a alguien pronunciar mi nombre.

Entonces aparece él, igual que una radiante figura de otro mundo de fantasía. El caballero Jedi.

—Me has encontrado —balbucea, y me mira como si acabara de renacer.

Una felicidad pura me ilumina por dentro. Nunca en mi vida había sentido tanta felicidad. No hay palabras para describir el momento perfecto que estamos viviendo.

Él sonríe, las lágrimas empapan su rostro.

—Llevas tu sombrero rosa.

—Para que puedas verme siempre.

—Y mi capa.

—Para que estés conmigo siempre.

Sus labios tiemblan muy levemente.

—¿Y estás segura de que esto no es un sueño?

—No es un sueño, sino un milagro.

—No me puedo creer que estés delante de mí de verdad. No te has rendido cuando ni siquiera sabías si seguía vivo. —Su mirada baja hasta mi collar con las letras *kanji* plateadas y, como cuando nos conocimos, hace una reverencia—. Mi novia es una heroína.

—Te dije que yo me daría cuenta si desaparecías —susurro con ternura.

—El barrio está completamente acordonado. —Su voz tiembla

de emoción y deseo–. He intentado salir de aquí, pero era imposible. Quería estar contigo más que nada en el mundo. He estado a punto de enloquecer por miedo a que te hubiera pasado algo.

–Te he encontrado, eso es lo único que importa.

–Pero ¿cómo? –resopla.

–*Kizuna* –respondo significativamente.

Su respiración se acelera.

–Te he echado tanto de menos, *dojikko*.

Le tiendo la mano y le digo:

–Me muero si no me besas ahora mismo.

Sin esperar ni un segundo, se apresura a bajar los escalones. Me acerca, pone su mano bajo mi barbilla…

Y entonces me besa.

Epílogo

Quien busca, encuentra caminos hacia el mundo y hacia sí mismo. Quien busca, encuentra lugares llenos de belleza, abundancia y trascendencia mágica. Quien busca, encuentra personas que dan sentido a la infinidad del corazón.

Quien busca, encuentra el amor que dura para siempre.

Han pasado tres meses desde el terremoto y sigo en Tokio. La ciudad ha cambiado. Se ha vuelto más tranquila, más suave, más sensible; como un dragón que hubiera caído en un sueño profundo tras una batalla agotadora. Las heridas deben cicatrizar, incluidas las de los gigantes de plata.

Hemos experimentado pérdidas, dolores que penetran más allá del núcleo del mundo. Casi todos los habitantes de esta ciudad han perdido a un ser querido, y Hachiko, con más anhelo que nunca, espera a aquellos que nunca van a volver. Sin embargo, Tasuku tenía razón: nos hemos hecho más fuertes y con un nuevo valor llega una nueva esperanza.

Hoy es Navidad y en el salón de casa de los Nakano hay dos bolsas de regalos ricamente decoradas cuyo contenido haría que cualquier visitante del Polo Norte se pusiera verde de envidia: guantes brillantes, bufandas de colores vivos, orejeras esponjosas, calentadores de manos en forma de corazón y dos —qué otra cosa cabría esperar— gorros rosas. Mis padres aterrizan en Tokio por la noche y Okāsan y Otōsan se han preparado meticulosamente. Tengo muchas ganas de volver a verlos, de llevarlos a todos mis lugares favoritos… y de, por fin, presentarles al chico de los tatuajes.

No saben que ahora yo también tengo un tatuaje. Nadie lo sabe excepto Kentaro, Aya, Tasuku y yo. Llevamos el mismo motivo en el mismo lugar: un círculo ensō *que pretende preservar para siempre todo aquello que nos une. Pero el círculo no está cerrado. En Japón tienen la creencia de que es precisamente en su carácter incompleto donde reside el poder y la belleza del universo. No obstante, la interrupción de la línea también simboliza el acceso al otro lado, esa misteriosa sombra de nuestra percepción en la que viven aquellos a los que hemos tenido que dejar marchar. Maja y Rio también existen en algún lugar más allá de este círculo, junto con todas las maravillas que nos resultan imposibles de explicar.*

Fue Tasuku quien se hizo cargo de hacernos los tatuajes; y, al menos una vez al día, Aya me recuerda que la caligrafía que tengo en la parte de arriba del brazo es obra de la aguja de su «talentoso, brillante y escandalosamente guapo» novio. Por supuesto, no tengo permitido decirle a Tasuku que ella dice que es «talentoso, brillante y escandalosamente guapo». Por lo demás, las cosas le van muy bien a Aya: desde noviembre dirige su propio departamento en la tienda de uniformes de Akamura y sus insólitos diseños no dejan de conquistar las calles de Harajuku. Su nueva colección de kimonos ha llegado incluso a los periódicos y las academias de moda de todo el país compiten por su atención. No podría estar más orgullosa de mi hermana de acogida.

Haruto rechazó la misión de espionaje en Corea del Norte por su novia de once años, pero fue elegido guardián del tesoro más importante de Hai Granto, y desde entonces cuida de Pompom varias veces a la semana. El pequeño es el favorito indiscutible de la yakuza *y a veces –para asombro de Okāsan y Otōsan– le llegan regalos de lo más insólitos. La bicicleta de montaña amarillo neón con sonido de motor integrada (un regalo de Chiyoko y Yamamoto) pudo quedarse, pero la pitón real domesticada con sombrero de copa (un regalo de Navidad prematuro de Akamura) tuvo que ser devuelta al remitente de inmediato.*

Desde que Pompom pisó por primera vez la casa de los Nakano, las hormonas de Bratto Pitto se han vuelto locas. El gato dictatorial se ha convertido en una encantadora criatura angelical que ronronea permanentemente y cuyo mayor placer es pasar su áspera lengua de gato por los suaves tirabuzones del caniche gigante. El tirano en pelotas y el caballero con pañales forman la pareja más extraña que jamás haya pisado este planeta... Pero ¿cuándo juega el amor según las reglas?

Kentaro se mudó hace unas semanas a la pequeña habitación que hay encima del estudio de tatuajes de Tasuku. Mientras tanto, la relación con su padre ha mejorado un poco; o, al menos, ahora discuten menos y hablan más. Tras el éxito sensacional del manga debut de Kentaro, Kaito Kawakami por fin se ha dado cuenta de que no siempre se necesita un traje y un modelo de negocio para conseguir grandes cosas. A veces basta con creatividad, poderes de Jedi y una pizca de locura.

No solo mis padres vienen de visita por Navidad, sino también la madre de Kentaro, que poco a poco se va encontrando mejor. Los Nakano nos han invitado mañana a todos a su casa y estoy deseando que llegue nuestra primera cena juntos como familia alemana-japonesa ampliada. Estoy segura de que va a ser inolvidable. Y caótica. Increíblemente caótica.

Dentro de dos semanas comienzan de nuevo las clases y, aunque la idea de la normalidad sigue pareciéndome algo irreal, estoy impaciente por volver a ver a Noda-sensei, Momo, Hiroki, Motoki y los demás. Reiremos y lloraremos juntos, nos contaremos historias sobre aquel día que cambió para siempre nuestras vidas y sanaremos nuestras heridas, hombro con hombro, porque el grial de la amistad es más poderoso que la espada de la oscuridad.

Pero, hasta entonces, yo me quedo aquí.

Los copos de nieve se arremolinan como fantasmas iridiscentes al otro lado de la ventana y las azoteas de los rascacielos visten coronas de neón y hielo. Toco la cara de Kentaro para asegurarme de que está ahí de verdad. No consigo olvidar lo que sentí cuando no sabía si iba a volver a verle. Me abraza con fuerza y me mira profundamente a los ojos. Su frente brilla y su respiración se calma poco a poco. Estamos tumbados sobre unos suaves tatamis todavía radiantes por todo el placer y la satisfacción que nos hemos dado el uno al otro.

–Te quiero –susurra, y tras su mirada unas llamas azules bailan en una piscina de oro.

–Te quiero –respondo, mientras mi corazón se expande por el deseo.

No hay espacio que separe nuestros cuerpos, pero aun así desearía estar más cerca de él.

Señala las hojas impresas junto al cojín.

–¿Puedo leerlo ahora?

–Todavía no –respondo, y le beso.

Siento su sonrisa bajo mis labios.

–*Dojikko*, tu apetito es verdaderamente insaciable.

–Oye…

No me deja terminar, sino que me aprisiona bajo él y me devuelve el beso con una pasión desenfrenada. Rodamos por encima de la ropa, chocamos con cajas de mudanza apiladas, volcamos torres de libros y al final derribamos el árbol de Navidad a medio decorar.

En un momento, dejo escapar un suave grito de felicidad.

–Estás temblando. –Kentaro me pasa un mechón de pelo por detrás de la oreja, el sudor cae de su frente a mi mejilla–. A lo mejor deberíamos tomarnos un pequeño descanso.

–Es un temblor bueno –digo, jadeando con una sonrisa.

Me da un beso en la frente.

–Te prepararé algo de comer.

–¡Espera! –Le cojo la mano, asustada–. No te vayas.

Se esfuerza por contener una sonrisa.

–¿Todavía no has tenido suficiente, *dojikko*?

Está a punto de inclinarse sobre mí, pero entonces comprende lo que pasa por mi mente y su voz se vuelve pesada y humeante.

–No tengas miedo, nunca dejaré que nos volvamos a perder. Me quedaré aquí contigo para siempre. Te lo prometo.

Me acerca, hunde su mano derecha en mi pelo, me rodea la espalda con el brazo izquierdo y suspira con tanta sensualidad que se me pone la piel de gallina.

–Nos pertenecemos el uno al otro, *dojikko*.

En algún momento deja de nevar y seguimos tumbados, acurrucados el uno contra el otro como si nunca hubiera existido otro modo.

–¿Puedo leerlo ya? –pregunta, y ríe en voz baja para sí mismo–. ¿O necesito seguir con mis labores de convencimiento?

He empezado a escribir después del terremoto: una historia sobre el amor, semidemonios atractivos y una misteriosa ciudad de neón. Hoy, mi manuscrito ya tiene más de ciento cincuenta páginas y mi sueño es convertirme algún día en escritora. Por fin hay algo que me apasiona.

Suelto una risita tímida.

–Bueno, venga… Puedes.

Él se estira; yo vislumbro brevemente el círculo *ensō* en la parte de arriba de su brazo antes de acurrucarme contra su pecho y cerrar los ojos.

El papel que tiene en las manos cruje.

Entonces se aclara la garganta y empieza a leer:

–«Poco a poco me empieza a invadir el pánico. En quince minutos he quedado con mi familia de acogida frente a la tienda Uniqlo. Según Google Maps, estoy a dos minutos a pie y a ciento setenta metros de mi destino. Fácil, o, al menos, no absolutamente imposible, pero me encuentro en medio de la estación de tren más concurrida del mundo, en Tokio, la más grande de las metrópolis…».

Quien busca, encuentra.

Agradecimientos

Las historias surgen en lugares extraordinarios, en momentos extraordinarios, con personas extraordinarias que le hacen a uno sentir cosas extraordinarias. Tokio me ha dado todo eso: personas a las que no voy a olvidar nunca, lugares que todavía hoy me llenan de una profunda nostalgia y momentos que perduran para siempre en mi interior como la luz de las estrellas. Por eso, *Un día de lluvia en Tokio* es mucho más que solo un libro. Es una declaración de amor a la única ciudad que me ha enseñado a encontrar formas de llamar a ventanas ajenas y a emocionarme con demonios que bailan.

Queridos lectores, qué maravilla haber podido viajar de nuevo a Tokio con vosotros. Espero que nuestros caminos se crucen pronto, ya sea en una lectura… o en el cruce de Shibuya.

Me gustaría dar las gracias –con alegría, en voz alta y con efusividad– a mis maravillosos padres, que cada día me dan el amor, la confianza y la seguridad más grande e infinita.

Dan, mi lobo, tu amor es el amor más bonito con el que se puede ser amado.

Michelle, tú eres mi hermana. Gracias por leer cada página. Solo tú puedes ver mis textos «al desnudo»

Un agradecimiento especial a mi editora, Stefanie Hester, que –cómo decirlo– es, sencillamente, la persona más guay del mundo. Tiene poderes mágicos, es genial, me hace reír y da vida a mi extraña existencia de escritor. 감사합니다, querida Steffi… Eh…, el pan.

También me gustaría dar las gracias a mi agente, Sarah Haag, desde el fondo de mi corazón. Tuviste en tus manos mi estrafalaria, sangrienta y melodramática novela de zombis y aun así me acogiste bajo tu ala. Gracias por defenderme siempre, querida Sarah. Y tú, mi querida Antje Babendererde, *you make dreams come true*. Gracias por tu amistad, está llena de magia. Gracias por estar siempre a mi lado con consejos y ayuda. Eres mi mentora, mi guía. Llevas diecinueve años escribiendo mis libros favoritos.

Todos los lugares de este libro existen de verdad o existieron de verdad. Solo la Torre Raion es invención mía. ¿Dónde está el edificio del PACHINKO LOVE? Ese seguirá siendo mi pequeño secreto...

Índice